娘子不給愛 4

風文創 211

溫柔刀 著

目錄

第三十一章

兩日後，汪觀琪醒了過來。

父子倆談話時，張小碗就站在那外屋，她清楚地聽得裡屋的汪觀琪口口聲聲說要親手把那惡毒的婦人碎屍萬段。

他那充滿著惡毒意味的口氣讓外面的張小碗聽得不寒而慄，饒是她強自鎮定，身上的寒毛也因他那滿是惡氣的聲音而倒豎，沒得多時，背後已一片冷汗。

張小碗未聽得汪永昭的聲音，一會兒後，在汪觀琪發狂的怒吼中，張小碗聽得一道凌厲的巴掌聲響起，還有那劍被抽出鞘的聲響；又過了一會兒，汪永昭走了出來，他那額頭還纏著布條的臉上有著一個清晰五指的巴掌印，脖子間還有一道血痕。

張小碗朝他福了福腰，沈默地走過去，拿著帕子拭了拭，從懷裡掏出準備好的傷藥，打開壺蓋，用小指沾了點藥塗抹了一道，止住了那血，又給他的臉上抹了些藥，才輕聲地說：「咱們回吧。」

「嗯。」汪永昭淡淡地應了一聲，便帶著她出了門。

半夜，見得他還是未睡，張小碗便起了床，點亮了油燈，讓他躺在她的腿上，她輕撫著他的頭髮。

饒是如此，汪永昭也還是一夜無眠，睜著眼睛看著床頂，一言不發。

汪府的事未完，他們也回去不得，而在汪府的四日裡，汪永昭竟連半炷香的時辰都未睡過。

張小碗在第二天的日間讓江小山暫時替他們看著汪府裡的事，然後硬拉著汪永昭上了馬車，回了尚書府。

一到府中，把人安置在房裡，她就去找了在書房的懷慕。

抱得他回的路上，她細細地跟他說了些事，懷慕聽了懂事地直點頭，最後與張小碗拉了勾，答應定會陪爹爹好好地睡。

一回到房，見得汪永昭，汪懷慕便朝汪永昭直伸手，大聲著急地叫著。「爹爹，懷慕在這兒呢！爹爹快來抱我！」

躺在床上的汪永昭聽得這聲音，嘴角竟有了一點淡淡的笑，他撐著床面起身，緩了一下，便下床大步前來，從張小碗手裡把汪懷慕抱到了懷中，用沙啞得不成聲的嗓子笑著問他。「這幾日在家中可有好好聽先生的話？」

「有！」懷慕大聲地道：「習得了好幾個字，也寫了好幾張紙！」說到這兒，他哽咽了起來，把手輕輕地放到他爹爹的額頭上，生怕他疼似的，哭著道：「爹爹怕是好疼的吧？不疼、不疼，懷慕親親便不疼了！」

說著他就小心翼翼地往汪永昭的頭上碰去，輕輕地親了好幾口，又呼了好幾次氣，卻把眼淚、鼻涕蹭了汪永昭一臉。

汪永昭卻是笑了起來，抱著他在床上玩耍，跟他問著他這幾日在家中習得了哪幾個字、吃得了多少飯菜等事，不多時，他便抱著懷慕垂下了頭，就此睡了過去。

看得他睡了過去，一直在跟父親童言童語的懷慕便噤了聲，朝得一旁坐著的張小碗看了過去。

張小碗朝他笑了笑，走了過去，彎下腰在他臉邊輕聲地道：「懷慕乖。」

「嗯，懷慕乖。」懷慕說罷此言，小小的孩子不自覺地輕嘆了口氣，把頭偎在了汪永昭的肩上，閉上眼睛。

他要陪疼愛他的父親好好地睡覺。

夕間，汪永昭醒了過來，懷慕正趴在他的懷裡玩著翻繩，那婦人就坐在旁邊，看到他，便是一笑。

「申時了，您用點食便過去吧。」婦人目光柔和地道。

汪永昭便頷了下首。

懷慕這時轉過來看著他，輕輕地用小臉蹭了下他的臉，軟軟地叫道：「爹爹……」

汪永昭翹起了嘴角，摸了下他的頭髮。

這時婆子過來抱他，汪永昭看著懷慕跟他與那婦人揮了下手，看著懷慕出了門，這才收回了眼神，下地讓那婦人給他著衣。

當她給他穿好衣，拿過她端來的參粥喝得一口後，突道：「妳留在家中吧。」

那婦人笑了笑，未語。

只是當他提步出了門，就看得她跟在了身後。他略微苦笑了一下，等了她幾步，讓她跟上他。

罷了，那府裡，哪裡少得了她？有她在，他才放心，她不去，還不知要平添多少事端。

他們一回，候在大門邊等他們的江小山硬是鬆了一大口氣，待他們進了屋，便上前跟他們稟報了這一天間的事情。

後院還是出了亂子，有三個朝廷敵對黨派安插進來的奸細被揪了出來，他們不在，汪家的三位老爺和夫人也不敢在這時自作主張，要等到他們回來才能成事。日間為此事，他們已催過江小山兩回，此事關係重大，江小山硬是頂住了壓力，這才候著了他們回來。

隨即，汪永昭就去了前院。

張小碗便去了後院，與汪余氏見了個面，處置起了府中的事。

這時的汪府已不是以前住在葉片子村時只有幾個丫鬟、婆子、護院的汪府了，光是丫鬟，全府就有一百三十餘人，婆子四十位，這大大小小的正主子二十七位，那姨娘稱得上號的，就有三十來位。

人數和身家背景昨日就全部著人摸清了，只是今日耽擱了一天，沒在上午處置。這時張小碗也不多浪費時間，叫了各房的夫人過來。

汪杜氏、汪申氏、汪余氏行過禮都落坐後，張小碗便淡然地道：「這時我也不跟妳們拐著彎說話了，大老爺先前也發話了，讓妳們把後院的人都收拾個清爽樣子出來，妳們現在跟我說說，妳們是怎麼辦的？」

幾個婦人都未語，靜得了一會兒後，汪杜氏先開了口，不輕不重地淡然道：「我家二老爺說，他那幾個姨娘規矩得很，待回頭再叮囑她們一番便行了。」

張小碗聽得冷冷地看向她，汪杜氏被她看得垂下了眼，不想對視。

「說吧，哪幾個是不對的？說出來，看跟我這冊子上的對不對得上號。」

「對得上號又如何？對不上號又如何？」汪杜氏垂著頭輕聲地道。

「對得上，那就不是妳我說如何便得了的事了。」張小碗輕描淡寫地道：「這事，大老爺自會叫人處置。」

「是大老爺作主？」汪杜氏看得她一眼，不禁咬了咬唇，輕輕地問。

「是。」

「那我便……說了。」汪杜氏又咬了咬嘴唇，半抬起頭，輕聲地說了幾個名字。

而她所說的，跟張小碗手裡冊子上的名字都對上了，只是張小碗這冊子裡寫的只有兩個，汪杜氏卻說了四個。

「全寫上。」張小碗便朝汪余氏輕頷了下首。

汪杜氏這裡對過後，便是三夫人汪申氏。汪申氏先前聽得汪杜氏口裡說的那幾位，輪到她，她猶豫了一下，比汪杜氏還多說了一位，她這裡的人數有五位。

汪余氏這裡記上了人數後，這兩人便帶著丫鬟走了，走到門邊時，這兩位婦人相互看了一眼，又看了在主位上看著手中冊子、根本未看向她們的張小碗一眼，朝得張小碗福了福身，拿著帕子掩了嘴，這才走開。

門被人掩上，等到屋內全然安靜了，汪余氏才開了口，她淡淡地與張小碗說道：「這舊的就算去了，總還會有新的。」

張小碗聽得漫不經心地輕應了一聲，一會兒，待她把名字全用自己的筆跡謄寫了一遍，才抬頭對汪余氏淡淡地道：「大老爺說了，汪家的庶子、庶女已經有得八子四女了，嫡子、嫡女那也是有得十來位，咱們家算得上是那子息長的人家了，以後這些姨娘們要是能再給汪家開枝散葉，便是好事，要是不能，也無大礙，主要的還是妳們要多添嫡子，那才叫好。」

汪余氏聽得「喔」了一聲，抬頭認真地看向張小碗。

「這些年間，永安、永莊和永重，姨娘們也娶得了不少，光永重房裡的就有那八位，這要是再娶下去，怕是得給她們再置宅子才夠吧？」張小碗說到這兒，像是說玩笑話般地說：「這是大老爺先前跟我說的話，聽來是不會再給妳們宅子住姨娘了，妳們便死了這條心吧！」

汪余氏聽得這話，眼睛都瞪大了起來，手裡的帕子一時沒注意，竟掉在了地上。

這時，她一回過神，帕子也未去撿，拿了毛筆，又重添了兩人到了紙上。

寫罷，跪到地上，雙手把紙張恭敬地送到了張小碗的面前。

張小碗接過紙，隨口說了句。「起來吧。」

說罷，她重拿起毛筆，把那兩人的名字又謄寫在她的冊子上。
「她們都會去往何處？」在她一筆一劃寫字間，汪余氏輕聲地問。
「咱們家，在鍾暮縣的光華山上要修一座寺廟，那裡就是她們的去處。」張小碗淡淡地道。
「大嫂慈悲心腸。」汪余氏說得了這麼一句。
「呵……」張小碗聽罷笑了一下，搖了一下頭，不再接話。
她哪有什麼慈悲心腸？這不過是汪永昭的決定罷了。
那寺廟，不僅是要把這些私通外敵、把奸細帶進門的有嫌疑的姨娘們關過去，連汪韓氏也是要住進去的。
只可惜，婧姨娘她們早了那麼幾天被送走了，要是晚點，便不會去那地了。
去汪家的寺廟，再如何，總比去那寡婦盤踞，必少不了爭衣奪食的棲村要好些。
她又哪是什麼好人？要真是好人，不會為了讓汪府安寧點，以後她事少些，就默許著她們三個把看不順眼的姨娘給寫了進去。
汪府的整頓花了近半個月的時間，怕是汪家那幾兄弟，各自都跟自己房裡的正妻透露了不會再納新妾的口風，後院的那幾位正頭夫人一高興，這汪府竟一掃之前的沈鬱，多了幾許輕鬆的氣息。
就算汪觀琪成日陰陽怪氣，她們少不了在去問安之時被他喝斥、找碴，但她們眉目之間還是多了幾許輕快。

這日張小碗要回去之前，一家人吃了頓飯，在女桌這邊，汪杜氏還下跪給她敬了杯酒，接下來那兩位亦然。張小碗未語，接過酒杯就一口喝下。

一桌的四位夫人，誰也沒就此說過隻字片語，這時她們交談寥寥，但她們共同坐在一桌的氣氛，竟是從來沒有過的平和，甚至稱得上祥和。

張小碗回府後，汪永昭便又回了兵部辦差，日日不著家，也不知是出了什麼事，接下來有得數日，他竟是夜間都不回了。

因著自家媳婦有了身子，江小山被特准留在了府中辦差，這日他去了外頭送信回來，拉了聞管家到了一邊，小聲地跟他說：「你說咱們爺不會不准他兄弟納新妾，他自個兒倒要添新美人了吧？」

「你這是從何聽來的？」聞管家剮了他一眼。

「外邊聽來的唄，就是上午給秦大人送信時聽來的。」江小山撓撓頭，困惑地道：「想來也不應該啊，他現下和夫人好得跟一個人似的，怎可能納新美人？」

聞管家聽罷，抽了下他的腦袋，罵道：「少聽外人胡說八道！」說罷，又意味深長地看了他一眼，道：「主子們的事，你少亂說。」

江小山不服氣地橫了他一眼。「我這是為了咱們府的家宅安寧，你懂什麼？」說著就搖頭走了。

聞管家看得他走遠，這才長嘆了口氣，雙手合掌，朝得天空拜了拜，唸叨了一句。「老天保佑。」

這邊江小山為著張小碗擔憂不已，每每看見張小碗就不由自主地嘆口氣，張小碗看得幾次，有些好笑，但也不問。

看得她不問，江小山更想嘆氣了，想提幾句讓她注意點的話都無從出口，只得啞巴吃黃連，有苦說不出。

過得幾日，這天白日間汪永昭便回來了，一回來身上就是老大的脂粉氣，江小山跟著他進後院，急得滿頭都是汗，想跟汪永昭提醒幾句，但他話往往還沒尋思好怎麼開口，那急步往後院走的大老爺就又把他甩下了一大段路，他只得急忙跑過去跟上，這話是怎麼樣都沒法想好，再好好出口了。

不得多時，他們就到了後院，看到大夫人那笑意盈盈迎過來的樣子，江小山差點都要急哭了。

可當夫人靠近，笑臉還是那張笑臉，臉上一點波動的情緒也無，只一刻，江小山那滿腔的熱血便冷了下來。

等到夫人把大老爺迎進了屋，江小山才重重地抽了下自己的臉，罵自己道：「抽你這個不長記性的！都忘了夫人才懶得理會大老爺有多少美人呢！」

說罷，他那心又偏到了大老爺身上去了。他伸手擦了擦眼角，自言自語道：「大老爺也是個可憐的，待到善王一回來，夫人做的那第一套新裳必是善王的，不是他的。」

「可是要先沐浴？」進了屋，張小碗解了他身上的披風，嘴邊有著淺淺笑意。

「嗯。」

說罷，張小碗手上的披風在他身前閃過，那道媚俗的暗香也隨之飄過，汪永昭忍不住皺了下眉。「拿出去。」

「咦？」張小碗回頭，稍有些不解。

「衣裳都拿出去。」汪永昭解了身上的外袍，扔到了地上，隨即解開了裡衣，拿到鼻間聞了聞，沒聞到異味，這才扔到了屏風上。

「是。」張小碗應了一聲。

汪永昭看了她一眼，垂眼看著她的手把他的外袍撿了起來，這才淡淡地道：「邊疆有幾個武將回京，都是兄弟，這幾日陪得他們在外邊喝了幾天酒。」

張小碗微笑點頭，見狀，汪永昭冷冷地翹了翹嘴角，就提步往內屋走去。

熱水很快提來，洗到一半，汪永昭拉了她進了浴桶。

事畢，他摸著她的肚子，微微有些不快。「要何時才能有？」

張小碗還在輕喘著氣，聽到這話，抬手摸了摸他的臉，淡淡地道：「有時自然就有。」

汪永昭聽得冷哼了一聲。「再找個大夫過來瞧瞧。」

皇帝的御醫都被他弄來過了，還找什麼別的大夫？沒有就是沒有，這事哪能勉強得了？

就是。

不過，這種實話，張小碗是不可能說給他聽的，她聽過後也只當他是說說，回他個微笑

汪永昭說是陪兄弟喝酒的話不假，隔天，那幾個武將帶著家眷就過來拜見張小碗了，其中有兩個是沒帶人來的，他們倒不是沒有家眷，只是不是正妻，汪永昭嫌丟人，不許他們帶來。

有正妻的在張小碗面前露了個臉，得了她不少回禮，他們回去時還沒出汪府的門，得了禮的就去嘲諷沒得禮的，這一言不合，就在汪府裡大打了起來。

汪永昭提了軍棍過去，一人打了十大板子，才把這五人給打踏實了。

男人打架，婦人是被嚇得不輕的，不過這幾個武將裡頭，有個都指揮史的夫人膽兒特別大，拉了其他兩位夫人一起看架，還在旁兒拍著手板格格笑著，天真爛漫得很。

前來看熱鬧的張小碗見著心喜，又把這幾個夫人招到手邊，一人賞了兩個金鐲子，還封了包打頭飾的銀子，美得這幾個婦人的夫君，哪怕在一旁被棍子打得齜牙咧嘴，也喜得眼睛發光。

這幾個窮武將，邊疆一向沒得多少油水可撈，夏朝那些吃的、穿的都被大軍帶回來，更別說銀子了，這些都給摳門得緊的靖皇藏到國庫裡頭了，他們回來述職都是汪永昭給的盤纏，這時又得了銀子回去，自然是心喜的。

沒得張小碗打發的，私下就來跟汪永昭哭窮，汪永昭一人踢了一腳，卻還是各自給了他

們五百兩的私銀。

他們一走，汪永昭就找來張小碗算帳，這一算，算出了近萬兩的支出。

這幾個都指揮史自個兒得了，汪永昭還得給他們另外一些，讓他們發給手底下的兵，這一萬兩，還只是他給他們這次來京回去的打賞，待到年底，又得另拉一批過去私下發給他們。

汪家在邊疆的經營，日後也少不了這些人的幫忙與扶助，說來，待過幾年，這些人也終會被他養成他的人。

現下，汪永昭讓親信騰飛成立的馬幫，這時已經在大夏、雲、滄兩州這幾地跑了起來，再有其他各行各業布下的暗樁，待過些年壯大了起來，誰知那又會是怎樣的一幅景象？

儘管現在老往那邊填銀子，但汪永昭卻知，那銀子有朝一日是收得回的，而眼下，他只得懷慕一個愛子，往後那麼大的家業，只得懷慕那一個眼睛長在腦殼頂上的兄弟相幫，怕是辛苦得緊。

所以無論如何，這婦人還是得至少再生兩個。

汪永昭求子心切，凡是關於這方面醫術高明的大夫，都被他請了過來給張小碗探脈，每個大夫的說辭其實都差不多，就是張小碗年齡已大，有子無子，都是送子觀音的事了。

汪永昭聽得煩躁，著人去打聽那些四十多歲高齡還能產子的婦人的妙方，結果，還真讓他找來了幾種，拉著張小碗試了個遍。

張小碗被他折騰得怕了，心裡厭煩，但嘴間還是示了弱，他一強要她就哭，哭得多了汪永昭也被她哭怕了，不敢再折騰她。

不過，有時他難免也想不開，要多往她的肚子看幾眼，眉目間皆是不快，似是嫌棄張小碗無用至極，連懷個孩子也不會。

這段時日，朝廷間出了大事，當朝太尉在太平殿撞傷了腦袋，語指御史大夫誣陷他貪了邊疆武官的餉銀。

御史大夫更是憤怒，當天就把他貪污的證據呈稟了上去。

而老太尉當天在家就一病不醒了。

太尉夫人上了兵部尚書府過來哭訴苦楚，張小碗怯怯懦懦地陪著她抹眼淚，太尉夫人哭就哭，太尉夫人問她話，她就茫然地抬起頭，搖頭道「妾身不知」。

太尉夫人左一句、右一句，得的都是她的「妾身不知」，偏生張小碗比她還能哭，她那整個人都似是水做的一般，眼淚掉得比她還多，話說到了後頭，她也只得悻悻離去。

說來，張小碗的怯懦無能及擅哭的名聲，早在眾家夫人間傳開了，京城的眾多夫人皆知這兵部尚書府裡，那據說本性凶悍的夫人一涉及她那夫君的事，除了哭就是哭，是萬萬不敢管他的一丁點事；這兵部尚書府裡頭，就那位長相出眾的爺說了算，他說如何，那尚書夫人就會如何去辦。坊間還傳言，尚書大人要是夜間不在府裡歇著，這尚書夫人能從早哭到晚，再從晚哭到早，那汪大人都被她生生哭怕了，連後院都不太敢去，生怕把生了善王的夫人給哭沒了。

汪永昭在外頭早聽得了她這名聲，但沒料到，她真真能把這套用到了他身上。

這天夕間他一回來，見送走太尉夫人的張小碗眼還紅紅的，他當下想也沒想，氣不過地便把她拉到了裡屋，把她辦得真哭了一次，這才洩了恨。

這頭，御史大夫與太尉鬧得不可開交，皇帝宮裡那邊也出了醜事。

尚在閨齡的婉和公主還在守孝期內，這肚子卻大了……

這事，汪永昭得了第一手消息，便在這夜的床頭告知了張小碗。

張小碗聽得半會兒都沒出聲，好一會兒才輕輕地問：「這事會如何處置？」

「胎兒打掉，孝期一過便成婚。」汪永昭淡淡地道。

說罷，他用手輕輕地撫了撫張小碗的臉，看著她多了幾許紅暈的臉，淡道：「睡吧。」

張小碗抬眼看了他一眼，「嗯」了一聲。

朝廷事多，哪怕張小碗日日待在深宅大院不出，但有些場合她還是不得不去。

這日丞相夫人邀了張小碗去她家的賞花會，說是婉和公主會親臨，張小碗就不得不答應了下來。

她看著丞相夫人那一臉笑得榮光的臉，心底有些思忖，到了夜間一問汪永昭，事情還真如她所料一般，公主肚子大了的事，這丞相夫人也是不知的。

知的，也只有那三三兩兩的人了。皇帝、丞相、汪永昭。

見她再問起，汪永昭也在她耳邊輕描淡寫地說：「公主身邊的人都死了，連她奶娘的腦袋也沒保住，這事，妳心裡有個數就好。」

張小碗聽得搖著頭苦笑不已，汪永昭還真是信她，這種事，待要她再次問起才來提醒她，換個不謹慎點的，這口風要是透了出去，都不知要出何等的大事了。

話說丞相夫人賞花會這天，婉和公主駕到，身前六個宮女，身後也跟著六個，個個娉婷多姿，嬌俏可人。

身著華服、額點美人痣的公主真是風華絕代，那出場的架勢也端是氣派，尊貴無比，她出場時，那一身的光彩讓她真像是個九天下凡的仙女。

「拜見公主，公主殿下千歲千歲千千歲。」眾女眷在她前來的那一刻，便齊齊拜伏在了她的身前。

跟在幾個夫人身後的張小碗不著痕跡地瞥了她一眼，見得她微微昂高了頭，一副不可一世的臉，她還真不敢猜測這剛打了胎的公主內心有何想法，但還是能明白看出，她是相當享受眾婦朝她跪拜的。

待她微笑著叫她們免禮後，張小碗跟著前面的夫人們起了身，就聽得公主笑意盈盈地道──

「哪位是兵部尚書夫人？本宮可聽說那是個難得一見的淚美人，快快讓本宮瞧上一瞧，本宮在宮裡可是盼了許久了，今兒個可真真能見著真顏了！」

張小碗前面的幾位夫人回頭，讓開了路，張小碗便站在了這位儀態萬千的公主面前。

「臣妾見過公主殿下，公主殿下千歲千歲千千歲。」被如此指名道姓，張小碗只得上前，行跪拜禮。

婉和公主目光溫柔，嘴帶笑意，看得她堪堪跪下，待她磕了頭，忙上前虛扶了一下。「汪尚書夫人免禮，快快抬起頭來讓我瞧上一瞧吧！」

張小碗聽了在心中皺了下眉，但她表面還是輕聲地答了聲。「是。」她起身，抬起了頭，迎上了婉和公主打量她的眼神。

婉和公主笑著看得她幾眼，張小碗便眼帶閃爍地眨了眨眼，似是有些害怕地別過臉，又低下了頭。

「夫人果真是美人……」婉和公主讚嘆道，隨即又轉頭對眾位夫人笑著道：「眾位夫人快快落坐，切莫多禮。」

說罷，就上前對張小碗笑道：「夫人坐我下首吧，我這兒還有些許話與妳說呢！」說著就笑著搭上了宮女的手，婀娜多姿地往那主位走去。

張小碗垂著頭，帶著萍婆子走了過去，低頭間，她望了望神情嚴肅的萍婆子一眼，萍婆子看得出她眼神間的意思，便溫馴地低下了頭。

當年靖鳳皇后都不會看著她跪拜下去，磕頭之後才來虛扶一下，哪怕就是她真磕了頭，也必會親手過來扶了她。她的那些舉止，其實不是給她張氏臉面，而是給她身前的汪永昭臉面，給她的兒子臉面。

所以婉和公主這一舉，張小碗也不知她是真不懂，還是假裝不懂。

待到她落了坐，婉和公主便笑著問：「聽說妳有兩個兒子，小兒幾歲了？」

張小碗眼睛微垂，溫婉地答了話。「已快得三歲了。」

「善王已有十八歲了吧？」

「是。」張小碗嘴上溫馴地答道，心裡卻冷然了起來。

「可是說好人家了？」

張小碗聽得這話，抬頭朝得公主笑笑道：「臣妾聽得家中夫君說，這事尚不能著急，待善王打了勝仗領兵歸朝，為我大鳳朝盡了忠職後，再商議也來得及。」

婉和公主聽罷此言，笑容淡了下來，淡淡地道：「是嗎？」

說著就不再與張小碗說話，轉頭與另一頭的夫人言笑晏晏去了。

說話說至一半，丫鬟們端了花盆，先讓婉和公主過了目，才放至中間的地方讓各位夫人觀賞。

賞花時，公主與丞相夫人親親熱熱地說著話，待花全部端上來後，下人來報，說是明麗郡主來了。

「明麗姑姑竟然也來了？」公主甚是驚喜，還嗔怪地輕捶了身邊的丞相夫人一下。「丞相夫人知道我和姑姑感情好，把她也請來了也不知會我一聲，就知道哄我開心！」

「不哄您開心，我還哄誰去？」丞相夫人笑得合不攏嘴，對下人道：「還不快快帶了郡主過來。」

這張小碗聽都沒聽說過的明麗郡主一來，這十來個權臣夫人就又上前站著迎人。這時，戶部尚書顧可全的夫人顧夫人站在了張小碗的身邊，笑著誇她道：「汪夫人今兒個頭上戴的花簪子可真是精巧啊！」說著就探頭過去看了看。

張小碗笑看她一眼。

這時，背對眾人的顧夫人在傾身看簪子時，小聲且極快地在張小碗耳邊道：「妳且小心著點，這郡主對妳家汪大人來者不善！」

這時，顧夫人收回了踮起的腳，張小碗也笑著把簪子輕輕摘下，往她手裡一塞。「那妳看看樣式吧。」

顧夫人笑著點了點頭，拿過簪子看得幾眼，這才讓萍婆子把它簪了回去。

如顧可全夫人所說一般，來者不善。那看著明豔無比，眉間盡是風流的郡主一來，張小碗就被公主叫到了她的面前，又給這明麗郡主行了跪拜禮。

明麗郡主端坐在那副主位，硬是坐在座位上看了張小碗好半晌，這才笑著讓她起身。

「沒承想，汪夫人也是個美人呢！」明麗郡主拿帕掩了嘴，笑得端是千嬌百媚。笑罷，又和婉和公主笑著道：「不過還是有了點年紀，善王都十八、九歲了吧？還是有些許顯老的！」

張小碗並不太知這明麗郡主的來歷，只知她是婉和公主的姑姑，便表面神色還是柔順恭敬，她們沒叫她退下去坐著，她便站在這兒聽著她們說話。

「是有點，可是誰人又及得上姑姑的保養有方？就是我，也是及不上的，姑姑可就別拿別人說嘴了，要不得，待您到了宮中，父皇還得唸叨您幾句沒規沒矩呢！」

「妳父皇自來疼愛我，才不會呢！妳這小嘴，天生就帶著蜜，哄得誰人都開心，難怪丞相夫人一見著妳，就笑得合不攏嘴……」這看著也有三十來歲的明麗郡主聽得格格笑了起來。

這廂，婉和公主又接了話，一公主、一郡主，慢慢騰騰地說得了三盞茶的話，這明麗郡主才像是剛想起張小碗還站著，這才揮了帕，讓她下去坐。

這次，張小碗的位子發生了變化，坐在了末尾。

這賞花會賞了兩個時辰才散，張小碗臨走前，又被公主、郡主叫住了，又給她們磕了頭。

這近兩個時辰，她就沒少受她們的折騰，來來去去地問話，屁股都沒讓她坐熱過。張小碗一坐到馬車上，萍婆子就掉了淚，張小碗看得她幾眼，便靠在枕頭上閉目養神，隨得了她哭去。

待回了府，張小碗叫來了聞管家，讓他把明麗郡主的事說給她聽。

聞管家聞言驚了一跳，連忙把話全都說了出來。

這明麗郡主是老懷王的么女，身分說來尊貴無比，但運氣卻是不怎麼樣的，她的夫婿是個武將，這親剛結成兩個月，邊疆就起了戰事，他奉旨奔赴戰場，隨之就死在了沙場上。

這明麗郡主在夫婿去後便守了十二年的寡，她一直都住在懷王府，偶爾來得京都住上那麼兩個月，這次，她就是跟了奉召來京的老懷王過來的。

說罷這些，聞管家彎腰悄聲地說：「老奴聽得還有個說法，不知當說不當說？」

「說吧。」張小碗揉了揉磕得有些疼的額頭道。

「聽說那老懷王，看上咱們老爺了。」

「看上了？」張小碗聽得冷冷地笑了一下。「意思就是要把這位郡主塞到我們尚書府來？」

聞管家彎著腰，不敢直起。

「我知道了，下去辦事吧。」張小碗讓他退了下去，而賞花會的那一齣讓她身心俱疲，她便回房洗了個澡。

當萍婆子幫她擦濕髮時，她扛不住疲憊，就這麼坐在椅子上睡了過去。

醒來時，竟是夜間，她發現自己是睡在床上的，這時她才恍然想起，汪永昭好像回來過房裡一次。

夕間，得了信的汪永昭回了府，看得那婦人偏著頭，靠了一點點的椅背，竟是睡得很沈。

汪永昭讓婆子繼續擦著她的濕髮，他上前低頭看了看她磕青的額頭，拿出藥瓶給她搽藥，途中她被驚醒，睫毛驚慌地顫動著，那虛弱的跳動，看得他的心口都疼了。

這婦人這時抬了抬眼，見得是他，便閉上眼，又偏著頭睡了過去，汪永昭看得摸了摸胸口，覺得胸口憋悶難受至極。

給她搽了藥後，汪永昭揮退了婆子，把她已擦乾的頭髮用乾布又擦了一道，這才抱起了她，把她放到了床上，讓她睡在他的位置，給她蓋好了被，又看了看她顯得有些蒼白的臉後，他低下頭，在她的唇上吻了一吻。

隨即，他進了宮。

見過靖皇，汪永昭先是磕了一道頭，待靖皇叫他免禮，他就站了起來，接著又給靖皇磕了一道。

得知丞相府中情況不比他遲的靖皇看得頭疼，這時忍不住冷哼道：「你這是要做什麼？逼朕嗎？」

「微臣不敢。」汪永昭見他提起，便抬頭朝靖皇平靜地道：「拙荊向來對靖鳳皇后敬重有加，當年，為了孝敬王妃，她連家中的那幾個瓶子都要抬了去討她歡喜，想來，給她生的公主多磕幾個頭，她心裡那也是非常心甘情願的。」

靖皇聽得半晌無語，一會兒後他淡淡地出了聲。「起來吧。」

汪永昭便站起了身。

靖皇扔了手中的筆，雙手交疊看著書案，半會兒，他道：「這事，我會好好訓一下婉和，定會給你一個說法。」

汪永昭聞言翹了翹嘴角，朝得靖皇一拱手。「多謝皇上。」

事畢，他便告退。

他走後，皇帝看著他的大太監問：「小順子，你說他會不會就此了了？」
大太監聽得低頭，恭敬地道：「汪尚書大人可從來不是那溫文爾雅的真君子。」
不是真君子？那便是真小人了。
皇帝聞言便笑了起來，但這時，他的眼神卻是冷的。

汪永昭一出宮門，候在一邊的江小山就上前在他耳邊輕言了幾聲，汪永昭聽了點了點頭，江小山便騎馬去了另一道。
不多時，汪永昭赴了同僚在青樓的宴席，待到酒過三巡，菜過五味，就有那頭牌花妓要撲進他的懷裡。
可她這一撲，只撲到一半，就被汪永昭一腳踢到了半空中，那青樓第一美人下一刻便重重地摔在了地上，發出了淒厲的駭叫聲。
隨之，瞠目結舌的眾人就聽得汪尚書冷冷地道——
「我不用別人用過的爛貨。」
眾人震驚得很，隨之面面相覷，半晌竟沒誰先開口說話。

當夜，汪永昭回了府，喝過那婦人給他溫著的參粥，待沐浴後到了床上，這才不快地朝她說：「那公主跪了就跪了，那個郡主何須妳跪？」
張小碗無奈，輕聲地和他說：「公主在那兒呢。」

公主總該是要跪的，可那郡主按理確實不須她跪，但她也是皇家人，還站在同是皇家人的婉和公主身邊，這也是討了這個巧去，要不然，哪須跪得那麼多？

說來說去，她們想讓她跪，張小碗也就真跪了，她沒想跟她們計較這些表面上的東西。她今日跪下去，按她今時今日的身分，撇開汪永昭這邊會有的反應先不說，皇帝看在汪家和善王的面子上，也定會管上一管的。

一時之氣，或者一時之爭，討不了什麼好，張小碗也是不做的。表面上讓人得了好又何妨？背地裡討回來就是。

「明日開始，誰來就說妳病了，誰人也不見。」汪永昭手摟著她的腰，閉上眼淡淡地道。「就算有人死在咱們府邸大門口，妳也不要提一個見字。」

「要是皇帝來了呢？」張小碗淡笑。

汪永昭惱火地瞪了她一眼，彈指熄了油燈，厲聲道：「睡覺！」

京城真是風雨不斷，御史和太尉槓上了，而沒得幾天，汪永昭在酒樓說的那句話就傳到了各懷心思的文武百官耳中，讓知情人都知道，老懷王的好意，他可沒打算理會。

那話，讓明麗郡主推了各家夫人的帖子，那幾天裡，誰也沒請得了她赴會。

知情人對此也是笑而不語，都知老懷王想跟兵部尚書攀親的事是無一點可能了，畢竟他若還要攀上去，那根本就是不要臉了。

堂堂一個郡主，怎麼樣都不能坐實「爛貨」的名。

這時，婉和公主要前往濟寧庵為已逝的靖鳳皇后吃齋，為向佛祖表其虔誠，她前去之勢一切從簡，連宮女也只帶了兩個。

這風聲落在了百姓耳裡，不免誇她至善至孝，道她果然不愧為九龍真君的女兒，想必，也是仙女下凡來的。

關於皇家的那些事蹟，外邊越說越模糊，張小碗在府中也沒閒著，老聽得江小山跟她唸叨這些。

這時張家那邊忙過了農忙，就讓張小寶帶了二十多隻老母雞、一些臘肉和兔子肉過來，加上其他什物，竟裝了兩大馬車。

小寶送完吃的、用的，在汪府住了兩天，就準備回了。他這次來又得了他大姊不少叮囑，免不了要出趟遠門辦事。

他做事做慣了，閒在汪府什麼事都不做也不舒坦，因此在張小碗的挽留下，他多歇得了一天，陪懷慕玩了一天，接下來就說什麼也不多留了，帶了張小碗給他們一家老少的什物，就趕著快馬回去了。

他來時，是汪永昭派的人護著來的，走時自然也如此。張小寶也知只要懷善還在前邊打仗，他們汪家和張家就都安寧不得，只得步步謹慎為上。

但這些年風裡來雨裡去慣了，張小寶也不覺得這有什麼不好，操心的事雖然多了些，但好歹一家人都活著，還活得好好的。

他大姊說得沒錯，過什麼樣的生活，就要相應地承擔什麼樣的壓力，這世上，沒有啥平白無故的福氣。

小寶走後，被張小碗拒絕見的那幾個夫人許是得了她見了娘家弟弟的風聲，就又來遞帖子了。

因為沒過幾天，大鳳朝推遲了半個月的春闈就到了，為此御史硬槓太尉的風浪都暫時歇停了下去；但今年文武同期，分別選拔的考試，讓主持武狀元選核的汪永昭卻站在了風口浪尖上。

因為懷王屬地的那近二十個武子，竟然還沒過他的眼，就被他的下官全刷了下去，一個也沒留。

武舉不比文舉，州省送上來的武子，第一道得先得考官過了眼、點了頭，才進得了第二道的比試。

至於要到殿試受封，不管你是什麼人，就算有天大的本事，只要主考官沒點頭，你就進不了殿試。

大鳳朝文武同重，加之戰事不斷，武官有了戰功，升官更是要比循規蹈矩的文官容易些，自然，各地州省前來參試的武子也多如牛毛。

可誰也沒料想到，汪永昭手底下的人才第一道就把懷王的人全給刷了，完全不給丁點兒臉面，狠狠打了懷王一記耳光。

這且不算，凡是跟懷王沾點親、帶點故的州縣武子，也被其底下的考官大筆一揮，那比試的門都還沒摸到，就要打道回府了。

受了連罪，自然就有人叫苦不迭。大好官路就此斷了，任誰也不甘心，所以這通門路的，便有人把主意打到了張小碗的頭上。

張小碗這時也算是知道為啥汪永昭要她裝死了，原來是汪永昭要收拾明麗郡主的老父王了。

張小碗倒不會自作多情地以為汪永昭這是為了她出氣。老懷王是皇帝的眼中釘、肉中刺，這時汪永昭要是往老懷王靠邊，哪怕只有一點點，都可以讓他與皇帝好不容易維持平衡了的關係崩毀，而他也就成了皇帝眼中另一個迫不及待想拔除的老懷王了。

說來說去，那天明麗郡主給她的下馬威給的太大了，她是給她們磕足了頭；但明眼人都知道，靖鳳皇后都受不住她這樣磕，這兩個倒是不怕，卻正好給了汪永昭把柄，把老懷王一家給踢得老遠。

明麗郡主給她找碴，張小碗差不多能想明白，至於婉和公主為什麼明著給她找碴，張小碗想來想去也沒想出個究竟，最終她還是在這晚就寢時問了汪永昭。

看著她獨自想了幾天的汪永昭聽到她的問話，嘲諷地翹起嘴角，問懷中的婦人。「想不明白，覺得可以問我了？」

哪料，那婦人從來不知道臉紅為何物，竟落落大方地點了頭。

「是，妾身不知，還望老爺明示。」

汪永昭聽得冷哼了一聲，過了一會兒，他漫不經心地回道：「公主的奶娘死前，把妳見過皇后的事告知給了她。」

「就是皇后沒了那一晚的事？」

「嗯。」

張小碗良久無語，長長的一會兒後，她才苦笑地感嘆。「真是忠僕。」

汪永昭低頭看她，摸著她的頭髮，思而不語。

張小碗在他的手臂間挪了挪頭，長長地吐了一口氣，這才說道：「所以公主這是覺得我駁了皇家的面子，想把面子找回來？」

「怕不僅如此……」汪永昭的手摸到她的小腹上，有些心不在焉了起來。「她怕是也沒打算想把寶一直押在丞相府裡頭了。」

張小碗聽得身體一僵，瞪大眼睛朝汪永昭說：「她還妄想我們的懷善？」

妄想？妄想我們的懷善？汪永昭琢磨著這句話，不知怎地，竟有些想笑，不多時，他確也是笑了出來，對她淡淡地道：「放心，她妄想不來。」

外邊熱鬧得很，張小碗也是真鐵了心裝死，尚書府大門關得緊緊的，汪府那邊她也差人送了話，說她病著要靜養，有事待她痊癒再來稟報。

汪余氏不是個蠢的，她跟張小碗處事這些年，自負也多少知道了一些張小碗的脾性，曉得只要安安分分、規規矩矩地做事，事後，她斷不會少了妳的好處。

這下，眼看著張小碗是不想管外面那些個事，汪府這邊，她也少不了一些人的拜託，但她還是咬緊了牙關，萬萬不敢鬆口答應幫忙，也不敢真上尚書府幫誰說話去。

她還清楚記得二嫂汪杜氏是怎麼丟的這掌家夫人的身分。

實則張小碗關在府裡也沒閒著，倒不是後院的姨娘又給她找事做了，而是汪永昭不知從哪兒鬧來的養顏方子，內服、外敷的一大堆。

另還給她找了個女侍醫日間來伺候她，說是皇帝賞的。

日間這女侍醫就圍著張小碗的那張臉、那雙手轉，晚間汪永昭一回來，就著人把人送回去，頗有用過就扔的意味。

過得幾日，張小碗的臉被弄白了一丁點。

得了女侍醫的喜報，用過晚膳，沐浴時分，汪永昭抱著人在浴桶仔細看過後，竟皺了眉。「怎還是如此？」

「嗯？」張小碗疑惑。

「沒見得哪兒好看。」汪永昭淡淡地道：「還是那眉眼。」

張小碗聽得笑了一笑，沒說話。

汪永昭見她無甚反應，便摟了她，又行那事。待事畢，他伸手去搆了乾布過來，給她擦臉上的水漬。

他擦得甚是輕柔，張小碗閉著眼睛，笑著輕聲地問：「除了公主、郡主嫌我老，難不成，您也嫌我老了？」

汪永昭聽得手一頓，那眉頭都緊擰了起來，這時，他看得睜開眼睛的婦人，雙眼亮亮地笑看著他，他這才冷哼了一聲，不屑地道：「妳自來就醜死了，還用我嫌？」

「是啊……」張小碗聽得也感嘆地發出嘆聲。「真醜。」

說著抬起手，就著那圓形油燈發出的光，打量著自己這雙還是有著薄繭的手，再輕輕地一嘆，滿臉唏噓。

那一聲輕嘆，卻嘆得汪永昭的心口無端地疼痛了起來。他看著那雙眼，半晌都忘了收回眼神，竟似看傻了一般。

張小碗轉頭時，就見他一臉的怔忡，這一刻他難得的出神，竟讓她恍惚了一下。

他的心思，她豈能不明白？不過就是不想讓別人說她老罷了。

他對她的好，她也是條條心裡都有數的；但不管說她鐵石心腸也好，還是無情愛之心也罷，她的心還是對這個就算年過四旬也還是英武不凡的男人悸動不起來。

她只知，她要當好她的汪家婦，裡外的人都要照顧妥當了，那麼汪永昭自然虧待不了她；也或者因此，他還會為這樣的她繼續沈淪下去。

她對他的好，換回了他對她的好，這樣的關係其實更牢固一些。日後不管如何，只要她不做那出格之事，她比之他愛過的女人們的下場都會要好些。

汪永昭這段時日都是早出晚歸，但他起得再早，張小碗也是會在他尚在練武的寅時起床，去廚房給他做得一鍋糙米粥，再添三個饅頭，並清炒三兩的牛肉給他食用。

如此，哪怕一上午汪永昭都在練武場上跟人比武，這肚子也是餓不著的。

她又給他新做了一套勁裝出來，這日早間在他練武後給他穿上，她端詳了一下，笑著與他道：「您穿著甚是精神。」

汪永昭摸了摸身上柔軟的衣料，點了下頭。

用膳時，他看得那婦人拿著帕子掩著嘴，一口一個哈欠地打著，他終還是開了口，道：「回床上歇著去。」

「不忙，」那婦人又打了個哈欠，才放下帕子，與他淡笑著輕言道：「待送您上了朝，我自會去補上一覺。」

汪永昭也知她會如此，待他問了，他也聽她說了出來，他心裡就好過了，便不再言語。

那婦人送他到院子口便不動了，給他整理了身上的衣裳，又給他理了理披風，笑而不語地等著他走。

汪永昭走至那道院前的石板路，兩邊都是她養的花草樹木。

這些平時在山林野地間易見的東西一向長得過於茂盛，不過幾年，就把這幾畝地全長出了茂盛之態，那生意盎然的樣子在這才亮起的晨間都有幾許歡天喜地之姿。

就像那婦人一樣，悄無聲息地就把她種在了他的心上，無法拔除，讓他想起她時，哪怕知道她的心裡不是全然裝的他，他還是想笑笑。

走到盡頭，親兵就候在門的兩邊，他回過頭，見那婦人還在那牆下的燈籠處，看得他看她，她朝他揮了揮手帕，催促他走。

汪永昭便又翹了翹嘴角，帶著他的人，自去那朝上衝鋒陷陣。

當今皇帝現在就想把丞相的右手——御史大夫給生生折斷了，他要是不衝上前去幫一把，這皇帝就能讓他的日子不好過。

內宅裡，那婦人才得了些許安寧，她說的那個「我們的懷善」，確也是他們的孩子的善王，也還在夏朝內突擊遊兵；他只想她養好了身子，再給他多生兩個兒子就好，那些不應她多操心的，他自會替她免除一些。

但世事多變，不管這廂汪永昭想得有多好，替他宅內的婦人操了多少的心，涉及張小碗的風波還是來了。

這時坊間把當年張小碗在葉片子村的事傳了開來，說她當年曾被那袒胸露背的乞丐出言調笑過，說她當年是被汪家趕出來的罪婦，不得公婆歡喜，也不得夫君寵愛。

而那乞丐就在京城到處跟人說，他摸過現今兵部尚書夫人的手，言談間神色輕佻，舉止放蕩，聽得那看著之人甚是厭惡，又滿是驚奇。

過不得多時，汪永昭就派人把他捉拿了去，但張小碗曾被乞丐調笑過的名聲卻在京城裡傳開了。

這實則不是張小碗的錯，眾人也知這乞丐是討人嫌得緊，但也還是覺得這汪大夫人是個不甚乾淨的婦人，覺得這樣出身不好、品性不佳的婦人，不配當異姓王善王的母親。

為此，汪永昭怒得讓人放狗把那捉來的乞丐活吃了，也派人回了府裡，叫下人把嘴都牢牢看住了。

哪想，還不得兩日，這天尚還在早上，他正在兵部之時，就聽得家中下人急忙來報，說夫人穿好了誥命夫人的衣裳，往宮中見皇上去了！

在尚書府，除了萍婆子，張小碗沒想用過哪個僕人，因她弄不清楚這些人的身家背景、心思幾何，而對於她弄不明白的，自然也就全不去信，她信的，都是她多少能瞭解一點的人。

所以，給她院子裡送廚房的菜的人，都是胡家村的菜農，這天那過來送菜的婆子慌得連擔子也沒挑來，便給她報了坊間傳言的信。

張小碗送走她後，在堂屋坐得半會兒，就毅然去換了衣裳，拿了靖鳳皇后給她的那枚私玉，去往宮中見人。

一到宮牆中的偏門，她通報出聲，那守門之人驚詫得眼睛都瞪圓了，猶豫了半晌，卻是抬了步，幫她通報去了。

不得多時，竟真有太監領了她前去，張小碗心裡多少算是有點底了。

待一見到了皇帝，給他行完禮、磕完頭，她就把私玉給呈了上去。

她低著頭，聽得那上方的人說道——

「汪張氏，妳可知未被傳召就私闖宮門，那是大罪。」

「臣妾知道……」張小碗聽得默默掉淚。「可臣妾不來，善王就快要沒了母親，我家夫君就要沒了夫人了！皇上，您不知——」

她正要把準備好了的話哭訴出來，哪想，那上頭的男人竟打斷了她的話，像是疲憊地道了聲——

「罷了，朕知妳為何來的……」

「皇上……」張小碗那先前還有七、八分主意的心，頓時便不安了起來。

「妳給朕說說，這皇后的私玉，皇后是如何給妳的？」

張小碗聽了，猶豫了一下，終是苦笑了一聲，便把實情說道了出來。

「當年，您還在雲、滄征戰之際……」張小碗吞了吞口水，緩和了一下乾澀的喉嚨，但她這時說出來的話還是啞的。「皇后還是您的王妃時，她有次發了高熱，夜間派人拿了私玉讓我去請一位白鬚大夫，臣妾給她找著了人，也領著去了，當時那大夫不肯開藥，被王妃拿劍指著，這才逼得他開了方子。當夜王妃立時退熱，那大夫說要寫信與您，便被王妃殺了。」

說到此，張小碗手撐著地面好一會兒，聲音才繼而劃破了這靜寂無聲的殿堂。「翌日清早，我看著王妃在著衣，便上前還她尚在我手中的玉，可她卻道，就讓妾身幫她拿著，好讓妾身到時能提醒她，她這一生到底殺了多少無辜之人……」說到後頭，張小碗的聲音也低了，冷冰冰的沒有一點感情。「那日，王妃進了宮，後來臣妾聽聞，那時的皇后說王妃臉上白粉撲得過多，害得她犯了咳嗽，便罰王妃跪了一天的冰磚……」

她說罷此言，那廷上的人這時咳嗽了一聲，不及眨眼，就聽得大太監朝著門口高喊——

「快叫御醫！快，快快！」

張小碗沒有抬頭，當好幾個人衝過來時，她跪到了一邊，從他們的言語中，聽得這皇帝是吐血了。

聽見他吐血，張小碗的心是冷的，但眼角卻無端地掉了淚。

當年的靖王妃為了靖王，明知活不過五年，也非得吃了那藥，爬去皇宮給那時的皇后羞辱，難道圖的就是時至今日，她最愛的男人為得她吐血一番嗎？

她在地底下，是好過，還是不好過？

而她當年幫了靖王妃一把，沒料想，她也是得了報應一般地被陷在了局中，終要走一步險棋，才能確信會扳回一把。

可她拿著這私玉來了，聽得皇帝吐血的這一刻，又覺得她太累了……

張小碗縮在一張椅子旁，低著頭跪著，聽得來往匆忙焦慮的腳步聲，突然覺得無所謂了起來。

也許，她現下死了，現在還戀著她的汪永昭無論如何也會幫她看住懷善，而懷慕自然也會得到他的愛護。待些許年，時間久了，他心口又有了美人，她的懷善也會在嚐遍痛苦之後，靠著一身被鐵築起來的傲骨再次站起來，他會有他的妻子，會有像他一樣聰慧至極的孩子，到時，世事就又是另一番模樣了。

有沒有她，其實沒那麼重要的，因為待到這頭的傷心過去了，人該是如何就會是如何。

就像現下的皇帝，就算為了舊事吐血又如何？待回過頭，他依舊在當他的皇帝，往日靖王妃對他的深情，也阻攔不了他去抱新的美人。

誰都是那般重要，但說透了，誰也都不是那般重要吧？人再痛苦，也總是會好好地活下去的吧？

張小碗自嘲地笑了笑，這一刻，她萬念俱灰，毫無生氣地垂著頭、靠著椅腳。

這時，一道輕輕的腳步聲靠近了她，待那人一蹲下，那龐大的熟悉氣息籠罩她時，她猛地抬起頭，訝異地看著眼前這個早間她還用手撫過他硬朗輪廓的男人，說出口的話竟有些結巴了起來。「您……您怎地來了？」

「嗯，我來了。」汪永昭淡淡地掃了她一眼後，把身上的披風解下，披到了她的身上。

身上的披風還有著他身上過熱的溫度，張小碗便輕笑了起來，輕輕地道：「您也是個傻的，這都快六月的天了，這披風只是早間讓您披在身上，免得身上沾露水的，怎地這般時辰了還穿在身上？」

汪永昭看她一眼，未語，只是轉身朝得皇帝跪去。

張小碗見狀，移了兩步，跪在了他的身邊。

夫妻倆跪在那兒。

半個時辰後，座上的皇帝開了口，道：「下去吧，關於這事，朕自會定奪。」

「謝皇上。」汪永昭沈聲地開了口，給皇帝磕了個頭。

他起身，看著張小碗恭敬地磕了三個頭後，伸出了手，扶了她起來。

扶著人走時，他抬頭看了皇帝一眼，對上皇帝冰冷的眼。

他垂下了眼，扶著妻子走了出去。

以前，他怕是也喜歡像靖皇這樣看人，像是什麼事都是可以算得清楚的。

現下，溫熱的軀體擁得久了，他便不想再過回以往那樣的日子了，那只有無邊的寂寞。

嚐過這平淡的溫情後，誰也別想把他現有的奪走。

第三十二章

馬車內，張小碗的身體癱在了汪永昭的身上，一路上汪永昭都無語，過得一會兒，張小碗開了口，抬頭苦笑著朝他問：「您不怪我？」

「怪妳做什麼？」

「怪我自作主張，恐會弄巧成拙。」

「妳會嗎？」汪永昭淡淡地道：「妳不是什麼都算得清清楚楚，就算我不來，妳也自有法子如妳所願吧？」

他說得淡然，張小碗卻從他淡然的聲音裡聽出了薄怒，不敢再開口，只得垂下了頭。看著她楚楚可憐的低頭模樣，汪永昭長吁了一口氣，緊了緊放在她手上的手臂。

張小碗以為他要說什麼，但等了許久也沒等來他的話，這當口，她不知說何話才好，只得伸出雙手抱住了他的腰，頭靠在了他的胸前。

皇帝的旨意會如何下、會何時下，沒個定數前，誰敢說如何？

張小碗沒待多時，第二日，皇帝的聖旨來了尚書府，旨意為特詔天下，因張氏撫善王有功，特賜號「仁善」，稱仁善夫人，另賞金銀珠寶五箱。

誥命沒升，只是賜了個號，但在這當口皇帝下了這旨，算是堵住了外邊人的嘴，老百姓也好，還是別有用心之人也好，誰也不敢再非議皇帝金口玉言賜了「仁善」的這個婦人，要不然，這就是與皇帝作對了。

但張小碗這口氣也還是沒有鬆下，她去了她藏物的庫房，把靖王妃送給她的那些物件，不管大與小，她都裝了箱，讓汪永昭給皇帝送去。

汪永昭打開箱子後深深地看了她一眼，便什麼話也沒說，進宮謝恩時，他把箱子帶了去。

皇帝打開箱子看得半會兒，把當時靖王妃寫給汪張氏的信一封封打開，看得那熟悉的字跡多時，他才抬頭對坐在下首的汪永昭說：「你算是娶了一個賢妻。」

「是。」汪永昭垂首。

「下去吧。」皇帝的眼睛又轉回到了那堆信上，頗有些心不在焉地朝他揮了揮手。

汪永昭就此退下，走出宮門那刻，他抬頭朝天空吐了口氣。

不管如何，這次也確實被那婦人圓了過去了。他沒有跟皇帝硬槓，皇帝也沒想再接著暗借他手削他汪家的勢力，如此這般景象，確實比他先前打算硬槓的策略要強上太多，沒有損兵折將，也未用一卒一馬，便絕了一些想跟他鬥的人的後路。

這次說來，得了最大好處的是他，不是她那小兒……

汪永昭站在原地想了好一會兒，直到前來送他出宮的太監小聲地催了他半會兒，他才提腳大步而去。

那宮裡，靖皇得了太監的報，待人退後，他對大太監說道：「汪張氏是個進退有度的，想來，在她有生之年裡，他不會做太多有損她清譽的事。」

「這……」大太監一時聽得並不是很明白。

靖皇沒有感情地翹起了嘴角。「皇帝，權臣……哼，算他看得明白。」

說罷，他把裝信的箱子合起抱上，偏過大太監伸過來的手，親自把箱子抱回了寢宮，把物件掏了出來，放置在已放了不少什物的地方。

這龍床這麼大，皇帝看著這以前就覺得是他的、現在睡下卻覺得並不如何的床，心想，總算是有點用處了。

半個月後，殿堂裡，靖皇新封了武狀元，同時，文狀元那些人也被欽點，一時之間，京城上下歡騰一片。

身為武舉的主考官，汪永昭在外一臉平靜地受了同僚的不少恭喜，一回到後院，門一關，他那平靜的臉就垮了下來，一臉怒氣，朝得張小碗怒道：「誰家給妳遞帖子都不見！」說著，就大步往那堂屋走去，走到門口，還大力地踹了一下門。

張小碗拿著帕子掩了掩嘴，朝江小山看去。

江小山苦著臉，上前跟她小聲地說：「殿試欽點的狀元、榜眼、探花這三個人，都不是咱們……」江小山作了個手勢，示意這三個人中都沒有汪家的人。

「這……」張小碗皺眉。

江小山見她還不解，大嘆了口氣。「只有那五人上了殿試，當中就有咱們府的兩個，可您看看，這結果……」他用著手背敲了敲手板心，一臉有苦難言。

張小碗猶豫了一下，朝得他輕頷了下首，算是知意，這才跟著去了堂屋。

這廂江小山見大夫人又要去哄大老爺了，他便輕手輕腳去了那廚房，看能不能討得些點心吃。

「您先回房把朝服換了吧？」張小碗探了探瓷壺，見得水不熱，欲要叫人去拿熱水過來時，就見汪永昭不耐煩地把她茶杯上的蓋給掀了，一口把她的那杯參茶喝了下去。

張小碗見得搖了搖頭，但也沒再去叫人，拿著溫水又斟滿了一杯，看得汪永昭又一口氣喝了半杯才止，她才道：「您這是氣什麼呢？」

「妳懂什麼！」汪永昭冷冷地瞥了她一眼，深吸了幾口氣，這才轉臉過來對她道：「算了，這次由得他去。」

張小碗不解地看他。

「他要滅我的威風就讓他滅去……」汪永昭皺眉。「就當還他前幾個兒的。」

張小碗聽得朝門邊走，往門外探了探頭，這才轉過頭來，對汪永昭微有點不滿地說：「您就別什麼話都說出口了。」

和皇帝這樣明算帳，這不找死嗎？張小碗有時也覺得靖皇對汪永昭的忌諱也不是沒道理的，任誰有這麼一個根本沒想著要盡全力效忠皇帝的權臣當屬下，這晚上的覺都會睡不好的。

汪永昭聽得她的話，又冷哼了一聲，一臉陰戾。

張小碗知道，他不快的應該不只是朝廷裡的事，還不快她肚子裡的事。

今天，刑部尚書府那頭就報喜訊來了，秦夫人在今兒個上午間生了對雙胞胎出來，兩個都是男娃兒。

她都知道了的事，跟著刑部尚書一起上朝的汪永昭肯定是知道了。

如張小碗所料，汪永昭還真是為著這事在不快。

他沐浴時都不願意張小碗伺候他洗澡，朝著她就是不快地吼：「妳出去，自個兒沐浴去！」

張小碗只得彎腰福禮，可剛走出屏風兩步，就又聽得汪永昭在裡頭喊：「妳過來！」

這些日子，因著他殿前的那一蹲，張小碗對他更是好上加好，可這時見得汪永昭如此這般不講理了，她覺得還是得管上一管。

於是，她便差人叫了江小山過來，讓他進去給他搓背，讓他在外人面前冷靜一下。

張小碗也算是觀察出來了，只要是有下人在，汪永昭就斷不會再與她那般不講理，也不會對她吼來吼去。

但她這也只是躲得了一時，待江小山替他擦了頭髮，得了她的賞銀退下後，她就被汪永昭一把攬住了。

汪永昭朝得她的肚子狠狠地拍了一巴掌，氣道：「不中用的肚子！不爭氣的婦人！」

張小碗被他打得瞠目結舌了好一會兒，才回過點神，剛想說點什麼，卻還是無話可說。

這種時候，她總不能建議他去找個能生的生吧？

第二日午後，汪永昭把給秦子墨夫人把脈的那大夫請來了，大夫在汪永昭陰沈的視線下戰戰兢兢地撫著鬚說：「無須著急，夫人身體安健，過得些時日便可有孕，汪大人盡可放心。」

汪永昭聽得他這說辭，臉色才好了一些，大夫臨走前還打賞了他五十兩銀子。

那刑部尚書的夫人得了雙生子一事讓京城知情的人都小小議論了一下，這還沒出三天呢，這段時日都陪著胡娘子在村裡待產的胡九刀就來報喜訊了。

胡娘子在這日上午辰時生了對一男一女的龍鳳胎。

胡九刀來說信時，汪永昭正好著家用午膳，還沒去兵部，他看得胡九刀那喜得腳都不願沾地的樣子，臉當即就冷了下來。

張小碗看都不敢去看他，忙叫人去備馬車，她要前去探望一下。

她要出門，府中的人就有點亂了，這廂聞管家帶著人給她挑馬、挑隨行的丫鬟和護衛，那廂不被人注意的汪永昭就陰著張臉，去了兵部。

他才騎馬到了兵部的大門，就見得裡頭有一人愣頭愣腦地朝得他撞來，汪大人當下就怒了，罵道：「瞎了狗眼的東西，不知道看路！」

這邊懷慕午睡醒來了，前來先給張小碗請安再去唸書，張小碗稍猶豫了一會兒，便牽了他去跟先生告假。

甄先生好貪杯，這時得了張小碗送來的一小壺用上等的藥浸好的藥酒，撫著鬍鬚裝模作樣地思索了一會兒，便點了頭。

這可喜得懷慕恭敬地朝著先生連打了兩個揖，嘴裡說道：「謝先生疼愛，多謝先生了。」

甄先生笑得眼睛微微瞇起，和藹地與他道：「去吧，晚間要是回了，再來跟先生習幾個字。」

「是，學生知了！」懷慕又作得了一個揖，這才把手伸到張小碗的手裡，讓他娘親牽了他走。

走得幾步，張小碗便問他。「可要娘抱你？」

「無須。」懷慕認真地搖了搖小腦袋。

張小碗知汪永昭已經在教他不能再任人抱來抱去了，遂作罷，牽了他的手一路走到門邊上了那馬車。

車內，懷慕得知那個厲害的胡大叔得了一子一女，便好奇地道：「竟是這等厲害？」

「是呢。」張小碗笑著點頭說。

「娘，那妳生時，是生雙子給我添兩個弟弟，還是像胡嬸嬸般，添一個弟弟、一個妹妹呢？」懷慕扳著手指在算。

張小碗聽得稍愣了一下，便笑著與他道：「這個還不知呢。」

「還是兩個弟弟吧！」懷慕看著他娘，頗為認真地說：「爹爹說，我要是再得兩個弟弟便好了，一文一武，一次了事。」

張小碗沒料到汪永昭竟跟懷慕說這等的話，一時竟又是啞口無言。

這等事，他怎能與懷慕說？

去胡家村送了雞蛋與布料，張小碗也得了一筐的紅雞蛋回來。

鄉間有風俗，生產的婦人要給人發紅雞蛋，誰吃了生產婦人家的紅雞蛋，都是要沾福氣的，要是女子吃了更好，來年也能得那白白胖胖的小子。

料是胡九刀也知道尚書大人的心思，在她走時，竟給她提了一小筐上了馬車，看得張小碗都不禁搖了搖頭，偏胡九刀還對她嘿嘿笑著，張小碗也只得輕嘆了口氣，無奈地笑了一下，與他道別。

到了家，已是夕間了，家中的那汪大人已回了府，正坐在門廊的茶桌處喝悶酒。

張小碗一進院已見著他在喝酒，桌上的小菜看著也是涼了，她便把懷慕塞到了他的懷裡，邊摺衣袖邊往那廚房走去。

背後，汪永昭在那兒不痛快地朝她喊——

「沒規沒矩！」

張小碗聽得頓住了步子，便回過頭，朝得他福了一福，補了禮。

她這一舉，把汪永昭的臉氣得更黑了，張小碗在他開口就要說話時，對他微笑著溫言道：「我去廚房給您做兩道熱菜，一會兒萍婆子會帶著丫鬟把什物都搬進來，您幫我看著點，讓她們別把胡家打發給我的紅雞蛋磕碰了。」

給汪永昭找好了事做，張小碗便又再一福，真往那廚房頭也不回地走去了。

炒兩道肉菜要不了多長時間，只是晨間買來的肉這時已不甚新鮮，張小碗便把乾肉和乾魚撕成條狀，放到開水裡燙，然後加了磨碎的乾辣椒、花生米與芝麻，再加了點熱油往上一淋，便做了兩道下酒菜。

她端著菜到了廊下，懷慕已經吞著口水朝得她揮舞著小手。「娘親抱抱！」

張小碗便笑了起來，把盤子端了過去擺好菜，把人接過，才對汪永昭說：「您趁熱吃點，墊墊胃。」

汪永昭看她一眼，不言不語地拿起筷子，吃了一口，嚐出了味道，便伸筷去了那小份、沒撒辣椒的盤中挾了肉絲，放到了已經向他張著嘴的懷慕口中。

「爹爹……」吃得一口，懷慕又張開了嘴。

汪永昭便又餵了他一口，那平時漠然的表情緩和了下來，有了幾許溫柔。

「您吃吧，我餵他。」張小碗拿了另一雙筷子，朝他笑著說道。

汪永昭這才點了點頭，另吃了幾口。待到張小碗把他杯中的殘酒倒到了地上，把溫好的黃酒倒入了他的杯中後，他才拿起了杯子，繼而抿酒。

這時萍婆子把帶回來的什物都歸置好了，提得那一筐子紅雞蛋過來，施了禮，小聲地問著張小碗。「夫人，這筐子蛋放在哪兒？」

「放臥房外屋。」出此言的不是張小碗，而是汪永昭。

得了吩咐，萍婆子便施禮退下了。

張小碗垂下眼餵懷慕菜，嘴角含著淺笑，並沒有說什麼。

懷慕在張小碗的懷裡探了探身體，看了離去的萍婆子手裡的筐子後，回過頭朝得他爹爹說：「爹爹，我去看過胡家的小弟與小妹了，小弟弟長得皺巴巴的，不甚好看，小妹妹卻是好看，臉蛋紅紅的。我們家也還是添兩個妹妹吧？家中已有我與老虎哥哥了，妹妹會好一些，我會當個好二哥的。」

他在張小碗懷中搖頭晃腦地說了一大通，模樣甚是可愛，張小碗看得都笑了起來，而汪永昭聽得明顯怔忡了起來，竟沒有回話。

所幸懷慕不是個說了話便要得到回答的孩子，他說罷，就又捉了張小碗的手，去搆那碟香香的肉絲乾。

這時汪永昭皺著眉，張小碗不著痕跡地掃了他一眼，也沒出聲，只管照顧起了懷慕。

待到夜間就寢，汪永昭把她拉到了身上趴著，與她嚴肅地道：「閨女不好，還是生兒子吧。」

「閨女有何不好的？」張小碗在胡家跟人聊了小半天的話，又一路陪著懷慕說話，回答他各種各樣的問題，現下她也是有些累了，她悄悄地打了個哈欠，便懶懶地問道。

汪永昭抱著她放鬆的身體，板著臉說道：「閨女會長大，嫁出了就是別人家的了，妳好不容易生一個出來，還給別人？妳這是想氣死我不成？」

「懷慕要妹妹。」張小碗把垂在他胸前的長髮輕攏到一邊，淡淡地道。

「這事我會跟他說，無須妳管。」汪永昭說罷，便一個翻身，把她壓在了他的身下。

張小碗這時把手勾上了他的脖子，語帶疲憊地說：「我累得很，您讓我睡上一會兒吧，明早還想起床給您和懷慕熬上點粥。」

「下人做得的事，妳沒必要日日親手做。」

汪永昭還是要了她，動得了半會兒，發現身下的女人潮紅著臉一邊喘息，一邊閉著眼睛像是不堪承受了一般，他終還是奮力動作了幾下，提前洩了出來。

「睡吧。」在裡頭靜得了一會兒後，他才扯過那疊放在桌下的布巾，擦了擦她，也擦過自己後，摟緊了懷裡的人，出了聲。

他這聲一出，那大膽的婦人便放心地頭一垂，酣睡了起來，弄得汪永昭瞪著床頂好一會兒，又把頭埋在了她的髮間好一會兒，這才把那點惱怒壓了下去。這時他的睏意也上來了，便抱了她的頭，埋在了自己的胸前，拿下巴抵住她的頭，這才悄然入睡。

這年七月，懷善來了第二封信，這封信離他的第一封信已有三個月之久，接到信後，汪永昭允她看過後，她這才知夏朝境內的夏人與大鳳人現下簡直水火不相容，不比邊疆還有通商往來的兩地；越往北去的夏人，就越是仇視大鳳人，他們一見著大鳳朝的士兵將領，不管是那三歲小兒還是七旬老者，都會上來與之拚命，為國報仇。

更別提他們還會幫著那些叛軍對付大鳳軍隊，只要他們追著的叛軍一入民宅處，那叛軍即會被各家窩藏，哪怕是全家陪葬，也無一人肯交出人來。

這些事，懷善在信中說得極細，語畢時，他在信中寫道——

這仇恨似是會千秋萬代藏於他們心中一般。夏朝王上前些日子去往神廟，路中百姓向他丟了一路的石子，他竟一語不發地受了下來，您說，這樣的人，他可會永世臣服於我大鳳朝哉？

「您說可會？」看罷信，張小碗抬頭朝汪永昭問道。

汪永昭聽得翹起了嘴角，笑得很是冷酷。「我與夏人打了近三十年的仗，只殺死過他們的人，可從沒殺退過他們，妳說這種人會不會對人真正臣服？」

他沒等張小碗回答，便抬高了下巴，冷冷地且高傲地道：「他們永世都不會。一個善戰的王朝，除非殺光了他們，這才斷得了他們復仇的根。」

張小碗聽得沈默了下來。

汪永昭見她默然的臉，便伸出手抬起了她的下巴，對她道：「妳不用擔心府裡日後的出路，我自有安排。」

張小碗抬頭看他，可就算她看得仔細，她還是沒從汪永昭的臉上看出什麼來。

但這不是她第一次看不透他了，她也知道這時不能追問什麼，因此她便點了頭，苦笑著道：「我知道了。」

「嗯。」對她的溫馴汪永昭頗為滿意，他把手伸向她的肚子，放得半會兒，他才悠悠地道：「妳且放心把孩子生下來，我必會護他們平安富貴。」

張小碗看他一眼，又看了看自己的肚子，才無奈地朝他說道：「老爺，我這肚子好似……」她接下來的話還沒說完，就又被汪永昭瞇眼看了一會兒，得了他的警告，張小碗便閉了嘴。

她低頭看了自己平坦的肚子兩眼，現下她被汪永昭這樣日夜折騰，竟也是想著，要是有了，也不是那麼壞的事了……

九月時懷慕已滿三歲，算起來，他已經吃上了四歲的飯，已是四歲。

汪永昭本想要擺幾桌酒席慶賀一下，但張小碗還是委婉地與他說道，在這當口，只是小兒的平常生日，就別做那打眼的事了。

汪永昭罵她膽小怕事，張小碗也坦然受之。

當晚，汪永昭還去了前院書房那邊去睡，覺得這婦人怎麼這麼招人生厭得很。

睡得兩晚，他就又回來睡了，嫌前院就榻的屋子太熱，就那麼搬了回來。

他來來去去，張小碗不動如山，微笑看著他走，微笑看著他來，由得了他唱他的戲。

張小碗其實也知自己過於謹慎不是什麼好事，但她一直是這麼步步算著過來的，讓她突然改變性子，變得張揚起來，確是不能了。

她與汪永昭現下較之以前要親密多了，夫妻兩人的距離一旦近了，日夜相對，以前可能因距離尚存的一點朦朧感也會消失殆盡，剩下的都是很具體的問題，對事、對物，人也有著很具體的情緒。

例如有時汪永昭發脾氣發得過狠了，讓她無喘息之力時，她就會找上別的辦法來對付他，從不覺得心軟手軟，有時看著他因她受苦也不覺得如何；或者如汪永昭嫌棄她過於謹慎，無大家之氣，這確確切切也是他對她真實的厭惡，恨極了，他都想打她。

其中誰的容忍多，誰在放縱自己的情緒，沒人就這個說什麼；其中誰心中對誰有愛意，誰只是在冷眼旁觀，也無人去計較、去算。

說起來，有幾分渾噩之感。

這具體的日子過起來也真是磕磕碰碰的，仔仔細細地說來，汪永昭的性子不在她面前收斂後，怒極了就罵，歡喜極了就要出去給她找些體面的手飾和衣料回來，性情分明得很，很多時候卻也讓張小碗對他很是無奈，但多數，只要忍得下，她還是那個退讓的人。加之汪永昭也不是太常發火的人，哪怕較之以前確實不夠收斂了，但到底不是天天都在噴火。

所以，張小碗這日子總的說來，過得要較以前安寧多了。

自上次汪永昭搬去前院睡了兩天後，汪永昭還沒來得及跟張小碗把剩下的火氣發完，朝廷又是大變動。

靖皇用迅雷不及掩耳的速度，把老懷王一家給收拾了。

當天，從老懷王在京的府邸裡搜出龍袍後，他當廷提劍就斬了老懷王和他三個兒子的腦袋，親手掛在了正午門前。

此舉，把朝廷上下的文武百官嚇得夠嗆，其中有不少文官都軟了腿，後頭都是找了人扶著回去的。

朝間、民間，都因老懷王的謀反和靖皇的殺氣騰騰而靜默了下來，這上下竟無一人膽敢議論此事。

而先前確不知靖皇舉動的汪永昭也受了驚動，回府想了幾天，這天午時，他躺在躺椅裡假寐了半晌，終還是抬頭跟那平靜如常地在繡帕的婦人說：「妳好似並不驚奇？」

張小碗聽到此言，抬頭朝得他平靜地笑笑。「老爺，他終是皇帝。」

當皇帝的人，有什麼是做不出來的？

好的、壞的；極好的、極壞的，都是他們做出來的。她學過的那上下幾千年的歷史，大概都如此。

「先前，他未跟我透露過絲毫口風，連我的探子也未看出他這幾天就會對懷王動手。」汪永昭又閉上了眼，枕回靠背，淡淡地說。

「不知又何妨？不僅是最上頭的人，就是平民百姓家，也不是什麼事都會讓人知道的。說來，換到您身上的事，陛下不也是並非事事都知道？」

這話讓汪永昭哼笑了一聲，過一會兒，他道：「確也是如此。」

張小碗看他一眼，輕輕地搖了一下頭。

汪永昭這人，也是個占有慾與野心都極強的男人，他又是那幾朝算計下來的人，更是無忠君之心，說來，不就自己的立場，單就她思及皇帝的立場來說，汪永昭也是那極度危險的臣子。而就她來說，這些年下來，她從沒真正贏過汪永昭一次，可汪永昭想從她這裡得到的，無論是用軟的還是用硬的，他都把他想要的都得去了。

她只有不去讓自己想，才能不覺得他是那般可怕。

而身為強硬派男人中翹楚的靖皇能忍他，認真說來，他們的兒子在其中起了一定因素，她為他搏出頭的那幾次，多少也起了緩和的作用，要不然，這一君一臣的關係絕不會真的像今時這樣平和，怕是暗中早鬥過無數回了。

當然，關於靖皇與汪永昭的關係，這也是張小碗自己的想法，她不會把她的這些想法說給汪永昭聽。她也不知道她猜出了多少真相來，她有時總覺得，這兩個人的關係遠比她想像的要複雜得多，她所瞭解的，不過是就她的方面所見到的冰山一角。

而平時，她也不會太常問汪永昭朝上的事，偶爾問個那麼一、兩句，就算聽到別人的耳裡，也只是她一介婦人對夫君的關心而已，自不會讓人覺得她有心打聽朝堂之事。

另外，她也是用這種態度維持著跟汪永昭那點還是需要維持的距離。夫妻共體不是什麼太大的壞事，但換到她這裡，只是給她增添額外的負擔罷了。

她承擔的已夠多，不想多管汪永昭的事，而汪永昭的很多事，也不是她一介婦人能承擔多少的。

至於汪永昭是怎麼想的，張小碗也不去探究，她與他，能親密得就像平常夫妻那樣相濡以沫、閒話家常，這已是她妥協的最底限了。

再進一步，那裡就是她最後的禁區了，她的小老虎都不能進去的地方，她沒打算放汪永昭進去。

事到如今，兩人的相處方式，已是她覺得最好的了。

她把手中的方帕繡好，咬斷了線，抬頭時，汪永昭似是快要睡著，她去拿了小被子過來蓋到他的身上，得來了他睜開的一眼。

「今兒個不去兵部，您就再睡會兒吧。」張小碗彎腰給他理了理鬢邊的髮，淺淺笑著道。

「嗯。」汪永昭輕應了一聲，便閉上了眼。

這時，微風吹來，帶來一陣涼爽，張小碗轉身，看向那院子，看著那秋高氣爽的藍天，恍然想著，她的大兒子要何時才會歸來？

沒料想，一晃眼，竟是十八、九年過去了。

她來這個世間，也是超過二十五年了。

二十五年啊，真是如白駒過隙，她竟是在這個世間捱了二十五年，捱得生命變成了另一番模樣，捱得她竟已習慣了這坐在後院裡，抬頭只能見得了方寸之天的日子。

歲月啊，竟是如此可怕。

張小碗抬頭看著天，微笑了起來，她伸手擦掉了眼中掉下的淚，搖搖頭自嘲地一笑，便抬腳走出了堂屋，去得了那小別院，看看懷慕有沒有醒來。

這已快到他要去書房跟先生學學問的時辰了。

九月的蟬叫得凶猛，竟比七、八月最炎熱時叫得更是厲害，不過天氣沒有夏天那樣悶熱了，人身上流的汗也比之夏天不知少了多少。不少人因為苦夏用不了什麼食，吃得甚少，這下天氣一涼爽，很多人的胃口便好了起來。

這天午膳時，懷慕一反前面日子的吃食不好，一會兒自己就吃掉了一碗乾飯，倒是張小碗吃飯時胃裡時不時泛酸，吐了好幾次。

沒得多時，在宮中的汪永昭得了飛奔來尋他的江小山報信，提前回來，還帶回了一個御醫。

御醫把了好幾次脈，把了又把，最後還是硬著頭皮跟這時眼睛裡有笑、顯得格外可親的汪尚書大人道：「夫人……脾胃虛弱，吃著兩劑藥，就會好了。」

汪尚書的臉，只那麼一眨眼就冷了，冷得跟冰塊似的，那帶笑的眼睛這時儼然是帶著把刀子了。

張小碗聽罷，收回手，拿著帕子遮著嘴，眼睛半瞥不瞥地看著他，嘴裡竟不由自主地嘆了口氣。

汪永昭聽到嘆氣聲，撇過頭看向她。

張小碗竟有點不敢直視他，立即垂下了眼。

汪永昭心裡難受得很，緩了一會兒，才面無表情地叫管家送人。

這廂太醫回了宮，又去皇帝那兒報了汪大人府裡的事，皇帝坐在上頭竟笑了好一會兒，著大太監賞了太醫的銀。

太醫告退後，大太監嘴邊也有些笑，與皇帝輕聲地說道：「偏想要就偏不來，汪大人這怕也是急得厲害了吧。」

皇帝聽了又哈哈大笑了幾聲，笑罷後，他的笑冷住了，偏頭對大太監說：「你說他非要汪張氏的兒子，是想表現得情深義重蒙蔽我，還是真喜那汪張氏？」

「瞧您說的，」大太監對著疑心病又發作的靖皇搖了搖頭，道：「聽得那兵部的大人說，為此汪大人急得舌頭都起了水泡，明兒個您傳他來了，可別再嘲弄他了。您這些時日拿著這事說了他不下四、五次了，再說，汪大人可就又要裝病不去兵部辦事了。」

大太監說得甚是苦口婆心，靖皇卻聽得樂了起來，又笑了好幾聲。

這時，他倚著龍椅躺了好半晌，才懶懶地道：「朕就剩這點趣味了，他倒是真的情深義重了，為此朕都不好意思騰出手來收拾他，便宜了他，說他幾句又如何？」

尚書府裡頭，當夜汪永昭上半夜根本睡不著，他橫躺在張小碗的腿上看著她的肚子，那婦人半睡半醒地在陪著他，他終是忍不住，問了一聲。「妳是不是不願給我生孩子？」

那婦人聽罷，模糊地微笑了一下。「怎會不願？您別太急，總會來的。」

說罷，她伸手過來拉他。

汪永昭也累了，躺回了她的身邊，任由她蓋好了涼被，終是閉上了眼。

他再等等就是。

罷了，她說願意的，那就是願意了。

皇帝那邊一直都在唱大戲，因此汪永昭在府中的日子不多，但宮中得了些時令的瓜果賞賜，他也會著人送回去讓那婦人和小兒吃個新鮮。

次數多了，皇帝自然就會特地找他尋開心，不是說要賞美人，就是要給他賜珠寶哄人。

對於前者，汪永昭會皮笑肉不笑地回皇帝個笑，再冷冷說道：「多謝皇上，臣無德無能，不敢受此賞賜。」

不過，當皇帝一提要給珠寶了，他就會立刻把袍子一掀，跪地領賞道：「多謝皇上聖恩，皇上萬歲萬歲萬萬歲。」

銀錢珠寶這種什物，再多他也是不嫌的。

如此，萬歲爺賞了兩次，他也跪謝了兩次，那摳門得緊的皇帝便也不再提這事了。

對著這位比他還小上一歲的萬歲爺，汪永昭不敢說全然瞭解，但還是有些法子應付他的。

皇帝要踩他的痛腳，他也踩回他的便是。

兔子咬急了也會還嘴，何況汪永昭不是兔子，說他是匹凶惡的狼都還說輕了他，皇帝見著他被逼急了也偶爾會露露獠牙，倒是覺得放心了不少。

在皇帝眼裡，這個心裡不爽快還會給他堵回來那麼幾次的汪尚書，比往常那個喜怒不形於色的汪尚書要來得順眼得多。

而在汪永昭這兒，靖皇不再像之前要吃了他一樣地瞪著他後，他的日子也沒清靜多少，現下皇帝爺把他的兵部當探子營用，總是讓他閒不得多時，就要調他的精兵供皇帝遣用。

幹的都是抄人家家的事，抄回來的銀子，十成裡有九成九都要被抬走，留下個一丁點，才只夠打得了幾兩酒，汪永昭便只得再用法子把銀子給他們填上去，不能讓這些跟著他的精兵白幹。

出得一次外差，總不能一丁點的賞錢也不給吧？可朝廷給的那點子俸銀，在如今百個銅板只買得了三斤米的年頭，家裡人口多幾個的，這底下的哪個兵士誰也不敢說養得起一家子的人。

靖皇養他自個兒的兵大方得很，銀子三個月一拔，恨不得把給他們兵部的銀兩全拔到他的兩個下屬營裡去；可用起人來，這皇帝都不用自個兒營裡的，專找他的人用。

這段時日，汪永昭抄家抄得多了，算是得罪了不少人，他冷眼琢磨著，他以前打下的人脈現在也被皇帝這一舉毀了個六、七成，皇帝怕也該知足了吧？

他想探探底，因此這天皇帝又讓他的人去抄家時，汪永昭就朝得他跪了下去，拱手道：「臣斗膽，這次想徵用紅鳳營的精兵前往。」

「喔？」靖皇挑高了眉，笑了。「你的銀虎營不能用，偏用朕的？」

「臣去那廟裡找和尚問過了，說我殺氣太重，影響子嗣。」汪永昭一臉憂慮，跟老奸巨猾的皇帝說道。

「汪尚書何時也信這個了？你在沙場所向披靡了這麼多年，朕怎麼就沒看出來你信這個？」

「臣原先不信，但拙荊信這個，現眼下看來，臣求子不成，這上下皆知，臣不得不信。」汪永昭坦蕩地迎向了他的目光。

皇帝被他坦蕩的眼神瞧得喉嚨都梗了一下，似被什物堵在了喉嚨口一般難受，不過只一下，隨即他就轉怒為笑，道：「甚好，朕也知愛卿抱子之心。但這次還是用你銀虎營的人吧，下次，朕自調用朕的紅鳳營，你看可好？」

「臣遵旨。」當下，汪永昭想都沒想就磕了頭，他可擔當不起皇帝這詢問的口氣。

當他退下後，皇帝怒得砸了桌上的紙鎮，嘴裡不屑地道：「徵用朕的紅鳳營？好大的膽子！」

發完火，又覺得這汪永昭真是膽大包天得很，但，看著他現下因那汪張氏生不出兒子而沈不住氣的樣子，暫且還是可以容忍他的。

罷了，善王還在那夏朝，就當是為了善王，再看在他母親汪張氏知情達理的分上，這次便再給他點面子，留他點人吧。

上午抄的家，下午那戶部就來兵部抬他們抬回來的銀子。

當下，汪永昭和戶部的顧可全大吵了一架，因為顧可全這次連一兩銀子也不給他留下！

見顧可全一點臉面也不給他，汪永昭便指著大門與他道：「那你就試試！我倒要看看，你今兒個能不能出得了這門！」

「汪大人，您這是不想講理了？」顧可全臉一板，那出了名、不跟人講人情的鐵面便出來了。

「我這一排兵，」汪永昭指了指圍著戶部那幾個人，不許他們抬箱子的壯漢們，道：「他們家中上有老、下有小要養，連點打酒錢也不賞給他們，顧大人您也太摳了吧？」

顧可全聽得冷哼了一聲。「說得好像朝廷未給他們俸祿一般！汪大人，您是想讓本官留下錢，賄賂討好你銀虎營裡的人不成？」

顧可全反咬他一口，氣得汪永昭就要去踢他的頭！

這時劉二郎衝了過來抱住他。「汪大人萬萬不可、萬萬不可！」說著就揮手，朝得圍住的人令道：「快快散開！顧大人是奉了皇上之令來抬銀子的，爾等休得放肆！」

這些人一聽劉二郎的話，帶頭的只得皺著眉頭看了劉二郎一眼，但長官之令不得不聽，他們看汪永昭這時只是鐵青著臉，並未說話，領頭的校尉便一揮手，帶了人訓練有素地退了下去。

待顧可全把銀子全抬走後，汪永昭甩開了劉二郎握在他臂上的手，漠然朝得他道：「劉大人好胸襟！」說罷，他大步走入了內堂。

只剩下劉二郎站在原地，尷尬地朝過來圍觀的幾個官員連連拱手，口道：「見諒，見諒！」

待回了家，一到了妻子的後院，汪永昭臉上的暴躁就少了些許，不再像在外面裝得那般怒氣騰騰。

待那婦人與他換了衣後，他疲憊地說：「妳說的沒錯，他終是皇帝。」

那婦人替他整理衣裳的手頓了頓，抬眼問他。「他又來了？」

「是，且也不是……」汪永昭頓了一下，終是相對應地說了實話。「他要把我這幾朝替換間打下的人脈全都毀盡。今日，他差了我的人去抄家，那家的小舅子是個大學士，現在外地為官，曾與我有那杯盞的情誼；前幾日，他令我抄了大理寺廷尉的家，那廷尉，以前是我門下的人。如此下去，他不甘休，我怕終有一天，我還是得只有其名沒有實權，他這才放得了心。」

「竟是如此？」那婦人聽得卻並不奇怪，抬頭問他道：「您可有應對之策？」

「現無，要靜待時機。」汪永昭伸出手摸上她的臉，看著她那黑白分明的眼睛，問她道：「可要是有一天，我這尚書的位置是保也保不住了，妳可願意與我一道離了這尚書府？」

那婦人聽得便笑了，竟是想也沒想般與他道：「當然得與您一道走，難不成，還等著別人來轟我走不成？」

那婦人又替他理了衣袖兩下，平靜地說：「咱們村子裡那處宅子還有家人打理著，隨時住得了人。再不遠處，也還有六處莊子。就是那遠地方的江南，我也著人幫咱們家備好了千頃良田，小叔子們的，我也備上了一些。便是隆平縣，我也另差人備上了些田土。只要有條命在，全家人過日子不難，咱們家不再是那等沒有退路的人家了，您且放心。」

「嗯。」汪永昭聽得笑了起來，又笑道：「只要有條命在？也是，得把命留住了才行。」

那婦人看著他笑，待他笑後，她才苦笑著說：「只是您這才管了兵部多久？您真的會到那步田地嗎？那多可惜。」

汪永昭聽得心口猛地嘶嘶地抽疼，過得好一會兒，他忍了又忍，竟還是沙啞了喉嚨。

「妳也知我想好好管著兵部？」

「知呢。您的書案上，甚多各地籍帳，我聽得小山說過，每年那些在戰場上逝去兵士的俸錢，都是您跟戶部磨著差遣人送回去的。」

汪永昭聽得眼睛一熱，半晌才平復了心情，把她抱到懷裡暖了心口好一會兒，才淡淡地道：「做得今年，日後我怕是這等發銀子的事也做不成了。但願邊疆再無大戰，不會在這些年間，再死上那三、五十萬的人……」

說罷，他把頭埋到婦人的耳間，終還是忍不住熱了眼眶問她。「那妳可知，我是幾歲上的戰場？」

「您是七歲上的戰場。」張小碗說到此處，眼睛稍有點酸澀，心裡也有些苦澀。

佛說世人皆苦，想來誰活著都有誰的苦處，她有時也不想那般理智，要是一個人想愛就愛，想恨就恨，想必人生也沒有那麼多不可解，沒有那麼多無可奈何和妥協了；也不會時至今日，還臨到了她為這個給她與小老虎造成過磨難的男人而心酸。

「比我們懷善還要早很多年。」張小碗悄悄地在心裡嘆了口氣，她輕撫著他的頭髮，不疾不徐地與他說道：「我聽小山說，邊疆的風沙很大，您當時有穿擋沙的斗篷嗎？」

汪永昭聽得笑了，他抬起頭，用手摸著她光滑的臉，嘲笑她道：「半年都未必沐浴得了一次，衣裳一年都未必換得了一套，還穿擋沙的斗篷？妳當是去玩耍的嗎？」

張小碗稍想了一下，不禁莞爾。「想來也是，那是戰場呢。」

汪永昭看著她的笑臉，伸手把她抱了起來放到床上，極至纏綿……

汪永昭透出了點口風，他萌生了退意，這廂，張小碗與他商量過後，已著手準備跟上他的腳步。

她不知道汪永昭為什麼突然不眷戀兵部尚書這個位置了，但她卻知道這對汪家、對懷善是最好的選擇。

靖皇太忌諱汪永昭了，而張小碗也相對瞭解靖皇對汪永昭的忌諱，這樣一個隻手能遮天的臣子，只要皇帝不是個傻子，誰都不會放心把一個權力極大、勢力過大的臣子放在眼皮子底下。更何況，靖皇的性格比汪永昭只強不弱，要知一山哪容得了二虎？所以如果靖皇不放手，非要拔了汪永昭的虎翼的話，那麼讓步的只能是汪永昭。

汪永昭畢竟不是皇帝，他再厲害，也只是個利用動盪的王朝起勢的臣子，皇帝真要收拾他了，他哪可能鬥得過皇帝？

張小碗一直在默默地看著汪永昭的所作所為，也知道他確也是個拿得起放得下的人，這種人，無忠君之心，更無名傳千古之意，對汪永昭來說，生存永遠比一切都重要。就這點，張小碗不得不承認，她是欣賞汪永昭的。

不是欣賞汪永昭的殘忍冷酷，而是欣賞他總是能懂得低頭下跪，得以保全他背後的那些人。

那些人，包括汪家的人，也包括他背後龐大的兵卒。

據張小碗從帳冊裡算出的人數所知，汪永昭現手下還養著五千名兵卒，這些對他忠心耿耿的兵卒是他的死士，他要出事，饒是靖皇不殺了他們，這些人和他們背後家族的結果也好不到哪裡去。

他這一退，那就是成千上萬條命又可保全了。

對過去的她與懷善來說，這個男人確實過於殘忍無情，但這無法掩蓋對一些人來說，他是個肯負責任又有擔當的將軍、長子、長兄。

張小碗這次叫來了汪家的三個夫人，把一些田產和宅子都分給了她們。

「大嫂，這是……」三妯娌面面相覷了幾眼後，由二夫人汪杜氏先朝得張小碗開了口。

「這是給妳們的，放手頭上好好拿著。那些打點的人過些時日自會來府上跟妳們交代詳情，那些人都是找人選的，妳們要是看得過眼，就繼續用著他們，要是看不上眼，妳們自己思忖去。」

「大嫂，您的意思是？」掌家的四夫人汪余氏開了口。

「這事妳們也別跟家裡的老爺們說，就當我給妳們分家後置的產，以後記得留給妳們的兒子就是，至於怎麼用，妳們看著辦。」張小碗一一看過她們，見她們都一臉狐疑不定，她接著不疾不徐地道：「這家也還是在我手裡就這樣分著吧，四弟媳這些年掌家辛苦，府裡的器物，只要不是妳們自家裡頭的，其他的只要她看得上的，便都給了她吧。府裡還有的銀子，妳們各自分分，另外，我這裡一人還給妳們五千兩。」

「分家？」四夫人嚥了嚥口水，她的喉嚨有些乾澀。「是不是弟媳哪兒做得不好？」說罷，她驚疑地看了一眼二夫人、三夫人。

二夫人朝得她皺眉，三夫人則不屑地撇過了頭。

看了這三位也是心不和的妯娌一眼，張小碗當作什麼也沒看到，依舊淡淡地道：「我對妳沒什麼意見，只是咱們這家也應該分了。過得幾年，妳們都快要抱上孫子了，這家想來也是分得了了，是吧？」

汪府三兄弟現下這年紀也都老大不小了，而這些年她們這些人確也是在一個府中過不下去了，早就想分家，如若不是大頭的銀子還是大老爺這邊出，她們早就鬧翻要分家了。現下見得張小碗給了她們田產，手裡還有銀子拿，各個都思忖了一下，便都點了頭。

「那好，明日叫永安他們過來見他們大哥，大老爺自會與他們道明。」張小碗說罷，就叫了她們回去。

這邊三位夫人心中各有盤算地上了她們的馬車，回了家。

待回到汪府，汪杜氏聽了丫鬟說，一早來了府裡的聞管家，現下來請安道別了。

聞管家一來，給汪杜氏施了禮，汪杜氏忙扶了他，聞管家朝得她笑笑，道：「多謝二夫人。」

說著，他朝丫鬟看了兩眼，汪杜氏順著他的視線瞧過去，頓了頓，便說：「小紫，妳下去。」

「是。」丫鬟退了下去。

聞管家等了一會兒，聽得周圍沒聲響了，他才把懷中的銀票拿了出來，遞給了汪杜氏，說道：「大夫人說，這家分了之後，她與你們想來也沒得多少往來了，她說，四侄子、五侄子和八侄子以後是個有出息的，想必汪家以後也得沾他們的福氣，如若您不嫌棄，這您且拿了去，就當是她這個大伯母先給他們的賀禮。」

「這話……如何說起？」汪杜氏訝異了，接過銀票打開一看，卻是嚇了好大一跳，剎那心跳加速，連忙把銀票收回放到了心口。

「收著吧。」聞管家見狀，嘆了口氣，說：「她說，您這些年也不容易，辛苦了。」

他說罷，再施一禮就退了下去。

汪杜氏捧著銀票坐在那兒，雙眼含淚。她想了一會兒，破涕為笑，似是自言自語地笑罵道：「還知我不容易，我還以為您這心，都偏到四房去了……」

說罷，她捧著那銀票站了起來，匆匆地抹了眼淚，就去尋地方藏去了。

這銀票，以後就是她與那三個兒子好好活命的活命錢了。

張小碗為汪府那邊備下的退路，汪永昭還頗有些滿意的。

過得幾天，邊關送來了急報，那報信之人當廷向皇帝稟報，說道一支三千人的夏軍在雲州殺了五千駐軍。

皇帝當下大怒，欲要下旨著尚德將軍領軍剿殺之際，那報信之人竟以閃電之姿朝得他撲來！

只是，他身姿只躍到半路，站於座下不遠處的汪永昭便抽過一旁帶刀侍衛腰間的刀，躍起翻空一斬，此人的身子就被劈成了一大一小兩半，一條手臂與半截腿剎那間掉在了地上，嚇得上下左右的官員尖叫連連！

「止血，子墨。」汪永昭看都沒看地上的人一眼，就朝得刑部尚書道。

「皇上？」秦子墨先朝得地上那暫時死不了的刺客冷冷一瞥，再朝皇上拱手。

「准。」靖皇鐵青著臉道。

「請皇上恕罪，是臣失察，讓刺客進了殿堂。」汪永昭當即朝皇帝跪下。

皇帝深深看得他一眼，才道：「愛卿救駕有功，何罪之有？起來吧。」

這時朝堂眾人看得急奔而來的太醫朝那半身之人撒了白色藥粉，聽得那人淒厲慘叫。見得血不再噴流，秦子墨當即踩著他的傷口，道：「說！誰派你來的？」

那人一時之間求生不得、求死不能，竟朝汪永昭吐了口血，指著他尖利地叫著。「是他、是他！是你們的兵部尚書！」

頓時，滿朝一片譁然。

汪永昭卻處變不驚，他撿了這人的手臂和半截腿，走到他身邊，蹲下身對他說：「不對，再說。不說的話，我就找來狗把你的這手、這腿給吃了。」汪永昭朝得這人淡淡地道：「我聽說夏人如若不全屍死去，來世必淪為畜牲。」

「我不是夏人……」那人痛得奄奄一息，卻又被撒了一道藥粉，立即痛得清醒了過來，紅著眼睛朝汪永昭無力地道。他此時的聲音雖然小得就像蚊子的嗡嗡聲，但聽得出來還帶著濃濃的恨意。

「不是夏人？」秦子墨開口了，他笑道：「那便好，現下我就把你的五臟六腑都挖出來給狗吃了。聽說夏人那邊，死前五臟六腑俱不在的，必會永世不得超生，靈魂歸不得家。我以前只聽說過，現下便在你這不是夏人的夏人身上試試吧！」

那人聽得眼睛一閉，竟像要昏了過去，卻又被秦子墨踩了一腳，痛得流出了眼淚，悲傷地哭喊道：「是東野王，是東野王……」

他聲音說得雖小，但蹲下身的秦子墨還是聽到了此聲，便起身朝得皇帝一拱手，要上前稟報。

而那刺客哭道這聲，又是一口血吐了出來。

這一次，身邊的太醫再撒了道藥粉上去，他也不再動彈了。

斷了氣的夏人沒有合眼，他死死地盯著放在汪永昭身邊的那一隻他的手、他的腳。

第三十三章

靖輝三年，靖皇登基第三年，夏朝餘孽吳東野在邊疆率眾叛亂，行事猖獗，當朝兵部尚書汪永昭請令剿殺叛軍，還我大夏子民邊疆安寧，靖皇感其忠君報國之心，特准其請，封他為雲滄節度使，管轄雲州沙河鎮、鐵沙鎮，還有滄州與雲州交界處，歸轄雲州管理的白羊鎮三鎮。

這三個鎮都是與夏朝的重要交界處。

重要到什麼地步呢？

按汪府老僕江小山對其夫人的說法，那就是——

「那地兒，夫人，前兩個沙河鎮與鐵沙鎮，您聽著名兒就知道了，除了沙子就是沙子，寸草不生！那白羊鎮聽著可好聽多了吧？您別信，那裡的羊髒得白的都成黑的了，還不多，整個鎮頂多就十隻打了止！這三個鎮，百姓與他們養的畜牲加起來，也不夠五百的數！三個鎮啊，不夠五百的人和畜牲啊，您想想，那是啥地方？夫人啊，那地方，沒吃的、沒喝的，沒幾個人活得下去啊……」

說到這兒，江小山就一把眼淚、一把鼻涕了，哭喊著與張小碗道：「夫人啊，您過去啊，這就是過苦日子去嘍！那是什麼地方啊？那是窮耗子都不願意過去打洞的苦地方啊！」

這時，與他一道站著的聞管家實在聽不下去了，一巴掌揮到他背上，怒道：「小子，還不快去搬水桶上車！」

江小山見得老頭發威了，便撒開了腿就跑，不敢再造次了。不過饒是如此，跑到半道，他還是回過頭淒厲地朝得大夫人喊了一聲。「夫人，那地方窮得叮噹響，叮噹叮噹響啊！」說罷，這時他身邊的幾個兵卒都看不過去了，紛紛捋起袖子要來揍他，這次，江小山真是抱頭鼠竄而去。

這廂聞管家告了個罪就退了下去，張小碗抱著懷慕，朝得萍婆子笑著說：「趁我們這還在京郊，妳看看這鎮子裡還有得什麼是買著可以用的，妳快去瞅瞅。」

萍婆子笑著點了點頭，細心地給她整理了一下靠墊，又細細地說：「您抱著小公子別亂動，我去看看就來。」

「知道了，去吧。」張小碗看了懷中乖巧的懷慕一眼，笑著道。

那三個鎮是什麼樣兒的，汪永昭與她說過。他說萬歲爺在地圖上挑來挑去，把最險惡、也最窮的三個地方都拔給他了。

另外靖皇還告訴他說，善王日後要是回了善王府，邊疆百姓還得他這個節度使好好為國盡忠，為大鳳的百姓好好守著這三個地方。

言下之意，是讓汪永昭當一輩子的節度使，別想回來了。

張小碗當時聽了就笑，汪永昭皺眉看得她半晌，隨即拂袖而去，看樣子氣得不輕。

路行至一半，便有不少拉家帶口的牛車、馬車加入了他們的車隊，隨行的士兵看過他們手中的鐵牌後，便把他們安置在了他們的護衛隊裡。

待到了雲州時，這條隊伍竟長達了數十丈，人數多達三千人。

張小碗先前都沒就這事問道汪永昭什麼，先是來了十來家人後，她便帶著這次特地為了去雲、滄兩州而尋來的兩個婆子，七婆與八婆，拿了冊子去記人數，以家為單位造冊。

後來人多了有些亂，張小碗卻是不亂的，一家幾口人？老的多大？小的多大？她的冊子上記載得一清二楚。

半路，汪永昭也把他的私人帳冊交給了她，張小碗這才知，就這兩年，汪永昭便把那座銀山挖空得差不多，早運往沙河鎮去了。

當下，張小碗這才清楚知道，汪永昭早就為自己鋪好了路。

她也確實驚訝了一番，著實傻傻地看了這個她就算放平心看，也還是看走了眼的男人半會兒。

而汪永昭把她的驚訝至極當作了對他的崇拜，他沒有忍住，稍稍自得地哼了哼，卻一臉淡然。

張小碗看得失笑，但還是挺為給面子地扶上了他的手臂，很是讚賞地道：「您很了不起！」

確實很了不起，算得了皇帝的心，也抑制得了自己的慾望。

汪永昭聽得臉色鬆柔了下來，正要說什麼，那廂卻有兵卒在車廂外頭報——

「大人，前頭有事，還請您過去一趟。」

汪永昭當下掀袍就走了。

回來後，他累得躺在張小碗的腿上便睡，竟是什麼也顧不得說了。

加大的馬車也還是窄，他身材高大，睡在榻上也還是得稍稍縮著點。

他舒展不開身體，張小碗為著照料他，往往會把榻上的東西都拿走，讓他躺得舒適點。

沿路有不少官員來找汪永昭，汪永昭去了，但車隊歇停過後，還是繼續往前，並不會特意等他，有時過得兩天，汪永昭就會趕上來，有時過得半天他就追上來了。

這次姨娘們及庶子，按汪永昭的意思，一個也沒帶，都交給了汪余氏照顧。

當時張小碗忙著帶離京的什物，也沒就此多問。

到了路上，也是懶得問了。

路上並不舒坦，馬車坐得久了，身體都是疲的，而一路跟過來的兵卒家眷，要是出點小問題即罷，由聞管家帶著下人去處置了，要是大一點的，例如小兒病得起了高燒、有生命之憂的，就得張小碗過問了。如此一路隨之加入的人越來越多，這事便也多了起來，張小碗也是忙得團團轉，沒有太多心思過問汪永昭太多的事。

他要是回馬車歇息了，她就安下心來好好照顧他，要是沒有，她也就自忙她的去了。

如此一路，先前汪永昭忙著要與各路官員應酬，倒也不覺得有什麼，但到了雲州，離得沙河鎮越來越近後，他時間閒了，便對一早出去，就在車隊裡走走停停，隨即就不見人影，大半天才回得馬車的張小碗有些不滿了。

這時到了午膳時分，車隊挑了地方停下做膳，張小碗這才回得了車上。她摘下了頭上的紗帽，汪永昭本想訓斥她兩句，但一看到她紅撲撲的臉上洋溢著微笑，頓時便停了嘴。

她這樣子，生氣勃勃得就像迎光生長的大樹，連頭髮在這刻都似在閃著光……

看得汪永昭看她，張小碗便笑了，道：「懷慕呢？」

「小山抱著騎馬玩兒去了。」瞧得她的隨意，汪永昭拿過放在底下的鐵壺，伸手碰了碰壺壁，覺得還尚熱，便倒了一碗溫水出來，瞧著她喝下，才道：「外邊冷，出去要把狐裘穿了。」

「哎呀，不成、不成！」張小碗連連搖頭。「風沙這麼大，好好的裘衣，您不知花了多少心思才給我弄來的，我這麼一穿出去，回頭準得弄髒！」

「弄髒了便再弄一件就是。」汪永昭不以為然地道，伸出手去擦她頰邊流下來的汗，問道：「這是做什麼去了？」

「說來真真好笑……」張小碗說到這兒，便朝得他笑了起來，拿過他的手合在她的掌心裡，親親熱熱地與他說道：「有戶童姓的人家，就前兒個在大東地界裡加進來的那戶，他們家的婆婆把自家懷孕的羊也給帶過來了，剛剛羊兒要生崽呢，我聽著好奇，就過去看了一眼。哪想，我這剛瞧上兩眼，還沒瞧出個門道來呢，便笨手笨腳地把他們家擱牛車上的雞籠打翻了，這下可好，三隻大母雞、兩隻大公雞就讓我給弄跑了！那頭還忙著生羊呢，忙不過來，我便自個兒去追了，哪想我這身手這幾年也是荒廢了，抓回了這隻，那隻便跑了，我還想著五隻都抓回來呢，可跑了兩大圈，才抓回兩隻，其他的，還是旁人給我抓回來的，這不，還跑出了一身汗！」

瞧她說得甚是歡喜，眼睛黑亮地在閃著光，汪永昭的嘴角便翹了翹，道：「都多大的人了，這北邊的地這時就算是午時也還有著霜，別亂跑摔著了身體。」

「這倒不會……」張小碗說到這兒就有些心不在焉了，朝得門外看。「小山可有說何時帶懷慕回來？」

「叫人去喊吧。」汪永昭見她要見兒子，便淡淡地道。

「好……」張小碗聽罷，便鬆了他在她兩隻掌心裡的手，牽得他一隻，另一手掀開垂下的簾子，朝得外頭喊道：「萍婆、萍婆！幫我去叫叫小公子回來，就說我想見他了。」

說罷，便回過頭，又朝得汪永昭笑著道：「懷慕現下只黏小山了，都不愛找我，還沒您找我找得勤快呢！」

汪永昭聽得好笑，伸出手彈了一下她的額頭，便把她抱了過來安置在腿上。

「身上都是汗味呢。」張小碗躺到他的胸前，舒服地長吁了一口氣，嘴間還是笑著如此道。

「嗯。」汪永昭聞了聞她的頭髮，確實聞得了一股汗味，但他卻並不討厭。他躺在了車壁上，也讓她跟著躺了下來，隨之他摸了摸她鬢邊汗濕的頭髮，懶洋洋地道：「再過得三日，到了沙河鎮，妳便可以好好沐浴一番了，我已著人給妳備好了大浴桶。」

張小碗聽後頓了一下，她在汪永昭的懷裡轉過半身，半躺在他的懷裡，伸出手握著他的長髮在手中打著圈圈把玩著，嘴上則對著他問：「爺，沙河鎮有水嗎？」

汪永昭看著這一路從沒喊過苦、更未曾喊過髒的婦人，輕頷了下首。「我已尋人找了幾處水源，並打了井。」

「夠咱們這些人用嗎？」

汪永昭聽得嘴角翹了翹，他傾身親了張小碗的嘴唇一下，才說：「不夠，還得另尋。」

聽罷，張小碗沈默了下來，不過，只過得一會兒，她就展顏而笑。「對，不夠另尋就是，哪有活人被事難死的事。」

「嗯。」看著自打西北一路而來就日漸高興的張小碗，看著她一路與他將士的家眷款語溫言，汪永昭想，她會當好她的節度使夫人。

不得多時，汪懷慕就被萍婆子抱了回來，一看到汪永昭與張小碗，汪懷慕瞪大了眼睛，半嘟起嘴，兩隻手在空中比劃著，極為讚嘆地道：「爹爹、娘親，好大好大的馬群，好多好多的馬！小山叔說，那全是咱們家的！」

張小碗剛也在外頭聽過眾多馬兒奔騰而過的聲響，聽得那些兵卒們說，那是汪永昭從西南營那邊調過來的，過得明日，那些馬兒就會先他們一步到達沙河鎮被安置下來，聽說日後，每家還可領得一匹馬做日常使用。

「那是爹爹和下面將士的，日後也是你的。」這時，張小碗已經端坐在了榻上一角，汪永昭便把汪懷慕抱了過來。

「也會是孩兒的？」汪懷慕驚奇。

「懷慕好好唸書，好好聽爹爹與先生的話，長大了會做事了，便是懷慕的。」張小碗在旁笑著道。

汪永昭輕瞥了她一眼，才對汪懷慕贊同地點了點頭。「就是如此，可有聽到你娘親所說的話了？」

汪懷慕連連點了好幾下頭，道：「孩兒知道了，定會好好聽爹爹與先生的話。」

說到此，他偏頭看得張小碗一眼，又回頭看了他爹爹一眼，補道：「還要聽娘親的。」

張小碗便笑了起來，捏了下他的小鼻子，對他笑道：「你可定要聽，不聽娘的，娘就說給你爹爹聽，看他罰不罰你！」

汪懷慕一聽這話，便把頭塞進了汪永昭的懷裡，嘴裡則撒嬌地叫道：「爹爹、爹爹……」

汪永昭沒忍住，便也笑了起來，眼睛瞥了張小碗一眼。

張小碗若無其事地站起。「我去給你們拿午膳。」

說著她就拿著紗帽跳下了馬車，對著身邊的萍婆子笑著道：「妳去滌條濕布巾，讓他們爺兒倆擦擦臉和手。」

說罷，就去了大灶處。

這種在野外使用的大灶就是一個鐵筒，下面一個大洞，供燒柴與通風。鐵筒聚熱能力強，燒飯快得很，這不，張小碗一過去，一百個同時燒火的鐵筒就把那些粥全熬好了，現下那些快手快腳的幫手將烙餅都快烙得差不多了。

因著張小碗一路上都會額外拔銀子下去讓伙房的人多準備些乾肉、臘肉，沿路也會差人不斷補給肉食，所以大家一路上都能分吃到一個素、一個肉的餅。

其實這次行路，因著不斷了行路人的水和吃食，所以水桶、做飯的器物便把馬車及牛車占了大半，再加上前來的人都帶了不少物件，因此車馬上裝的都是些什物，人只要不是太老或者太小的，都是下地而走，確實拖了不少路程。

但因著一路吃好喝好，也休息得夠久，雖然趕路的速度慢了點，趕路的時辰也長了些，隊伍裡的人身上難免都有風塵僕僕之態，但大家的精神狀態卻還是挺不錯的。

讓大家別急著趕路的決定是張小碗下的，途中多耗了不少時間，三個月的路程走了近四個月，但汪永昭對此卻是一言不發。現下快行至終點了，他看著張小碗的眼睛比以往更是柔和了不少。

他此態，忙碌的張小碗似是沒有察覺，但聞管家卻是看在眼裡。他知道，現在是節度使的大人，有多欣慰夫人能與他一起照顧他將士們的家眷。

這些家眷，有些人的夫君，甚至兒子都是為他戰死沙場的，還有此時正為了他在各處效力的。這些人的家眷，是他曾向他的將士們承諾過定會替他們照顧好的，因此他們現下好過一分，這大人的心裡也便會好過一分。

打了這幾十年的仗，死了不少人，身上揹了不知多少的人命，欠下的債太多了，有時聞管家看著家中大人那道沈默的背影，都會替他覺得喘不過氣來。

所幸，現在他不用一個人扛了，日子終是要好過些。

這廂張小碗拿了粥和餅走了回來，她一路來去，旁人皆會對她行禮，張小碗對此便會點頭，畢竟她戴著紗帽，外人也看不到她的笑臉。眾人沒幾人見過她的真面目，但對她的尊重還是有增無減。

這些，是因他們這些人中，誰身上有點不適了、誰家帶來的衣裳擋不住這西北的嚴寒了，用不到一個時辰，只要報上去了，這位夫人不是親手，就是會著人來處置妥當，從不推拒。

路上，老的、少的幫不上太多忙的，她也不短了大家的吃食，每個人兩餅一粥。誰家壯小子要是出了力幹了不少活兒，晚間還可另去多領三個。

於是這一路上，小子們吃得好、幹的活兒多，竟有不少人都長高了不少，看得家中的老人、大人都很是樂呵。

如此，這位出來從不摘下帽子的節度使夫人，日子久了，大家對她也就越發恭敬有禮了。

對他們來說，不短他們吃食的人就是好人。

張小碗拿了吃食回來後，給父子倆一人添了一碗粥，看著他們吃上了，她這才拿著濕布巾擦了擦手，拿過放在榻下的包袱，把油包拿了出來打開，切著那一大塊醃好了的牛肉。

肉肥汁多的牛肉先是切成了三小片，她把一塊餅掰成兩半，把肉夾在其中，先遞給了她的兒子吃。

汪懷慕很是喜愛這牛肉的味道，放下碗就接了餅，大啃起來。

張小碗便又切了兩大片厚的肉，分別放在了兩塊烙餅中，給了汪永昭，汪永昭眼皮都沒抬就接過吃了起來。

張小碗拿著一塊餅就了點汁慢慢地嚼著，見汪永昭吃得有些快，怕是有些餓，她便又切了一片肉，夾在那塊剩下的餅中，遞了過去。

汪永昭抬頭看了她一眼，便接過了餅，把裡面的牛肉拿起，遞到了她的嘴邊。

張小碗笑著吃下，頭往兒子那邊瞧去，見他已經把一整塊餅啃得只剩一點了，她連忙嚥了口中的肉，對他道：「先喝口粥。」

她料想他出去玩了一會兒，食量也會比平時的大，便又切了一塊牛肉，這次切得極細，撒到了他的粥碗裡，引來了汪懷慕依戀看向她的眼神。

待吃得差不多了，又替他們把粥碗添滿後，張小碗拿過大碗，把裡頭剩下的粥倒到自己的碗中，竟也是滿滿的一碗，那大碗裡也還有一些剩的。

她吃得慢，父子倆卻是吃得快的，她吃得半路他們就用完食了，張小碗便歇下筷子問他們。「可是飽了？」

「嗯，飽了。」汪永昭點頭淡淡地道，手接過她遞來的帕子擦著嘴。

「我也飽了！」汪懷慕捧著肚子大聲地道。這時汪永昭的手朝得他伸了過來，他便湊臉過去，讓他爹爹幫他擦嘴。

聽得父子倆的答話，張小碗笑著看他們一眼，便垂首用起了她的膳來。

她把剩下的粥全倒到了自己碗中，剛喝不到半碗，碗中就又多了塊肉，抬頭見得汪永昭還在拿著刀子切肉，張小碗忙放下碗，伸手去抓他的手，嘴裡道：「我可是吃飽了，快脹著肚子了。」

說著就把刀抽了出來，包好了那打開的油紙包，放回了包袱裡。

把包袱收好，回頭見得汪永昭朝她皺眉，張小碗便笑道：「真是飽了，您別看著我。」

這時汪懷慕爬到她的身邊，傾耳在她肚子上聽了一下後，朝得他爹爹道：「爹爹，真是飽了，我聽著不響。」

張小碗樂得出聲。「這可是誰教你的？」

說著就把孩子抱了過去，坐回了汪永昭身邊，她繼續吃食。

「小山叔說的，說要是響，肚子便是餓了！」汪懷慕大聲地說道。「爹爹也說了，要我看著娘吃食，可是娘吃得老多的，他卻偏不信。」

「是，娘吃得甚多。」張小碗笑著點頭，承認道。

她是吃得多，畢竟吃不飽，人怎麼幹活？再說，現下吃食也是有的，她可不會為難自己的肚子。

只是，她確實吃得糙了點。為姊、為母這麼些年，習慣照顧別人了，總是要等被她照顧的人吃得好了，她才吃剩下的。兒子是不懂，而沿路走來這麼一段時間，汪永昭在外用膳的時日多，只回得來那麼幾次，看了幾次，沒想到卻也是記在心上了。

「吃吧，別說話了。」這時，汪永昭皺了眉。

張小碗微笑，垂首含了一口微涼的粥，便快快地吃了起來。

這粥確實快冷了。

一行人在野地紮了兩晚篷，到第三天，他們終於到達了沙河鎮。

這時已是夕間，沙漠颳起了風，黃沙遍地，空氣中一片薄薄的沙霧，儘管如此，但這時踏入了沙河鎮的人，精神都為之一振。

這裡，是他們以後的家。

因鐵沙鎮現下還沒找到水源，原先的水源只有一個口子，僅供得了五十人的日常生活；因此，現下隨行來的人就安置在找到了四個水眼的沙河鎮，還有一些人去往沙河鎮旁邊、相對能住人的白羊鎮。

沙河鎮已被汪永昭納為主鎮，張小碗他們這些家眷作為第三批進入鎮內的人員，目之所及的景象並不是很荒涼，石砌的新屋與鋪了石板的路，儘管在一片黃沙遍野中顯得不那麼好看，卻還是有那麼幾分新意。

節度使府也建得很是威嚴大氣，府都還沒有完全建成，那頭頂的石塊還甚是粗糙地矗立著，沒有打磨圓潤，但張小碗甚是喜歡。進入大門後，她一路都不斷地掀開紗帽，抬頭去看這幢粗糙卻充滿著野性的府都，哪怕因此吃了一嘴的黃沙，也沒減少她眼中閃爍的光芒。

汪永昭瞧得這奇怪的婦人，當她再度停下去看那大石柱後，他甚至是拿她有些無可奈何了，不得不伸出手拖了她一路往後院走去，免得她一直站在這外頭吃著沙子，還一派甚是歡喜、掩飾不住激動的樣子。

了。

哪怕不是京城來的貴夫人，就是那打南邊來的普通婦人，她這樣的表現也確實是夠怪

就算進那富麗堂皇、巍峨大氣的皇宮，他也沒見得她眼睛如此亮過、臉蛋這麼緋紅過。

事實上，她豔麗得連嘴都紅彤彤的，可這幾天與她朝夕相對的汪永昭清楚地知道，她根本未曾上妝過。

他有些迫不及待地拉她去了後院，瞧她走得慢，跟著他的腳步還踉蹌了下，他便不高興了起來，一把將這婦人抱起，急步進了主後院。

「水燒好了沒？」一進去，他就對著裡面的江小山問道。

「好了、好了！」江小山急道，趕緊拉了過來幫忙的七婆、八婆，沒讓她們行禮，便拖了她們下去。

汪永昭一進門就把門給踢上，把懷中的婦人放下便去脫她的紗帽，看見她亮晶晶的眼睛，他瞇了瞇眼，傾身過去。

「別。」張小碗笑，他們身上太髒了。

見汪永昭的呼吸都重了起來，她便快手快腳地脫了自己與他的衣裳。

剛進得那確實夠大的大浴桶內，她才把他們的頭髮拆下來放入手中，她就被汪永昭壓在了水桶邊，身下一疼，這男人竟迫不及待地硬闖了進來，疼得張小碗失聲痛叫了一聲。

但只一下，汪永昭就頓住了，喘著粗氣在她耳邊重重地呼吸。張小碗瞧得他甚是可憐，便把腿纏在了他的腰間，輕輕地說：「您動吧，就是要輕些，多疼疼我，可行？」

她這話一罷，汪永昭抬起了臉，眼已全紅，眼裡滿是強烈的慾望。

暮間，院中的油鍋大大地燃燒著，紅光映照著府中人的臉。

每人手中雖握著的只是一、兩個饃饃，那桌子上擺著的只是一碗熱白水，但這些跟隨汪永昭多年的人臉上的精氣神卻是很足，他們或蹲或坐，小聲地交談著，連那幾個婆子也尖起了耳朵聽他們講話，聽這些曾來過這塊地方的人說起這裡以前的事。

張小碗坐在主位上的汪永昭身邊，好奇地盯著那點亮了整個院子的大油鍋，那燃燒的火焰實在太旺、太盛，美得讓她挪不開眼睛。

好半會兒，她舔了舔乾澀的嘴，連水都顧不上喝一口，轉過頭看著那目光深邃地看著遠方的汪永昭，輕聲地問：「您備了很多油？」

火是汪永昭點燃的，一根大木頭下去，半桶油倒下去，就有了熊熊通天的火光，真是驚豔了整個黑暗的天空，饒是已經看了好一會兒，張小碗仍舊被這粗獷的美震得有些回不過神來。

汪永昭回頭看得她一眼，輕頷了下首。

這時，抱著汪懷慕在火邊看大火的江小山抱了他回來，張小碗伸手欲去抱他，卻被汪永昭攔手抱下。

「萍婆。」

「大人。」萍婆子忙走了過來。

「帶小公子用膳，切兩塊牛肉片與他。」

「是。」

萍婆說著，便笑著抱了汪懷慕過來。

她甚是疼愛汪懷慕，汪懷慕也很敬愛她，待她抱了他，他便說道：「婆婆，我重，妳放我下來，我自己走吧。」

萍婆子笑著道：「好、好，婆子知道了。」她便放了他下來。

小公子與爹娘作了個揖，這才讓她牽了他的手，乖乖到一邊用晚膳去了。

他走後，汪永昭扶了扶張小碗的腰，伸手別過她頰邊的散髮，便伸手摟住了她，讓她靠在了他的身上。

微笑著的張小碗收回了看著小兒的視線，抬頭看得他一眼，輕聲地道：「我很歡喜您帶著我來這裡。」

汪永昭聽得哼笑了一聲。也就這怪婦人，會歡喜他帶她來這荒僻貧瘠的地方。

聽得他的嘲笑聲，張小碗也不語，只是笑著看那火光，伸出手從桌上拿了個還帶著餘溫的饃饃，慢慢嚼著。

五月的大漠邊疆，夜間也是冷得很，她裹了汪永昭的黑裘衣在外，倒也擋住了這股寒氣，現下再這麼一靠，又沾染了幾許溫暖。

她抬起頭就可看見這無邊無際的黑色蒼穹，覺得她的心是這世從來未有過的自由。

這一路來，廣闊的天空給了她活力，她覺得她被壓抑了半輩子的靈魂總算得了喘息的空間。一路上每每笑出來時，她清楚地知道自己是真的在歡喜，而不是戴著面具在應付這個世間。

「此時此刻真好。」張小碗從天空中收回眼神，忍不住與汪永昭說道。

汪永昭把她手中那塊冷掉的饃饃拿到手中，塞到了嘴裡，待到嚥下，喝過她遞過來的溫水，才道：「這幾日有沙塵暴，風沙很大，以後出門要記得把帽子戴緊了，臉上也圍塊透氣的布。」

「知道了。」張小碗點頭。

「過得幾日，待沙塵暴停歇了，我就要帶他們去前方探察，要得一些時日才回。」汪永昭淡淡地道：「這上下的事，要妳作主的不少，妳自己定奪便罷，可知？」

「知了。」

「我走後，這三個鎮的人與物，都歸妳管，也歸妳處置……」汪永昭這時低了頭看她。「可怕？」

張小碗笑著搖頭。「您知我的，不怕。」

「妳確也是未曾怕過誰。」汪永昭說到這兒笑了笑，抬頭看得西方一會兒，又低頭朝得她輕輕地說道：「下個月從南邊運來的第一批樹就會到，我要帶三千人朝周圍四處種樹，妳可有法子，保得這幾千人的吃食？」

「三千人？除去咱們這幾個鎮，還要多三千人？」張小碗坐直了身，看得汪永昭朝她點了點頭。

她的臉便沈了下來，思索了一會兒，才對汪永昭說：「要花不少銀子。」

「都在妳手中。」汪永昭淡道。

「知了。」張小碗坐在那兒又想得一會兒，才苦笑著點了頭。許是心境寬了，她又朝得汪永昭有些埋怨地說：「有時我想，這一切都是您想好了的，您早就把這安排好了，才不怕來到這個地兒。」

胡家村的人、她家的兩個弟弟小寶及小弟，做的就是這走南闖北的買賣；再有，汪永昭手中有一個龐大的馬幫，邊疆的那些守軍大半數也全是他能用得到的人手，這些人聯手起來，要把那物資運到這個地方，確也不是很難的事。

這根線一牽起來，只要指揮得當，養活幾千人到一萬人，確也不是什麼太大的問題。

她來之前，就已經為糧食做了相當大的準備，現下已有不少糧食朝得這邊運過來，到時再與馬幫那邊商量一下，後續的糧食也可跟上。

生活在這裡最大的問題就是錢財與水，銀子他們現在有，而水，他們確實是必須節約著用。

接近沙漠的地方，真是水要比黃金貴。

張小碗也知汪永昭派了人四處在找水源，也有幾處是快要找穩妥了的，現下不知的是那些地方出來的水，能不能解得了這幾鎮人的用水問題。

而這些樹，確也是必須要種的，可種下去了，它們也要水才能成活，這個問題，汪永昭想必也是想過的吧？

「老爺，」張小碗想得一會兒，拉過汪永昭的手握到自己的手中暖著，臉帶思索地與他道：「您瞧我這樣跟您說對不對，您找人瞧得了地方，把樹栽到那水源處，您看可行？」

「嗯，可行。」

這時下人們見得了他們在談話，已經退出了院中，那帶刀靠牆的侍衛也全都退到了牆外守衛，整個院子，就只剩了他倆。

汪永昭便把張小碗抱到了他的懷中，拉過他的厚披風裹住了她，讓她躺到他的懷裡，這才淡淡地說道：「妳想的，都與我說說吧。」

「是。」張小碗抬頭笑看了他一眼，回過頭來沈思了一下，才接著道：「樹靠著水源好養活，待樹根伸到地下了，這些樹也盤得住水，年年月月的下來，小樹成了參天大樹，一棵棵都活著，想來也盤得住不少水了。」

汪永昭聞言便笑了，溫和地說道：「靠這些年年月月的行不通，我們能活得多少年？」

「啊？」張小碗真是不解。

「我向皇上請令過來了，我尋好了最近的三處山林，皇上也答應借我邊疆的三萬兵士，幫我把那幾處山林給拆了過來。」

拆了……過來？

張小碗張開了嘴，傻傻地回過頭，傻傻地看著說得甚是輕描淡寫的汪永昭。

「別擔心，」汪永昭卻是安慰她道：「那三萬兵士不會吃咱們的、喝咱們的，他們歸皇上管。」

張小碗半晌都不知說何話才好了，過得一會兒，她在心裡自嘲了一下自己這個鄉巴佬，不禁苦笑著搖了搖頭。「說來也不知皇上是怎麼想您的，把您打發到這種地方來，卻還幫著您移山，這是發配您呢，還是讓您來當土皇帝的？」

汪永昭聽得笑了笑，他輕撫了一下她的黑髮，在她耳邊喃喃道：「妳當他好心？我日後還得去滄州城替他練軍。人是他的人，兵是他的兵，出力的卻是我這個管著區區三個鎮的節度使。」

幾日間，汪永昭與張小碗交代了不少事，就帶兵出去了。

張小碗忙得甚是厲害，只得把汪懷慕託付給甄先生與萍婆子，她則帶著七婆與八婆忙碌了起來。

首要的，她得把幾個大庫房按物分管起來，也得看著物件一一按她的方式擺好放妥，還得處置著這鎮裡的大小各項事宜。

這天她正在庫房歸置物件，聞管家的兒子大仲就跑過來朝得張小碗急叫。

「夫人、夫人！大公子讓人送東西來了！」

「大公子？」張小碗聽得一怔。

「哎喲，瞧我這嘴！」大仲見說得她不甚明白，忙抽了下自己的臉，道：「是善王千歲著人送箱子來了！」

「懷善?!」張小碗聽得立馬提起了裙子，急步往外走。

「紗帽！夫人，您還沒戴上啊……」七婆與八婆忙拿了帽子、遮帕上前，趕在門邊給張小碗穿戴好。

張小碗急步去了那前面的正堂屋，她剛一進去，那領頭之人、一位臉邊有著小小一道刀痕的清秀青年便跪在了地上，笑著道──

「末將龔行風給夫人請安！」

「快快請起！」張小碗忙上前去扶，她把他真扶了起來，掀起紗帽看得他兩眼，笑著道：「這就是懷善口中那位與他行軍打仗、還一起爬牆出外偷酒喝的義兄了？」

「是末將。」龔行風一聽她這清脆的溫言聲，聲中還帶著笑，他天生帶笑的臉上笑意就更深了。

「便叫我乾娘吧。」張小碗微笑著道，便抬手摘了這紗帽，朝得他與屋內還跪著的兵士們說道：「都起，別站著，找個地方坐著歇歇。」

說著她便轉身，對著大仲道：「別去煩勞你爹了，你年紀也不小了，也該為府裡作點主了。現下去吩咐伙夫，給這幾位小哥兒們做點飯食，再叫得人把水送過來讓他們喝幾口解解渴。」

大仲一聽，喜得眼睛都亮了，躬著腰道了一聲「是」，就貓著腰快步走去了，速度快得張小碗再想喚他也來不及。

張小碗只得與身邊的八婆道：「妳去吩咐一聲，抬得半隻羊烤好了，他們一路都行得辛苦了，讓他們吃頓飽的。」

她說的是官話，這龔行風帶出來的八個兵士也是聽得懂這話的，聽罷後，竟全都齊齊嚥了嚥口水，發出了好大的吞嚥聲，引得張小碗笑著看向他們。

「現下就饞上了？那可好，待會兒我就不用擔心你們吃不下了。」

龔行風聽得撓頭，歡喜得不知如何是好，竟上前拉了她的袖子，與她說道：「您快來看看，懷善可是給您捎了不少好物件來了！」

龔行風一揮手，揮退了屋內的幾人，便打開了箱子與張小碗看。一共五個箱子，三箱金銀珠寶，還有兩箱書。

「懷善說，這都是有用之物，您看過即知。」龔行風先前說歸是那般說，但現下看著這些以前看著甚多，現下打開一看卻突然不多了的物件，頓感有些羞赧。

「都是好物……」見他一個打仗行軍的小青年竟然還會害羞，張小碗不由得笑著溫言道。

龔行風看了她溫柔帶笑的眼睛一眼，便不好意思地撓了撓頭。

張小碗彎腰翻書，翻過了幾本，見都是些齊民要術、地理遊記之類的書本，便抬起腰朝得龔行風說：「這些書都是你與懷善挑來的？」

「是，大多是懷善挑的，我只幫著找了一點。」

「怕是花了好些心思吧……」張小碗嘆道，朝得他柔和地說：「真是個好孩子，待會兒多著點食，好好歇一會兒。」

龔行風抱拳大道了一聲「是」，又朝得張小碗嘿嘿笑了起來。

沒得多時，大仲便帶了人送來了吃食和水。

張小碗召來汪永昭的親信，差他們把箱子送進庫房，她這邊則先招呼了他們幾個，見得桌上吃食擺齊，又差了七婆和八婆看著，她則去了庫房，挑了十來身衣裳，拿了幾塊打包的布，又回到房裡，把給懷善做的衣裳拿出兩套，拿著回了堂屋，把東西放到了主桌上。

「衣裳是薄棉襖的一套、布裳的一套，你們每人都有著兩套，要是大了的就都湊合著穿，小了的，就讓婆婆們幫著你們換……」張小碗回過頭朝得人說到此，見得嘴裡還塞著饃饃的兵士們要起身給她下跪，她便擺手。「都坐著，到我這裡不要多虛禮，我這裡不比別處，你們是懷善的兵，也等於是我們汪府裡的半個自己人，都別多禮。」

說著，她便把衣裳拿出，讓七婆、八婆拿到兵士面前比劃。她眼力不錯，只往這幾人的身材掃過幾眼，拿過來的衣服也都還算合身，沒有誰小了的；有兩位拿的衣裳試著大了一點，倒也沒事，人看著年齡也不大，日後怕是還有得長大，到時也適合穿。

見此，張小碗便不由得笑了起來，把每人的衣裳打了包，叮囑七婆、八婆看著，等會兒別拿錯了去。

「不會、不會，都知道得很！他們剛瞅得緊，一個個早看好自己的是哪兩套了，心裡門兒清得很，您別擔心！」龔行風連連搖著手，笑著道。

張小碗也笑了，朝得他招手。「你過來，你的在這兒。」

她打開了那個已經打包好的包袱，與他說道：「你是懷善的義兄，這身高啊也與他差不多，這是我為他做的新衣裳，你先將就著穿，待到下一次來了，乾娘再做你的新衣裳穿就是。這次咱們就不介意了啊，先穿懷善的。」

龔行風笑著沒說話，只猛點頭。

待他摸過那兩套一厚一薄的衣裳，便輕輕聲地與她道：「您知我們只歇得半晚就要走？」

要不，怎會剛剛她出門時，就要那位管家再去做三十斤的熟肉拿油包包好，現下，連衣裳都拿過來了。

「怎會不知……」張小碗輕嘆了口氣，沒有多說什麼，只是說：「吃完好好洗個澡，穿上新裳歇得半晚就趕路吧，走時跟管家說得一聲即可，不用來跟我道別了。」

這幾個人哪怕是在外頭把身上的沙子抖乾淨了才進來的，可坐下那麼一會兒，靴子裡的沙子、身上的沙子便又掉出了一點，落在了他們的身邊。

幾人的樣子看著這麼矯健，龔行風又是懷善的義兄，想來，這些人全是精兵了。

他們外面的衣袍看著還甚是體面乾淨，細節處卻是無法一時之間掩盡的，想來趕路趕得急。他們如此急著來，定也是急著回的，哪能停得下多時？怕是她的孩兒不放心這些什物，自己又萬般來不得，才託了他這些信任的人給她送來物件。

這些人為著他們母子，這麼急急來往一趟，也真真是辛苦他們一場了。

「去好好吃吧。」見龔行風不動，張小碗笑著朝他道。

龔行風眼有點微紅，伸出手先張小碗一步把他的包袱打包好，拿到手上，朝得張小碗一笑，便回到桌子處又大口吃起肉來。

這天半夜，龔行風便帶了他的兄弟們趕路。

當他們牽得他們的戰馬到手，見馬已餵飽，馬身也清洗乾淨了，龔行風帶著幾位弟兄朝得主院那邊遙遙一拱手，謝過便快馬而去。

待過得了幾日，與打伏兵的汪懷善一會合，把公事說罷，龔行風便朝得汪懷善重重一拍肩，說：「你娘確實是個好娘親。」

「哈哈……」汪懷善一聽，得意一笑，竟歡快地凌空翻了個筋斗，翻到龔行風身邊落下，拍著他的肩道：「跟你說過，眼見為憑，這世上，不可能再有比我娘親更好的娘親了。」

「是。」龔行風承認，並笑著說：「你娘說，我也是她的兒子，讓我叫她乾娘。」

汪懷善臉一僵，笑容差點掛不住了，過得一會兒，他摸摸鼻子，有些心不甘、情不願地說：「乾娘就乾娘吧，說來你是我結拜義兄，讓你叫她一聲乾娘也不為過……」

龔行風斜眼笑看著他。

汪懷善胸一挺，沒好氣地說：「看什麼看？我娘也不止你一個乾兒子，我刀叔的兒子大寶也是她的乾兒子，她乾兒子多得是，不稀罕你一個！」

龔行風聽得嘿嘿笑起來，汪懷善由得了他，搭著他的肩往他們的營裡走，走得沒幾步，他湊近龔行風，問道：「我娘有沒有跟你說什麼？有什麼話是她讓你託給我的？」

「說了，」龔行風便不再逗他了，坦然地說道：「說你脾氣壞，心地卻是好的，讓我多照看你一點，還給了你一封信。」

汪懷善一聽便笑了，眼睛不斷地瞧他。

「吶，」龔行風拿著馬鞭指著前方不遠的拴馬處，他那戰馬上還沒解下來的包袱。「那個最大的是給你的，信也在裡面，你快去拿吧。」

「喔呵！」汪懷善一聽，什麼都沒說了，又是一個凌空翻躍，嘴裡哼著歡快的調子便朝得那馬兒跑去了。

聽著那歡快的聲音，龔行風想，那樣溫柔和善、大方體貼的娘親生出這麼個就算流血也要站著笑的兒子來，確也不是奇怪的事了。

百聞不如一見，那位汪夫人，確有他這位懷善義弟說的那般好。

龔行風看著義弟那抱著大包袱就往他的帳房跑的身影，這時，他不由得面露得意一笑。說來，他還是犯了點小心眼的，包給這位善王的那五斤鹹乾肉，他塞自己包袱裡頭了。以後，閒著沒事了，喝小酒打牙祭的下酒菜可是有嘍！

又是連著十天，終於整理好庫房，張小碗鎖了最後一扇銅門後，才算是暫時歇得了半口氣。

鎮中甚多事，什麼地方的人都有，張小碗也沒有總出面，但私下卻找來了汪永昭給她的幫手，讓他們儘量把同個地方的人都安排在一處生活。

這樣，大家彼此相互有個照應，也能說得上話，哪怕這些人之間有個小紛爭，但面對不是同個地方的另一波外地人，他們便不得不團結，不得不抱團。

人都如此，暫時的抱團會讓他們內心多得些安穩，適應環境也會較快些。

再後來可能發生的事，到時候再想解決之法，目前能保證的就是儘量快速把人都安頓下來，繼續日常的生活。

因著下個月就有兵士運樹過來，要提供吃食，張小碗把她的三個婆子都派了出去，讓她們跟著汪永昭的親兵去聯繫能提供人力的婦孺來幹活。

張小碗說要三百個健壯婦人，萍婆、七婆、八婆便去個個仔細地挑，人都是挑了又挑才會選上。

就像大夫人說的，她們要挑個像來幹活兒的，而不是來當大小姐、夫人的。

這邊婆子們把張小碗要的人選了近百個，也入得了府中來。這幾日間，張小碗帶著大仲與大仲媳婦辦了不少事，也告知了他們一些事情，便讓他們帶著這些婦人熟悉府裡騰出來的膳食間，讓先到的人熟悉到時準備食物的方式。

這時，中原那邊運過來的第一批大糧到了，府中又是一陣忙碌，張小碗在府中忙得腳不沾地，有時竟累得連飯都吃不下去，沒得十來日，在奔波的路上沒瘦多少的人，這接連的幾日裡，臉上突地掉了好些肉，急得萍婆子早上也不敢再往那外頭跑去尋人了，只顧著去開小灶給她燉補藥吃。

哪想，張小碗強逼自己吃了，吃得多少便吐得多少，有時連膽汁都吐了出來。

就在她開始吐之際，離開一個來月的汪永昭回來了。

他是晌午到的府，一進門，閩管家就過來憂心地與他道：「夫人連著兩日未吃得下飯食了。」

「怎麼回事？」汪永昭一到府裡本柔和了一些的臉色便又嚴厲了起來。

「這……」閩管家低頭，斟酌著話語。「許是累的。」

「不是讓你看著嗎？」汪永昭瞪了他一眼，把馬鞭甩到地上，大步往得那後院去。

他一進門，就聽得一陣嘔吐聲，待到了大堂屋，見得那婦人扶著桌子對著地上的盆在吐，他便急步過去。「怎麼回事？」

張小碗一聽到他的聲音，又嘔吐了幾聲，實在吐無可吐了，才撫著胸口朝得汪永昭勉強地一笑。

她還未說話，汪永昭看見她的臉，竟長吸了一口氣，才對跟過來的江小山道：「去請黃大夫過來。」

小山看著突然瘦得不少、臉色又蒼白的夫人，忙退了下去，一路小跑著，騎馬去請隨軍而來的軍醫了。

「沒事，歇得兩天就好了。」張小碗扶著桌子，朝他又笑了笑，就對身邊的大仲媳婦說：「去叫人燒水，抬至浴房去。」

大仲媳婦憂心地看了她一眼，朝大人、夫人福了禮，便匆匆去了。

這時屋內只有跟著汪永昭過來的四個親兵了，張小碗朝他們揮了揮手，溫和地笑著道：「去歇著吧，大人讓我先照顧著。」

汪永昭臉色不好，看她說此話也並未說話，待到人一退下，他才冷著臉道：「就妳這樣還想照顧我？」

「嘔……」張小碗又是一陣吐，把汪永昭駭得臉又黑又臭。

遲疑得半會兒，他便站到她的身邊，拍著她的背，又對著門外吼道：「還不快把大夫叫過來！我不在的時候，你們是怎麼照顧夫人的？」

聽著他氣急敗壞的聲音，張小碗想安撫他，無奈胃裡的酸味一股一股地往上湧，讓她根本停不下來說話。

等嘔完這陣，心裡總算好受了點，她用水漱了漱口，看向了汪永昭，見他皺著眉看她，她便笑了，笑著對他道：「您可是曬黑了不少回來了。」

汪永昭惱怒地瞪她一眼。

「我沒事。」張小碗扶著他的手臂起身，對他道：「咱們回屋吧，給您換身衣裳。」

「妳坐著，待大夫來。」汪永昭把她的手甩了，走到一邊，把身上那件沾著沙的披風解下扔到了一邊，才走回來在她身邊坐下。

張小碗見罷，給他倒了碗水，見他接過，一口氣就把一碗喝下，又給他倒了一碗，見得他連喝了五碗才沒去拿那水碗，她才拿著帕子去拭他的嘴角。

汪永昭抬頭看了她的臉一眼，就半倚在了椅子上，由得了她替他整理。

這廂他們等了一會兒，江小山便拉了氣喘吁吁的大夫來了。

那大夫坐在江小山給他搬來的椅子上，連喘了好一會兒的氣才停止，朝得汪永昭與張小碗行禮。

「行了，先給夫人看看。」汪永昭不耐煩地一揮手，拿過張小碗的帕子，拉過她的手，把帕子蓋到她的手腕上，道：「快些！」

那黃大夫也是跟了他多年的人了，自知他的脾氣，當下也不廢話，就伸手探上了脈。

過得一會兒，他低頭朝得那盆子嗅了嗅，當下就掀袍而跪，朝得兩人肅容道：「恭喜大人、恭喜夫人，夫人有孕了，日子怕也是一個月有餘了。」

先前張小碗見他看向盆子時，已經有點意會了，所以聽得這話也只微微驚訝了一下，不過手卻還是下意識地摸向了肚子。

這下，汪永昭卻沒說話，他低頭看了張小碗的肚子，再看了張小碗的臉，說：「怎地吐得這般厲害？還瘦成了如此模樣？」

「這是孕吐，待到後面不那麼反胃了，也就好些了。」黃大夫忙回道。

「起來吧，地上石板涼。」見得汪永昭開口，張小碗笑著出了聲，她又摸了摸肚子，再看向汪永昭，微微笑著與他道：「老爺，就讓伙房給我煮點清粥喝喝吧，那個管用。」

汪永昭看著她那與平常毫無二致的樣子，微皺了眉，但頷了首。

過得一會兒，廚房送來粥，張小碗喝完兩碗還有些想吐，但還是強忍了下來。

汪永昭剛與大夫談過，知她這徵狀怕也是累出來的，待她喝完粥，他把剩下的喝完，便牽了她的手，慢慢地朝得他們的臥房走去。

沐浴時，他也不敢多折騰，只是摟著她，雙手放在她的小腹上，不聲不響。

此時張小碗的腹部還是平坦得很，她也是忙昏了頭，吐了兩天，都沒往自己懷孕了的這事上想去。

在水裡浸了一會兒，見身後的男人不說話，她側頭看過去，見他閉著眼在沈思，也不知是在想什麼。

她也未打擾他，只是更放鬆地靠在他的胸前，靜靜地歇得一會兒。

她確也是有點累了，這上上下下都須打理，這三十來天，只要早上醒來一睜眼，她哪天都未曾歇息過半個時辰。

沐浴完後，汪永昭便把張小碗抱回了房，在她梳頭時，對她淡然說道：「這幾日妳在房中歇著，哪兒也別去，府上及鎮子裡的事，我會處置。」

「這……」

汪永昭看得她一眼。

他的眼神很是嚴厲，張小碗便把話嚥了下來，朝得他苦笑。

「……黃大夫說了，妳胎象有些不穩，這孩子要是生不下來，以後也不可能再有孩子了。」汪永昭把話說了出來，站起去喚婆子進來給她擦頭髮，喊完人後，又回頭朝張小碗說了一句。「這是我的命，妳得替我管住他，別的就無須費神了。」

他說罷，這時匆匆過來的萍婆子就走了進來，還沒朝得汪永昭行禮，那披散著頭髮的汪大人便大步而去了。

第三十四章

汪永昭把聞管家叫來，待問清了這些時日這婦人所做之事後，良久無語。

江小山在旁看了看他的臉色，見得後頭他還是無話，才小心翼翼地說：「還好，咱們夫人身子骨兒好，便是辛勞了些，咱們的這小公子也還是安安穩穩地在她的肚子裡頭。」

聞管家已經得信，答話時他一直都是跪在地上的，聽得這話，他竟哭了出來，與汪永昭道：「是老奴無能，竟大大小小的事都要過問夫人，讓她勞心勞力，差一點害了她肚中的小公子……」

「呸呸呸！什麼叫害？小公子好好地待在夫人肚子裡頭呢！」江小山聞言，連忙呸了三聲。

聞管家也知自己說錯了話，忙道：「是是是，小公子正好好地待在夫人肚子裡頭呢！」

「好了……」汪永昭揉了揉額頭。「休得胡言亂語了。你把府中管事的人、汪忠他們，還有那幾個婆子，夕間全叫到前院，我有事要與他們交代。」

「是。」聞管家領命。

「小山，扶著聞叔起來。」

「是。」

「聞叔，」汪永昭輕呼出一口氣，看著聞管家，他臉上此時已無先前的疲態，一片沈穩。「夫人的脾性你是知道的，對著我，她都未曾怕過什麼，日後，我要是不在府中，想來你們誰的話都是不管用的，所以我會把她看在內院裡，到時，不管她用得什麼法子，不要把她放出來，讓她好好歇著。」

聞管家聞言，好半會兒都未語，開口時，聲音是啞的。「老爺，這是不行的。您不知，這裡裡外外的事，要是沒得夫人插手，怕是亂成一團麻了。老爺，夫人能幹您是知道的，這種安置各路人馬的當口，有些事，還得她作主。不是老奴想累著她，而是有些事真得她才管得了，與其到時出事了再找她，還不如現下有事就尋著她商量，先解決了，想來，只要不像前些日子那般勞累，怕也不會……不會……」

這時，汪永昭的眼睛死死地盯住他，他的話便無法再說下去了，只得垂下了頭，無奈地嘆了口氣。

汪永昭看過他，手支著腦袋，想得半會兒，才苦笑了起來。「在京中的日子，怎麼求都沒求來，現下這當口，偏生卻來了。」說著，他站起身來，對江小山說：「去把黃大夫接到府中來住。」

「知道了。」江小山忙回道。

「拿著這個去取那黨參還有人參，以後一日三頓熬著雞湯，讓婆子看著她喝下去。」汪永昭從衣袖裡拿出他從床頭盒子裡拿過來的一大串鑰匙，給了聞管家。

聞管家沒有接，朝得汪永昭苦笑著道：「不瞞您說，這黨參、人參放在哪兒奴才是知的，但哪把鑰匙打開哪扇門，老奴全不知。夫人這次整理出來的庫房甚大，這等事奴才也不敢知道。」

汪永昭聽得沈默了一下，朝得他道：「跟我來。」

汪永昭進了屋，就見張小碗臥在榻上，手中拿著本冊子。見得他進來，她便朝他笑道：「您回了？」

汪永昭坐到她身邊，搖了搖手中的鑰匙，就聽得她笑著說——

「您拿著就走了，都顧不上叫您。」說著就細細跟他講起了哪把鑰匙開哪幾扇門，哪幾把鑰匙可以交給管家使。

汪永昭聽她慢慢說罷，垂下眼看著她淡淡地道：「這些妳可以先交給聞管家。」

「總得跟您說過才成。」張小碗笑著道，打了個哈欠，就半閉上了眼。

她不想談下去。她過於聰明就在這點，太懂得怎麼迴避。

汪永昭沒再說話，給她蓋上了被子，把那幾把可以拿給管家的鑰匙拿了出來，出門給了站在門口的聞管家，讓他去取物。

夕間，他聽了管事的人一圈的話，發現婦人已把權力分配了下去，她並沒有把什麼事情都一手包攬，並且人盡其用，哪個擅長什麼，管的便是什麼事，她已經把人用到了恰當處。

汪永昭知她能耐，卻不知她能耐至此，連出去逞逞節度使夫人威風的事，她也沒去做過。

時至如今，汪永昭還是弄不明白她，她身上有太多他不解的東西，日復一日地迷惑了他的眼。

所以，在他沒有完全瞭解她、徹底掌控她之前，他怎能讓她出事？

晚膳時，張小碗也未多語，她看得汪永昭一直沈默，膳後，她想了想，便還是說道：「大夫還跟您說了何事？」

「讓妳歇著。」汪永昭拿著水漱了口，讓她拿著帕子給他拭手。

「為何我見懷慕都見不得了？」她溫和地笑著問，一如往常。

她總是這樣，平靜得不可思議，像什麼事在她心間都不是大事。

只要活著，這世上就沒有難得死人的事，她便是這樣想的吧？汪永昭看著她蒼白的臉，並不言語。

她總是想活著，那他就讓她活著。

見她看他，眼裡有哀求，他閉了閉眼，微有些諷刺地翹起了嘴角，又如了她的願。「懷慕會分妳的心神，從今日起，他早間、午間能與妳用膳，夜間便罷。」

見得她又笑，汪永昭看著她的眼，慢慢地說：「要是有意見，那午間便也免了。」

她的笑便僵了僵。

汪永昭看著她，起身拉著她起來，扶她進房。

她太喜歡用她的方式操縱他了，他順著她，不過只是讓她知道，他是願意順著她的。

但，她總不能過分。他是她的天，他說不行時，那便是不行。

汪永昭又變得專斷起來，張小碗只得聽著他的話，一天只有在巳時、午時這兩個時辰，處理得了這內外的事；其他時辰，只得待在院中靜養，連捻根繡花針也不行，就連那書，也是不許看的。

更過分的是，他還把懷善給她的書都搬走了。

張小碗忙習慣了，什麼事都做不得，第一天就憋得難受，或坐或站了好久，總不得安寧。

還好，一天還有得兩個時辰讓她忙事。

大概休息了兩天，她也漸有些氣短起來。那位黃姓大夫也是早晚兩次請脈，從他的神色間，張小碗也大概知道自己的身體沒她以為的好。

張小碗也知，她到底是年紀大了，生懷慕時又是那般九死一生，哪怕這幾年她也精心照顧自己，到底還是傷了底氣。

這日夕間，汪永昭還未回來，大夫便按時來了。

探過脈後，黃大夫便說：「夫人再這樣歇得一陣，等反胃過了，便會好上甚多了。」

「孩子可好？」張小碗摸了摸肚子，平靜地問他道：「你就跟我說實話吧，要是無事，你也不會早晚兩次請脈，我家老爺也不會讓我連這後院都離不得一步。」

黃大夫聞言搖搖頭，苦笑地看著她。

這位夫人很是聰慧，但他到底是不能違抗大人的命令啊！

張小碗沒等來大夫的坦白，但在這晚入睡時，汪永昭看著她的肚子半會兒，便和她說：「這三個月間，要是哪天胸悶得厲害，這孩子便不要了吧。」

張小碗聽得半會兒都不知說話，好一會兒才輕輕地說：「怎麼了？」

汪永昭伸出手按了按鼻梁，靜了半會兒，才說：「妳喜脈甚顯。」

「這話……何解？」

「孩子才得一個月有餘，脈息過顯，妳的脈息可能會被他慢慢吃掉。」汪永昭放下手，閉著眼睛淡淡地說。

意思是，孩子會吸乾她的精血？張小碗聽得苦笑起來。「這才得一個來月，您說這話，莫是嚇我？」

「醫術的事，黃岑甚是高明。」汪永昭睜開眼，看著她的肚子，眼睛終是難掩悲傷。「我盼了這麼久啊……」

說罷，他伸手攔眼，渾身疲憊無法掩飾。

他太想要這個孩子了，可是想來想去，也不能拿她的命去換，只能不要他了。

張小碗躺在枕頭上看著身邊的男人半會兒，長長地吐了口氣，才說：「只是可能罷了，您莫要自己嚇自己了。」見汪永昭看她，她吸了吸氣，恢復了平靜，道：「我會養好身子骨兒的，孩子沒事，我也會沒事。」

汪永昭伸過手抱住了她，過得一會兒才啞然道：「如此便好。」

第二天早間汪永昭被急事召了出去，黃大夫如時而到請脈。

張小碗在他探脈時開了口，說：「我家老爺昨晚便把事告訴我了。」

「啊？」

「說孩子會吃掉我，讓我把孩子落了。」

「這……」

「不過我有一事不知，還想問一下你。」

「……您問。」

「我家老爺既然不要孩子了，為何還要天天拿著那等珍貴的補藥往我肚中灌？」

「這……」

「說吧，」張小碗淡淡地道。「若你還把我當夫人看的話。」

黃大夫無奈，但有了汪永昭先透了話，現下夫人又用話拿住了他，他便也斗膽補道了細節。

「您現在吃的人參是在固元，到時胎兒落地，您便也會無事。」

「如若現在孩子就下地呢？」

「這……」黃大夫垂頭拱了拱手。「您會血崩，如當年之態一般。」

「我會血崩至死？」張小碗漸漸摸清了脈絡。

「可能會如此。」

怡。

張小碗收了手，也把帕子疊好放到一邊，看著窗外新昇的朝陽，它真是美得讓人心曠神

她不由得笑了笑，道：「我還捨不得死。」

「大人也是。」黃大夫垂著頭，低低地嘆了口氣。

「我也捨不得我的孩子死。」張小碗轉過頭看著他，淡笑著說：「你便想一個萬全之策吧，孩子與我，都得保住。」

「屬下無能。」黃岑跪下了地，言語艱澀。「這種事，屬下不敢肯定。要是有法子，早就與大人說了。現下如若您要保孩子，哪怕您能活著到生下他的那日，您也會沒的。」

「這種以後的事，誰說得準？」張小碗雲淡風輕地說：「我跟老天爺鬥了一輩子了，便再鬥上一次也無妨。」

「夫人！」黃岑失聲驚叫了一聲。

「不要再給我人參吃了，那個太熱，是活血之物，要是真把我這只得一個來月就胎息明顯的調皮孩兒落掉了，到時我找你們大人哭去，你們大人也賠不了我一個原樣的。」張小碗說得笑了起來，眉目淡然。

黃岑聽後抬頭看她一眼，見她那平靜從容的模樣，他長吁出了一口氣，磕得一個頭道：「如此，屬下便知了。」

「起來吧。」張小碗朝得他微笑，便又對站在門邊的萍婆子說：「萍婆，今日的那碗參粥便不吃了，給我端一碗清粥來吧。」

萍婆子朝她施禮，輕道了聲「是」，輕步走了出去，走到院中，她側頭看著那剛剛昇起的太陽，沈重地嘆了口氣。

命這種事，凡人幾個能說得準以後的事？但不鬥上一鬥，夫人那種人，又怎可能認輸？

午時大仲來報，說廚娘都找齊了，他已經領著她們走了一道，午間時就可做得那上萬的饃饃，夜間那大通火鋪一開伙，便可把它們全蒸上，待明早大軍一到，就可吃上新鮮、熱騰騰的饃饃，還有那熱粥了。

張小碗聽得很是高興，辦了這樁大事的大仲也甚是興奮，他臉都是紅的，忍不住興奮地道：「您要不要去瞧瞧？」

「不了、不了……」要是昨日，張小碗興許還會去瞧上一瞧，但現下卻是不了。她笑著道：「前些日子醃上的鹽蘿蔔你可看著好了？」

「按您的吩咐，我嚐了嚐，是有些酸味了。」大仲立馬道。「我這兒還帶了一碟過來與您嚐嚐。」

「拿過來吧。」張小碗朝他道，見他把帶過來的食盒打開，將碟子放到桌上，她便朝萍婆招手。「您嚐嚐味兒。」

說著，見大仲還站著，不由得笑著說：「坐著吧，你爹平日也是能在我面前坐的，你也且去坐著。」說時她朝得他揮揮手，讓他去坐，轉頭便又去瞧嚐味道的萍婆了。

大仲知道她和善不是一日、兩日了，但她到底也不是讓誰都坐在她面前的，她說了這番話，便也是認可了他管事的地位，他便不由得有些激動地退了幾步，手摸著身後的那張椅子，摸得了幾下，才試探著坐了上去。

他家四兄弟，只有他和那甚是機靈的三弟弟被父親接進了府中，說來，來府中快六年了，他總算還是沒讓爹失望，能為得了這府中做事，且是做大事。

這邊萍婆子嚐過了味道，便朝張小碗點了點頭。「味道還成，酸。」

張小碗便放了心，說道：「那辣椒也磨成了粉末吧？」

「已經磨好了。」大仲立馬接話道。

「那就這樣吧，拌上一些，當是讓大夥兒開胃的小菜，大夥兒多吃得了一口便是一口，要吃得飽些，幹活兒才有勁。」張小碗朝得大仲道：「到時就用大盆抬好，一盆盆擺著，跟大夥兒說好了，碗不夠，讓他們一起搆著大盆吃，也別爭搶……」

這時，師爺許晏正好過來與張小碗說事，聽得她這話，便在門口施了個禮，得了應允進來，笑著與她道：「這個夫人您放心，大人治軍嚴厲，在他的都府當口，便是給了他們天大的膽子，他們也不會爭搶，只會按命令行事的。」

大軍明日即到，汪永昭當晚回來用過晚膳，便要回外營駐紮處。

他快要走之際，張小碗給他披了厚厚的披風，讓他換了皮靴，忙前忙後了一陣，又讓萍婆子把那罐薑湯交給江小山提著。

這時，她又偏過頭朝江小山道：「要是忙到夜間了，便熱一熱給老爺喝兩碗，你自個兒也記得喝一碗。」

「哎，知道了。」江小山彎腰道。

張小碗又回過頭叮囑汪永昭。「夜間要是閒得半刻，您就打個盹，瞇得一會兒是一會兒，精神也會好些。」

汪永昭漠然的臉上這刻還是沒有神情，他抬起手替她緊了緊髮間的釵，對得萍婆子道：「看緊夫人，哪兒也不能去。」

「是。」萍婆子恭敬地回道。

汪永昭便轉身急步而去，那披風因他大步的走勢，在風中凌厲地飛揚著，帶著幾許霸道的銳氣。

張小碗看他走得看不見人影了，才轉回身，回了堂屋。

「您去歇著吧。」萍婆子上前勸道。

張小碗搖搖頭。「去幫我把七婆、八婆叫過來吧。」

「夫人……」

「去吧。」張小碗朝得她淡笑著道，身子往後一退，半躺在了椅子上，瞇起眼閉目養神。

萍婆子只得在門邊叫了丫鬟，讓她去叫了在伙食房中忙碌的七婆、八婆來。

見得兩個婆子，張小碗沒讓她們多禮，開口便問：「甚是忙得緊吧？」

七婆身上擋油漬的圍布都還沒解下，這時她在上面又擦了擦手，忙回道：「忙得緊，那些個媳婦、丫頭的都在忙著，吃食都準備得甚多，耽誤不了明早大軍的吃食的，您便放心吧。」

「這些時日，我記性也不怎地了，這才想起一事，怕又得妳們找些人忙一會兒了。」

「您說。」

「我記著這次運過來的土薑還有得那六百來斤，一會兒，妳帶人去分一半出來，洗了切好絲，明早備好鐵桶與鍋子，叫伙房的人現煮了。許是不能讓每人喝得太多，但能吃上一、兩碗熱湯也是好事。」

「這……不是有了辣蘿蔔了嗎？」照七婆看來，有得那蘿蔔也是夠了，那也能去些寒氣。

「人太多了，給他們吃不上太多的肉，這薑湯還是煮夠了，給他們喝得一、兩碗吧，去去濕氣。」張小碗吁出了一口氣道：「趕這麼遠的路，只給他們吃得幾個饃饃和一碗粥、幾塊肉，已是對不住他們了，這還是他們來咱們鎮上的第一頓，便讓他們吃得稍好一些吧。那是老爺的親兵，這才是頭一頓，不能虧待。」

「您說得是。」七婆想想也是，便道：「按您說的辦就是。」

「八婆。」張小碗又朝得八婆叫了一聲。

「您說吧，我都聽您的。」八婆擦了擦額頭上冒出的汗，想也沒想地道。

張小碗看得一怔，自嘲道：「唉，費了老大的勁找妳們來，是要教我怎麼過活的，沒想到，現下卻把妳們一人當成四、五個的漢子在用了。」

「您說的是什麼話，您哪還用我們教著過活？」八婆便笑了。「再說，我們忙得樂意，您就別說那客氣話了。」

八婆也是個急脾氣的，張小碗見她一臉還急著要回去幹活兒的樣子，也就沒耽誤時間了，與她說道：「明早，還得煩勞妳跟著去駐營處煮薑湯，讓七婆回來歇得一會兒，到了時辰，就讓她過去替妳。」

「哎，成。」

「夫人，沒事，老婆子熬得了一晚！」七婆插嘴道。

「歇會兒吧，咱們都不是以前那會子了，不小心累著了，歇的時間更多，反倒是耽誤了。」張小碗搖搖頭，笑著道：「我這不還想妳們個個都好好的，這身子骨兒硬朗著，好讓我多差撥些時日嗎？」

她這話說得在場的三個婆子都笑了起來，張小碗也跟著笑了幾聲，隨即七婆、八婆就又匆匆走了。

她們走後，張小碗問萍婆子。「聞管家和大仲他們都忙得緊吧？」

「是呢。」萍婆子扶起了她，往得那房內走。

「這種當口，只得我最閒了。」張小碗笑著道。這時她走到那大門處，看得院門，便又頓足，說道：「也不知懷慕在做什麼？妳替我去瞧兩眼了。」

「您別操心了，去歇著吧。二公子有甄先生看管著，他又聽話得緊，不會有什麼事的。」

張小碗想想搖搖頭，便不再言語了。待回到了房裡，又與萍婆子說了幾句別的話，喝過那溫補的藥汁，漱了口，便歇下了。

夜間子時，江小山匆匆回了府，待得知夫人睡得甚好，便把手中的包袱交給了萍婆子，對她說道：「這是老爺託人帶回來的果子，還新鮮得緊，妳明日洗了，大份的給夫人留著，小份的給二公子送去。老爺說了，要是到時夫人問起，就說已給二公子送去那大份的了。」

「知道了。」萍婆子捧了包袱回到了臥間外屋，又去內屋瞧了瞧，見夫人睡得沈，這才又回了外頭，把那隔門悄無聲息地關上，稍挑亮了油燈，打了個哈欠，便打開包袱，分起了那果子，免得明日夫人見著了，又得把那最好的不是給二公子與先生送去，便又是要留下一些給老爺。

說起來，夫人真心顧及著這些，何嘗也不是得了情面？

萍婆子以前伺候過兩位大家夫人，看著她們與人恩愛，又到被人棄之如敝屣，從高處到低處，再從低處到那高處，後頭都是被磨碎了心，再也不復以前了。

她看著她們一個受不得那苦病死了，一個受不得那折磨瘋了自盡。

而現今伺候的這位，與老爺未曾情情愛愛過，兩人言談間，她也只有那笑吟吟的噓寒問暖。他出得門去了，更未曾問過他一聲去了何處，只等了他回來，她便替他洗去滿面的塵霜，安撫著他的疲勞，其餘一概不去好奇，卻讓這老爺從此只歇在她這一處；還在京中的府裡時，便是那千嬌百媚的姨娘眼淚也未曾留住他的腳步，一回來，那腳步便往她這裡走。

這才是真真會做人啊！那些說來好聽的話，說得一百、一千次，也及不上她守在門口目送他遠去，也及不上他萬里迢迢地悄聲給她捎來幾個新鮮水果，還要費著心把最大、最好的送進她的口。

做人啊，貼心貼到了骨子裡，讓人捨棄不了，這才是最最高明的啊！

萍婆子分果子分到一半，想起了她過往主子們的事，不禁愣愣地看著油燈半會兒，直到油燈的火苗一跳，她才回過了神，啞然一笑，便又撐起了精神分那剩下的。

那過去啊，真真是過去了，如今她跟的這位主子，是個說一不二的人物，那些承諾過她的，也必定會如她的願吧？

五千大軍當夜駐紮鐵沙鎮，歇得那半晚，初陽剛在天那邊現了點形，食物的香氣便跟著清晨的微風飄蕩而來。

那晨間爬起撒尿的小兵聞得那味兒，在空中幾個方向都嗅了嗅，當下，那還半閉著的眼睛猛地睜開，尿撒到一半都忘了，腰帶也未曾繫，提著褲腰帶往前方跑了幾步，看得那不遠處有三十幾輛的牛車駛過來，便扯著公雞嗓子大叫道：「哥哥們、哥哥們！快起來喂，快起來了！吃的來了，那吃的來了——」

帳篷裡不少人還在睡夢中，初初聽到這聲時雖被驚醒，卻還未真正清醒。

有人嘴裡咒罵道：「死小子，擾哥哥的清夢，看我不揍死你這混蛋小子……」

但又聽得好幾聲「吃的來了」，猛然清醒，當下就一躍而起，捧著餓得慌的肚子，用腳踢得旁邊那些睡得像死豬的弟兄。「哎喲，牛犢子，趕緊起了，吃的來了！」

因著趕路，這些個人已經許久沒有吃過熱食了，一道聲音起，便十驚百，百驚千，沒得一會兒，整個大營便鬧騰了起來。

就是那營處，正與副將坐在營內說話的汪永昭也聽得了這大得離奇的動靜。

副將徐濤傑頗為不好意思地摸了摸鼻子，看向將軍。

汪永昭放下手中的情報，對他揮手道：「也去吃上一些，吃飽了再進來。」

副將聽得立馬抱拳。「末將遵令！」說著就帶了帳中另兩個小將出了帳門，領兵用膳去了。

江小山拿眼瞄了瞄汪永昭，剛瞄兩眼，就見得他家大人嘴角輕輕扯了一下，他便樂呵呵地往門邊跑去了。

過得半個時辰，他捧了吃食過來，汪永昭一看，共有五個小碗、小碟：一碗粥，一碟醃菜，一碟兩個饃饃，一碗有著薑絲的湯，竟還有一碟乾辣椒炒的肉。

「都如此？」

「都如此！」江小山忍了又忍，還是咧開了嘴角笑。「就是肉只管每人有得五片，粥管飽，饃饃每人得三個，湯也管飽，這醃蘿蔔只得兩百人一盆，不過有那一大盆，每人還是能吃上那麼一小碟的。老爺，這蘿蔔甚是好吃，您嚐嚐吧！」

汪永昭抬手舉筷嚐得了一小塊，嚼嚥了下去，便又端起了粥碗，慢慢用起膳來。

「這個夫人曾做過給您吃過吧？」江小山站在旁邊伺候著，笑嘻嘻地問道。

「嗯。」汪永昭用鼻子應了一聲。

「將軍，您不知，那熱氣騰騰的肉盆一端來，那幫狼崽子個個眼都紅了……」江小山雙手在空中激動地揮舞著，他還是沒沈住氣，原形畢露，激動地道：「還好徐副將帶著二十四名小將在那兒站著，要不然他們準得翻天！哎喲喂，老爺，您剛沒瞅著，當知道這是夫人的意思，讓他們敞開了肚子吃個飽時，您都不知他們對夫人有多感恩戴德呢！」

他比劃了好幾下，沒瞧得汪永昭有什麼反應，便蔫了氣，靠近他道：「老爺，夫人替您長了臉，您不高興啊？」

汪永昭看了他一眼，用筷子指了指門，示意他滾出去，別在他耳邊聒噪。

江小山得了指令，頓時垂頭喪氣猶如喪家之犬般，貓著腰，同手同腳地走了出去。

出得門邊十丈遠，待他家大人聽不得聲音的地兒了，他才憤憤然地道：「就是這樣！成天就是這樣沒個笑臉，夫人才會被您氣得飯都著不下！」

因著大軍的到來，別說都府裡的人個個都忙得腳不沾地，就是鎮中兩、三歲且尚在玩著沙包的小兒，也會拿著小瓦缺罐裝點水，送去給那些幫著他們種大樹護著鎮子的叔叔伯伯們喝。

這麼多人的吃食，本是軍中自有伙夫管的，但伙夫也得有那糧那菜才做得成飯菜，而這荒漠之地，有錢也無處買去，所以這些個人就被派出去幫馬幫運糧過來，這邊人的吃食，就先交給了都府的伙房。

這段時日，汪永昭也是隔三差五的回來一次，洗個臉，換身衣裳，便又走了。

張小碗聽小山說，他請了不少人過來治沙，那些個能人得他陪著，還要選址移山，而此舉關乎這幾個鎮子以後的生計；其中有世外高人過得半月就要走，因此汪永昭不得不日夜與他們四處奔波選址，一日之間，也只有能人歇息之時，他才能歇得半會兒，另還要在此之間處理著別處的事。

江小山說得汪永昭甚是辛苦，張小碗其實也知道這是真辛苦，但江小山偏幫著汪永昭說話的口氣老引得她想發笑，面色當下也不顯得那麼憂慮了，為此江小山卻拿眼不斷看她，似她不操心老爺了，他便更憂心了。

真真是好笑得很，江小山兒子都有好幾歲了，可這赤誠的心思，竟跟當初沒得多少差別，枉費他跟了汪永昭那心機深沈的主子這麼久，也沒學出幾許內斂來。

張小碗面色確也是不顯憂慮，只是，要是誰得空要去汪永昭那兒了，她便會去伙房叫了萍婆過來，讓她做點消暑解渴之物，讓人順手送過去。

她現下也不用誰看著了，院子裡的護衛也被她打發出去做事了，她則安安分分地不是躺著、就是坐著休養著，比誰都仔細照顧自己。

就是那吃的，她也差著萍婆給她單個做。

什麼東西、要怎麼吃，她心裡也是有個大概的。這麼些年下來了，照顧兩個孩子她早照顧出了心得，用到自己身上，也便是自有分寸。

那黃大夫見她泰然自若，甚至還有些悠然自得，無一點害怕，時日久了，這次與汪永昭報信時，也說夫人脈息漸從虛弱到平穩了，如若這樣下去，不會有什麼大礙也是大有可能的。

汪永昭聽後，默不作聲。這日他回得府來，悄聲進了那後院，見張小碗扶著腰在廊下的陰涼處，慢慢地一步一步來回地走，走得三步就歇得兩步，吃一個暗紅色的小果子，然後便又慢慢走了起來。

「這是何物？」汪永昭看得半會兒，大步走了進來，走到她身邊，拿起她的手，取出了那小果子看。

「大棗，大東那兒就有的果子，吃了對身體甚好。」張小碗微笑地說道，給他取下臉上擋沙的遮帕，又給他理了理衣裳，抖出了不少沙子。「我去讓人給您燒水。」

「不必，涼水即可。」

「那是地下打上來的深水，涼得很，咱還是燒熱了再洗。」張小碗笑著道，拉他的手往主臥房走。

汪永昭往嘴裡塞了那果子，甚甜，他便說：「這就是妳前些日子寫信讓胡家的人給妳找的？妳拿上幾個，我差人再去找些回來。」

「家中還有一些呢。」

「多備些。」

這棗子多些也是無妨的，也可用來煮粥、燉補品，張小碗便點了頭，道：「好。這棗子在大東偏東一帶，不少人家也是拿著燉食吃的，甚補，是個宜溫補的吃食，多備一些也是好的。」

「嗯。」

沿路有汪永昭的手下來報事情，張小碗便也差他往伙房那兒走一趟，讓人燒點熱水抬過來，也免得她再走路到門邊差人了。

「人都哪兒去了？」手下走後，汪永昭微皺了下眉問道。

他前天回來，又命了兩個人看住院子，怎麼今天回來，又不見了？

「伙房的柴不夠燒了，我便讓他們砍木頭去了。」張小碗說到這兒，不由得問他。「聽說您去了那南邊兒，說那邊有種黑炭可以燒，您差人去運了？」

「小山說的？」汪永昭瞥她。

「小山什麼都跟我說……」張小碗笑，把他發熱的手握在她有些涼的手裡緊了緊，笑著和他說道：「您不跟我說，總得他多跟我說說，我好知道您在外頭是什麼樣的，也不會什麼事都不甚清楚，到時又給您添麻煩。」

汪永昭聽得冷哼了一聲，倒是沒言語。

這時進得那屋，張小碗先給汪永昭脫了靴，發現前幾日給他磨得出了血、包好的傷口也好了。

她便鬆了一口氣，對他道：「這布襪還是得天天晚上都要換，給您備好的靴子也還是一日一雙換著，對您腳好，您可別嫌小山囉嗦。」

「他又跟妳說什麼了？」汪永昭皺眉。

「您啊，就別嚇唬他了，他都是為您好。」

「知了。」汪永昭有些不耐煩，待她起來拿濕帕給他擦過手後，他便探了她的脈，聽得她的呼吸真如黃岑所說的要平穩得甚多後，他才放下了手，仔細地看著她的臉，好一會兒才說：「下個月陛下會派兵卒與我遷山，到時，善王也會過來一看。」

張小碗聽得微笑起來，點點頭道：「知道了。」

汪永昭看過她微笑的臉，垂下眼，伸出手去摸她的肚子，淡淡地說：「這孩子要是生下來，就叫懷仁吧。」

「要是個小女娃呢？」聽得那男孩兒的名，張小碗略有些無奈。

於她來說，她既然要生，也是想要個男孩的，畢竟對這世道來說，男孩的命運會比女孩要容易爭取得多；但，如若真是女孩，她既然生下了她，她也會盡她的努力對她好，讓孩子在自己的父母身上能得一些在這人間應該得到的愛意與善意。

可女孩能得到多少，有一部分也取決於她這個父親對她的態度。

「女娃？」汪永昭聽得不快地說：「怎會是女娃？妳生的都是兒子！」

「要是呢？」張小碗不由得嘆了口氣。

見得她嘆氣，汪永昭心下更不快了，緊揪著眉心道：「非要是，到了年歲，給她找個靠得住的人住到府裡來就是！」

「啊？」

「妳還想怎樣？」汪永昭聽她驚訝地「啊」了一聲，頓時火冒三丈。「都讓她待在妳身邊了，妳還想如何？」

張小碗的腦袋轉了好幾下，這才思及他是為的她，她不由得笑了，口氣柔和地回他道：「只要您不嫌棄她可能是個女孩兒就好，她待不待在我身邊都無礙的。」

汪永昭聽後，臉色緩和了下來，又看了眼她的肚子，才道：「生下來再說。」

說罷，他竟低下頭，把耳朵貼到她的肚子上，慢慢地聽起了動靜。

六月間的這些時日，府中確也是甚為忙碌，閒得最厲害的便是張小碗了。

但她的這日子，卻也不是閒得過於厲害。這日下午，在汪永昭回府不多時，便有汪永昭以前一個副將的寡母，帶了她的女兒來託孤。

她哭哭啼啼地說自己不久便要死了，希望夫人憐憫她愛子曾為將軍效力的分上，看在他為國犧牲的面上，在她死後，代她照顧她女兒幾年。

張小碗使了法子，打發她回去了。

這廂她回了臥房，也不說那前院的事，只是半躺在床頭，拿著蒲扇給汪永昭搧風。

「歇著吧。」一直躺著的汪永昭閉著眼睛，淡淡地道。

「不睏，晚上睡得早，現下再睡會兒，晚上便歇不得了。」張小碗不疾不徐地答道。

汪永昭便未再出聲。

過得一會兒，張小碗見他睡著了，便拿著小薄被給他蓋了肚子，手上一下一下地給他搧著風，眼睛打量著外頭射進臥房外屋、落在地上的陽光，心中無波無緒。

當思及下個月要來的汪懷善時，她的扇子便即一停，眉頭也皺了起來。

這些個人，打主意打到汪永昭身上她管不得，但要是打到她的大兒子身上去呢？張小碗思及此，又吐納了幾下，這才恢復了平靜。

罷了，兒孫自有兒孫福，她再疼愛懷善，日後的路，他自己怎麼選的，那便怎麼走吧。她已不能管得再多了。

「想什麼？」

這時，張小碗以為睡著了的男人開了口。

張小碗低頭看他，見得他還閉著眼，沒有睜開，她想了一會兒，才慢慢地問道：「我懷孕的這段時日，您要找人來陪您嗎？」

汪永昭聽得久久未語，當張小碗以為他又睡著時，他開了口，聲音一如既往的漠然。

「妳生懷慕的那一年，就算妳睜眼的日頭不多，我也睡在妳身邊。」說罷，他轉過了背，不再聲響。

張小碗看著背對著她的背影一會兒，便傾過了身，半趴在了他的身上。當她皮膚的溫度被他熨得同他一樣了，她才道：「您要是不嫌棄我，這次便也如此吧，可好？」

久久，身前傳來淡淡的一聲「嗯」。

到月底，汪永昭忙得很難見到人影了。他在中原之地尋了些人過來，三個節鎮，每個節鎮也都定好了判官佐理，這時張小碗才見得他回來。

她肚裡的孩兒也有得兩個月了，這些日子她放平了心態，往往胸口有那難過之時，她便會分神一步一步緩慢地走著，真喘不過氣來了，才會歇得一會兒，緩得一陣，便又會提起精神舒緩吐納，緩慢走動。

這也是練氣的一種方式，算是一種修行，只是要維持下來難，沒得那毅力，沒得那耐苦的能耐，也沒得幾個人受得住。

張小碗這半輩子過去，有太多時候便是這樣過來的，如今只是持之以恆地練練氣，倒也能咬咬牙堅持得下去。

這樣緩得近一個月，她又硬逼著自己吃那些五穀雜糧，哪怕吃下後忍不住吐了，回頭便又補上。如此為難了自己一段時日，精神也好了些起來，那蒼白得沒有血色的臉又多了幾許紅暈。

三個節鎮都有了判官佐理，他們就相等於是每個鎮的主事者，因此便把原先在都府的許多事情都拿了回去，都府一下子就從以前的忙碌變得清閒了起來，前院來來往往的人不再熙熙攘攘。

七月初，汪永昭在家能歇得一會兒了。過得幾日，那移山的車馬便會陸續過來。饒是如此，汪永昭也會早晚出去一趟，勘查各處。

張小碗這下可是實打實地閒了下來，府中的事，聞管家拿不定主意的，才前來問她的意思。

不用想，張小碗也知這是汪永昭的意思，不想讓她在這當口主事。張小碗也就更放寬了心養胎，只是汪永昭此舉背後的深意，她卻是不願再去想了。

他們都有兩個兒子了，現下她腹中還有一個，都三個孩子的夫妻，也算是老夫老妻了，她不去想以前的事，他也不再深究那些細微末節，兩人如此處著，深夜被子掉在了地上，還有個人去撿起蓋上，已是好事。

這頭張小碗的臉色好了起來，汪永昭的臉色便也好看了一些，看著她為她那大兒子的到來而收拾著衣物和屋子，製著點心，也沒覺得有那麼刺眼了。

過得幾日，汪懷善終於來到了沙河鎮。

他是夜間進的鎮子，一進那石碑的鎮門，便有人在鎮口放了信號，那信號在空中一響，坐在堂屋用晚膳的張小碗不知怎地就放下筷子站了起來，身對著大門，看得幾眼，便轉過頭看汪永昭。

「應是他來了。」汪永昭看她一眼，淡道：「坐著吃吧。」說罷，對站在門口的大仲說：「去打水，讓大公子洗手。」

「是。」

張小碗聞言便坐了下來，又轉過頭，叫得七婆、八婆去做幾道菜，這才伸出手拍了拍自己的胸口，與汪永昭笑著道：「不知怎地，剛剛那麼一下子就在想，莫不是他回家來了？」

汪永昭伸著筷子如常吃飯，並不言語。

「讓懷慕也過來吧？」張小碗微微笑著，眼睛裡都有笑意。

汪永昭看她一眼，點了點頭。

「萍婆，去把懷慕牽來。」張小碗忙朝得萍婆子看去。

見她滿身的喜悅，萍婆子也面露了點笑意，答了聲「是」，便匆匆去了。

她剛牽得懷慕過來，那正門邊就有了快步聲，沒得幾聲，那快步聲就變成了快跑聲，隨即，那豪邁裡帶著笑意的聲音響起，聽得汪懷善未進屋就笑喊道——

「娘、懷慕、父親大人，我可來了！」

張小碗已經站起，笑著看了冷面的汪永昭一眼，也來不及與他說道什麼，就對著那進來的人微笑了起來。

但真看到人，她就訝異了。「怎地沒穿鞋？」

汪懷善已經走到她身邊，正在仔仔細細地打量她，聽到此話，那光腳丫在石地板上縮了縮，朝得他的娘親滿臉歡喜地道：「本是穿著妳給我的新鞋來的，可剛穿上兩天，就沾了一腳的沙，可把我心疼得，就換了舊鞋；可這舊鞋實在太臭了，我便在外頭脫了，洗了腳過來的。喏，妳看，娘，我這腳現下可乾淨得很了！」

說著，拉著張小碗的手，讓她低頭看他的腳丫子。這時，他的眼睛還不禁偷偷地瞧著他娘，暗想著她的臉是不是又白了？頭髮是不是又長了？

「成何體統！」汪永昭怒拍了桌子。

「懷慕！」汪懷善卻是沒聽得他這聲暴吼似的，朝他娘扮了個鬼臉，知道他不能再纏著他娘講話了，那位節度使大人快要氣瘋了，於是他便把懷慕一舉抱起，放到了他的肩頭上，這才笑嘻嘻地朝著汪永昭道：「請父親大人安，一看您這精神就是好，還有那力氣教訓孩兒呢！」

張小碗剛叫萍婆子去房裡取鞋，聽得他這話便轉過頭，不由得搖頭嘆氣。「沒規沒矩。」

「哥哥……」懷慕抱著他大哥的頭，悄聲地和他說：「懷慕好歡喜見到你，你便放我下來吧，不要惹爹爹生氣了。」

汪懷善一聽，便把他抱下，把他抱到懷裡，假裝不高興地說：「你哪是歡喜見到我，你許是要幫著父親大人欺負我了吧？」

「哪有、哪有……」懷善一聽，急了，連連揮舞著雙手否認，嘴裡急急地道：「娘親說了，你和爹爹一吵她便肚子疼，現下她肚裡還有著弟弟，定是不能疼的！」

汪懷善一聽，全身頓時一僵，過得好久，他才把有點嚇住了的懷慕放下，沈著臉問張小碗。「我又有弟弟了？」

說著話時，他那聲調還帶著哭腔，張小碗聽得頭疼，果然，見得她不語，還沒眨眼的工夫，她這大兒子便轉過頭，就要朝那大門口跑了。

「哎！」張小碗頓時便扶著肚子痛叫了一聲。

只一聲，跑到了門外的人就轉過了頭，看著她，腳步躊躇，眼睛裡還有委屈。

「快回來！」張小碗朝他招手，一臉的無奈。「別跟娘鬧。」

「我沒有！妳又有孩子了，誰都不跟我說道一聲，妳在信中也不說！」汪懷善在門邊吼。

他那吼起來的樣子，跟他老子完全一模一樣，張小碗那頭又不由得疼起來了。她就勢坐了下來，把懷慕拉了過來，放到鐵青著臉的汪永昭懷裡，這才朝得他道：「你快快過來！」她的聲音焦慮了起來，汪懷善遲疑了一下，這時汪永昭的臉卻更黑了。

汪懷善看得汪永昭臉色難看至極，突然他就高興了，便又抬起赤腳，大搖大擺地走了過來，但一走到張小碗面前，那臉就垮了下來，那嘴都有些無意識地嘟起了。

「妳讓我過來做啥？」

「給你寫信時，還不知呢。」張小碗搖頭朝他解釋，又道：「剛盼著你回來，又跟我鬧，你這是在外頭怎麼當的善王？如何當的將軍？」

這時萍婆子急跑著送了鞋過來，張小碗拿過鞋給他，道：「快快穿上。」

「娘給我穿。」汪懷善抬起了他的大腳，沒理會張小碗訓他的話。

只是他剛抬起，那邊就有筷子朝他的腳上凌厲襲來。汪懷善腳一閃便躲過，看得那筷子竟把石塊的地板截出了灰塵，他便似受了驚嚇地張大了嘴，朝得張小碗看去，語氣委屈。

「娘妳看看，他又打我！」

張小碗現下哪禁得住他鬧？便站起了身，朝得他的耳朵狠揪了兩下，冷冷地道：「再不規矩，趕你去前院的客屋住，不許住我的屋子了！」

每次都要鬧一場他才心安，可現下她哪有這麼多心力陪他鬧？只得來狠的了。

「娘……」汪懷善大叫。

坐在他爹爹懷裡的汪懷慕聽得他哥哥竟如此無禮，害臊地伸出雙手掩了面。

「穿上！」張小碗拿新鞋打了他的頭，這才去旁邊擰那溫水盆裡的帕子，見得他好了，便給他擦拭起臉與手來。

這時她也無暇看汪永昭的臉色了，給汪懷善擦罷了臉，見他老老實實地坐著，她的臉色便又柔和了下來，問他道：「帶了多少人來了？」

「一百八十個。」

「人呢？」

「後頭呢。」

「我叫聞管家的大兒子帶他們去住你爹爹的營處，可行？」

汪懷善聽得撇撇嘴。「好吧。」

張小碗輕敲了一下他的頭。「怎麼說話的？」

「謝父親大人。」汪懷善雙手往前一揖，眼睛卻是未去看汪永昭。

汪永昭冷冷地看了他一眼，便收回眼神，餵懷慕飯食。

「老爺……」張小碗叫他。

「大仲，去。」汪永昭頭也不抬地道。

「是！」大仲有力地應道一聲，便朝得前門跑去了。

「你就和我們一起用膳吧。一會兒可還要出去？」

「要的，要去營裡看一趟。」汪懷善這時坐了下來，見他娘給他添飯，見她把大飯碗裡的米飯壓了又壓，又添了一勺上去，他的眼神便不由得柔和了起來。

接過飯，拿起她給他的筷子，他這才大吃了起來。

這時，七婆、八婆把張小碗吩咐要做的菜端了上來，汪懷善見道道都是他最愛吃的，忙幫著放盤子，一放好，又風捲殘雲了起來。

「哥哥慢些，莫要嗆著。」懷慕這時已坐到一邊，看著他的老虎哥哥極餓的樣子，心道他在外頭吃了甚多的苦，連飯都未曾吃飽過，便不由得憂心地給他挾著菜，又叮囑他道：「你莫要太快，嗆住了可就不好了。」

「知道、知道，你也吃……」汪懷善見懷慕對他關懷備至的樣子，不由得把一個肉丸子塞進了他的嘴裡，把懷慕的嘴堵了個嚴實。

他大哥不在的日子，汪懷慕向來斯斯文文，現下嘴裡含著大大的丸子，竟吐也不是，吞下也不能，只得苦著小臉，慢慢地嚼著嚥下。

張小碗見得都笑了起來，這時，她見汪永昭的臉色還是難看得緊，便給他挾了菜，與他輕輕地笑道：「您也吃吧。」

汪永昭未語，這時汪懷善的手朝他們面前的青菜伸來，他便拿著筷子擋了他的手，看著人淡淡地道：「你娘吃的。」

汪懷善眼睛一縮，看了他娘一眼，見得他娘目光溫柔地看著他，嘴邊的笑意似是止也止不住，裡頭滿是歡喜，他便收回了筷子，「喔」了一聲，這才另挾了菜。

只是這下，他心裡安穩得多了，吃飯的速度也就慢了下來。

平時晚間張小碗歇得早，膳後她慢步走得半會兒，便會去歇著。這晚懷善膳後去了兵營，她陪懷慕說了一會兒話，就讓萍婆帶懷慕去書房找汪永昭，她便回了房。

這時七婆帶了兩個粗壯丫鬟抬了水進到內屋另一側的浴房，八婆也隨著走了進來，一進來就笑道：「您不知，二公子剛在門口說，明早定要一早就起來，陪得大公子練功呢！」

「嗯。」張小碗輕應了一聲，摘了頭上的檀木簪，回過頭與她笑著說：「兄弟和睦就好，我也別無他求了。」

「都是您教得好。」

張小碗笑而不語，起身去浴房洗了一下，便著了乾淨的裡衣走了出來。

「老爺回了。」七婆拿了帕子給她拭髮，輕聲地道。

「知了，妳歇著去吧。」張小碗讓她幫著拭了一下，便推了她一下，讓她去歇著。說著，想及七婆的腰不好，便又說道：「時辰尚早，我讓黃大夫給妳做了副藥敷腰，妳現下去拿，讓八婆替妳敷上。」

「知道了。」七婆給她整理了下裡衣的帶子，朝她福了禮，這才退下。

「夜黑，慢著點走。」張小碗朝她又叮囑了一次，這才提步往內臥走去。

一進去，汪永昭正臥在臥榻間看書，張小碗走過去，拿過他的手瞧了瞧，見上面墨漬不多，便輕問：「您現下便沐浴嗎？」

「不忙，一會兒還要出去一趟。」

「是。」

張小碗便脫了鞋，光了腳，爬到了裡側。

臥榻不比床，要小上許多，汪永昭便往外挪了挪，幫著她拿著軟枕墊了墊，讓她躺了下去。

張小碗拿過一側的小薄被蓋在了身上，打了個哈欠，閉上了眼，過得一會兒，她便睡了過去。

汪永昭見時辰差不多了，便收了書，起身抱了她上床。

出門時，突然看得那牆角的油燈未滅，這才想到這段時日來，這燈都是不滅的。他當下也未多想，便去了角落處，要去滅那燈火。

「您還在呢？」

這時，床邊傳來一道帶著睏意的聲音。

「睡吧，我這就出門了。」

「那燈您別吹，您回來了，婆子便會吹熄。」

汪永昭頓了頓，道了句。「知了。」隨即他便出了內臥的門。

已來守夜的萍婆子朝得他福了福，輕叫了一聲。「老爺。」

「嗯，好好守著。」汪永昭垂下眼，匆匆走了。

他那輪廓深刻的臉孔，此刻在暗夜昏黃的油燈中顯出幾許靜謐之感，在萍婆子眼前一閃而過。

老爺走後，萍婆子走到門邊往內探了探，見裡面沒有動靜，料夫人已睡著了，便臥上了外面的小榻處歇息。

第三十五章

子時，汪軍沙河鎮邊沿，鐵沙鎮大營處。

與副將們把事商議完後，汪永昭先出了帳門，汪懷善隨即跟上。

這時漠邊的夜空萬里繁星，汪懷善抬頭看罷了幾眼，才抬起手伸了個大大的懶腰，又打了個哈欠。

「父親大人，路不是太遠，咱們走著回吧？」

現下已是深夜，騎馬進鎮恐會驚醒睡夢中的百姓，汪永昭便點了頭。

這時，隨行的四個護衛去提了燈籠過來後，汪永昭點了另四位過來，對原先的四個道：「都歇在都府吧，夫人吩咐伙夫弄了不少嚼食，都去吃上一點。」

「是！」那四個當下就喜了。

汪懷善哈哈一笑，湊到汪永昭身邊小聲地道：「那是我娘做給我吃的，倒讓你討了個好！」

汪永昭眉眼不抬，伸出手，狠狠地拍了下他的後腦勺。

汪懷善躲避不及，被狠拍了一下，他也不惱，抬起頭，背著手對著天空哼著小調子，悠然地一步一步踮著腳尖走，很是無憂無慮，一副心中無什麼大事的樣子。

他那歡快的模樣，瞧得跟在身後的護衛們都笑了起來。

這時，礙於身分，不便走在這父子前的龔行風也在幾步遠後悶著頭笑，總算是明白了，他這善王兄弟天不怕地不怕的勁兒，在出了名的武將、他的親生父親面前，也是一個樣。

路上走得一會兒，汪懷善便又與汪永昭齊了頭，與他並肩走了一段，還有一段長的路要走，汪懷善轉過頭，對身邊的男人道：「她可好了，是不是？」

汪永昭抬眼看了眼前那一臉平靜的大兒子，點了下頭。

汪懷善知道，現下的汪永昭什麼都教他，教他領兵，教他打仗，教他怎麼對待大夏人，這一切別人都不知道的，汪永昭都傾囊相授，而這一切都與他的娘有關。

他娘對這個人好，這個人便也對他好，這一切，汪懷善都知道。

可就算是這樣想，也越發讓他清楚地知道，這個人是他娘的夫君，是懷慕的爹爹，也是他娘現在肚子裡孩子的父親，同樣不可避免的，這個人也是他的父親。哪怕他小時恨不得殺他一百次、一千次，但現在他們成了息息相關的一家人，這些說不清道不明的關係，汪懷善自知到死他也掙脫不掉。

他也知道，他只能試著去接受，因為，比他更艱難的母親都為他接受了，他也不能再當以前那個撞得頭破血流也還以為自己總會是對的的孩子。

他忘不了過去，但他確實是不能再跟這個人對著幹了。

對著幹又如何？不過是親者痛、仇者快，所以汪懷善只能忍下。他想，這可能就是他娘所說的，人生中不可解的事情。這種事情從來都不會有什麼答案，但卻永遠釋懷不了，人只能接受它、容忍它，接受它成為生命中的一部分。

「她什麼都不怕，」汪懷善從未跟汪永昭說過這些話，他開了個頭後，覺得這話說出來也不是那麼困難，他側過頭看汪永昭一眼，見他的眼裡平靜從容，他便笑了笑，接著說道：「她跟我說過，只要人有一日還想活著，有活著的理由，便是刀山火海也走過去就是，待走完了，回過頭去看，那便是人生路。這路是人走過來的，實則沒得什麼好怕的。」

「是嗎？」汪永昭淡淡地應了一句，放慢了腳步。

汪懷善也跟著放慢了一些，點了點頭，道：「說來，正月我在千奇山追反軍，帶著十五人中了陷阱，下了那千人谷……」

千人谷？去得成返不回的千人谷？汪永昭看了他這大兒子一眼，靜待後話。

「您猜，我花了幾時從那千架屍骨中帶了人爬出來？」汪懷善得意地一笑。

「三天。」汪永昭淡淡地說了一句。

「半天！」汪懷善說到這兒，忍不住又得意地長笑了一聲，靠近汪永昭，小聲地說道：「出來後，我在邊防聽得一個老將說，您也去過那兒？您是幾天回的？」

汪永昭聽得眉毛往上揚了揚，伸出手，又狠拍了一下他的頭。

汪懷善摸了摸被拍得發疼的腦袋，伸出五指在汪永昭面前晃了晃，嘿嘿笑著說：「五天！」說罷，得意地朝汪永昭說道：「您看，我娘教出的我，本事也不比您差！」

他拐著彎在嘲笑他，但看在他跟他說這些事，汪永昭便也不多說他了。

隨之，他轉過了話題，跟汪懷善說道：「住在府裡，不要再鬧她。」

汪懷善在營裡已跟黃大夫談過，聽到此言，他臉上的眉飛色舞倏然消失，黯然了起來。

「這也怪不得您……」汪懷善勉強地笑了笑。「娘就是這樣。」說到此，他也憂慮了起來，便不再有那說話的慾望了。

「會保住她的。」

汪懷善聽得汪永昭這句話，偏頭看他一眼，默默地點了點頭。

他知道他娘的性子，涉及到她在意的人，便不會再有誰能改變她的決定，這時她要是真有那性命之憂，也只能瞞著她做，要不然，她定不會遵從。

他也沒想到，他這位從沒覺得是他父親的父親大人，也能這麼瞭解他娘。

當夜，汪永昭讓聞管家去地窖拿了五罈酒出來，陪得眾人喝了一道，喝過幾盞，白羊鎮的判官入府說事，事畢後汪永昭邀得他喝了半個時辰，這才作罷。

入得房內已是清晨，那婦人已起，見得他滿身酒味，便笑著朝他揮手道：「您快快去洗洗，滿身的味兒，可別靠過來，省得惹得我一大早的就想吐。」

汪永昭朝她皺眉，便朝浴房走去。

「等等！」

那婦人又叫了他一聲，他轉過頭，看著她倒出一杯熱白水，吹了又吹。吹得幾下，見他看她，她便又笑了。

「您等上一會兒，喝杯溫水順順肚子再去。」說罷，就端了熱水過來，又吹得幾下，試著喝了一口，才交給他道：「還是有些許熱，就這般喝吧，許是能解些酒意。您先去洗著，我帶著婆子去廚房瞅瞅，讓她們給煮點解酒的湯水出來。」

汪永昭拿著杯子喝了滿杯的水後，把杯子遞給了她，冷臉看她。「現下不嫌有味了？」

「呵……」

那婦人掩帕輕笑，轉身就走。

汪永昭搖搖頭，朝得浴房走去，走至裡頭，就聽得那婦人在外頭跟婆子說——

「幸虧備好的熱水還有些熱，省得再燒熱水了。七婆，妳快去差人幫我提桶熱水過去，倒到大公子的浴桶裡，燙他一層皮，看他小小年紀還敢不敢喝那麼瘋！」

七婆笑著回。「大公子醉著呢，您就饒他這一次吧？」

「可不成，不懲懲，下次不長記性！」

那婦人說著這話，聲音裡盡是笑意，汪永昭就算沒看到她，也知她的眼睛此時定是黑得發亮。

汪懷善這一回來，前院盡是熱鬧，來往之間都是些什麼事，父子倆不跟她說，聞管家父子也不跟她說。

萍婆子探得消息了，偶爾會告知她一、兩句，讓張小碗心裡多少有個數。

這段時日，來往給父子倆送女人的還真是挺多的，許是在這塊地方，沒人能比都府更有錢，便只好送女人了。

汪家父子倆忙著移山，往往都是相偕離開，也是相偕回來，這時早間他們用過早膳相偕而去後，汪懷慕有些黯然，悄悄與張小碗說：「爹爹見得我無用，便是不歡喜我了吧？」

張小碗聽得發笑，伸手要去抱他，被萍婆子手一拉才回過神，但她還是拉著他，與她坐得同一椅子，低頭問他道：「你可見得爹爹哪時不歡喜你過？」

汪懷慕仔細想想，想起昨晚還得那個爹爹給他帶回來的小泥人，他便搖了搖頭，依偎著他的娘親，小小地嘆著氣道：「我只是想有用些。」

「要與先生好好唸書，要聽爹爹的話，這便是有用了。外頭的孩兒，料來也不會有你這般有用。」張小碗摟著他，微笑著輕柔開導他。

汪懷慕聽罷，隨即舒了心，展顏一笑，又跳下地，不再像平時那樣要多黏她一會兒，伸手一揖便道：「知道了，娘親，孩兒這即跟得先生唸書去。」說罷，就跑著出了門。

張小碗在後頭笑看著他離去，萍婆子則在他後面追著喊道：「二公子，小心點兒跑，莫摔著了！」

這時七月中旬，張小寶、張小弟兩兄弟帶了他們的行商隊伍來了。

兩兄弟的商隊被汪家軍帶到了臨時落腳的地方，他們就駕了兩馬車的什物，送到了都府。

他們搬得東西下來時，張小碗就已讓萍婆子扶著她過來了。

她扶著腰，在一旁看著她那兩兄弟忙著把什物交代給大仲怎麼處置。

這次他們帶來的乾貨較多，都是魚肉之類的吃食。

張家兄弟這一來，汪懷善在回來的半路就得了信，一到後院，「大舅舅、二舅舅」地大叫著，那聲音如雷鳴般響。

張小寶早就候在門邊去了，第一眼看得汪懷善，目瞪口呆。「竟長這麼高了？大舅舅可揹你不得了！」

汪懷善聽得險些笑岔了氣，竟一把將張小寶抱了起來往上拋了拋。

此舉嚇得張小寶連聲道：「使不得、使不得！」

「過得幾年就換我揹你了，哪還能讓你一直揹我。」汪懷善放下張小寶，又歡喜地朝著笑得合不攏嘴的張小弟道：「二舅舅！」

「哎……」張小弟重重地應了一聲，從懷裡掏出個舊銀袋，從裡頭拿出個金子打的平安玦。「快來拿著，在大佛面前供過的，戴著保平安。」

張小寶聽得弟弟還是什麼話都說不齊，不由得搖搖頭，朝汪懷善補充道：「是在有名的大濟院裡供過佛祖的，他求得住持師父求了三天，才許他供在了佛祖前，你便戴著吧。」

「竟是這樣？」汪懷善一聽，走到張小弟面前拿過那只平安玦，朝得張小碗叫了一聲。「娘，快快來幫我戴上！」

「二舅舅還是和過往一般，什麼好物都要藏著給我！」汪懷善歡喜地朝著張小弟說著。「前年我給你捎過去的小算盤，你可收著了？」

「在這兒呢！」張小弟也是滿臉止不住的笑意，掏出了懷中檀木做的小算盤給他看。「多矜貴的東西，都讓你找來給了我。」

張小寶聽得忍不住，過來朝汪懷善道：「你下次別再給我那些稀奇古怪的什物了，便也給我這樣一把算盤吧。」

張小弟看了不知眼羨了他這把算盤多久的大哥一眼，便悶不吭聲地又把算盤收了起來。

「呵，還小氣著呢！」張小寶不禁埋怨，說罷還不甘心，朝張小碗又道：「平時摸摸都不許，他小時我也算是白帶他了！」

張小弟聽得慢慢抬起頭，看得他一眼，不疾不徐地道：「知道了，回去了便讓你摸上一摸。」

張小寶便笑了起來。「這可是你說的！」

瞧得兩兄弟又慢騰騰地抬起了槓，張小碗笑著搖了搖頭。這時看得汪永昭進了門，她便笑道：「老爺可回來了？」

張家兄弟這才反應過來，與汪永昭見了禮。

「汪大人。」

「汪大人。」

兩兄弟又都是一口一句「汪大人」，叫得汪永昭的臉冷冷的，一點笑意也沒露出來。

夕間汪懷慕從先生那兒回得了後院，這下子，張家兄弟便又帶著他，去擺弄他們帶給他的那些小玩具去了。

玩到了膳間，汪懷慕還甚有些依依不捨，待坐到飯桌上，抬頭便朝得汪永昭問：「爹爹，待膳後我想玩上一會兒，可行？」
「功課習好了？」汪永昭淡淡地問。
「習好了，先生說我今天的文章背得甚好！」汪懷慕立馬大聲地答道。
「那便玩上一會兒。」
「多謝爹爹！」汪懷慕便抬起了手，朝得他父親作了個揖。
汪永昭嘴角泛起了點笑，朝他點一下頭。
「大哥陪你玩，舅舅們給的我都會玩。」汪懷善在一旁說道。
「可真？」懷慕立馬朝他抬起了頭。
「真。」
「那我今晚可與老虎哥哥睡得？」這一句，汪懷慕問向了張小碗。
張小碗看得汪懷善一眼，見他也眼帶笑意看她，她便微笑著點了頭。「要是不打架，便讓你們一起睡。」
「懷慕才不會和老虎哥哥打架。」汪懷慕一聽他母親的話，便嚴肅地搖了搖頭。「老虎哥哥是兄長，懷慕答應過娘親，要敬他、護他，懷慕可還記得，娘親卻是忘了。」
張小碗沒料他竟如此回答，聽得一怔。
這時，汪懷善聽得也是一愣，稍後，他便把汪懷慕抱到了膝蓋上，低下頭，隱藏了眼裡那小點一閃而過的淚光，笑著與汪懷慕道：「那你晚上可還會踢被子？莫要把哥哥的被子踢下床了才是好！」

「啊……」愛踢被子的汪懷慕聽到此言，驀地傻了，竟不知如何答話才好。

看著他那傻模樣，汪懷善沒忍住，樂得出了聲，心下又是另一番歡喜。

誠如母親所說，他這世上最親的人除了她，還有跟他流著一樣血的弟弟。

這就是兄弟吧，他來得只半個月，卻日日都記著要與他這兄長請安。汪懷善知汪永昭有多疼愛他這弟弟，卻沒想到，汪永昭竟任由得懷慕與他這麼親密，也任由得了他娘這麼教著懷慕尊他、敬他。

想來，當初在葉片子村，汪永昭一腿踢死狗子，把他往空中丟的那一段過往，竟成了夢一般。他從來未曾想過，這個哪怕他成了善王，也不曾把他放在眼裡過的男人，現下會有如此接納他的一天。

可惜的是，他與他的父子情只能如此了。

汪懷善知自己現下也尊他、敬他，但，他們終成不了真正的父子。

不過也無妨，他娘說了，那些過往撫不平的，便不去撫，自己心裡的事，順著自己的心走就好。

汪懷善忘不了狗子，也忘不了那些年他們母子所受的欺辱，現下他這個父親大人默退一步，他也默退一步，這一生，他們之間最好的默契大概也就是如此了。

想來，其實他也是傷心的，很多年前，他還未曾見過他這個父親時，聽得他是那威風凜凜的將軍，他雖然還在怪他、恨他，但在被小夥伴罵他沒爹時，他卻也還想著這個男人能從天而降，像個英雄般震住那些欺負他、罵他的人。

後來，來邊疆打仗，聽得他的厲害名聲，自己更是厭惡起了他來，因為他越厲害，就越像自己所希冀的那個父親；而當自己清楚地認知到對這個人有這些以前從不願意承認的感情後，這時的他們已經父不父、子不子許多年了。

時至今日，能有現下的光景，他實則也是坦然了。那些失去的，必是他得不到的，勇敢面對這些缺憾就是。

膳間，汪懷善一直與汪懷慕笑鬧，張家兩兄弟規規矩矩地端著碗，眼睛都放在了外甥們的身上。

他們坐下時顯得有些拘束，但汪永昭一直都沒開口，臉色也沒難看到哪裡去，他們便也慢慢地放鬆了下來，那飯是吃得一碗又一碗，任由張小碗幫他們添飯吃，直到真的撐飽了肚子才罷。

膳後一會兒，張小碗就先出得了門，安排著下人夜間與明早的差事，她說得幾句，人突然有些累得慌，出氣也有點困難，待安排得差不多了，這時婆子都被她叫去辦事，她回頭看得還在堂屋裡坐著的汪永昭與自家兄弟，還有正在拿著玩具笑鬧的兩兄弟，便一人先回了臥房。

她這一進臥房，提起的神便鬆了下來，她有些走不動了，硬是不能再動一步，再走些路到那內臥。這時她恰好站在外屋通往內臥的那一道小門邊，便扶著門框，緩緩地坐在了地上，大大地喘著氣。

她的胸口越來越難受，大喘了好一會兒的氣，重重吐納了一陣的氣息，她這才把呼吸緩了下來，也出了一身的大汗。

她掏出帕巾拭了拭頭上、臉上的汗，又長吁了一口氣，摸了摸肚子，搖頭苦笑了一聲，這才扶著門站了起來。

這時，她突覺得有些不對勁，回過頭一看，就看得外屋的門邊，汪永昭站在那兒，一臉蒼白，滿眼血絲，那額上的汗順著他的臉頰流到了下巴處，一時之間，竟讓張小碗分不清那是汗，還是從他眼眶裡流出的淚。

張小碗訝異，向前走了一步，就見汪永昭快步走了過來，似一陣風般吹到了她的跟前。

「怎地流這麼多汗？」張小碗手扶著他的手臂給他拭汗，說罷，她眼睛掠過他汗濕的胸口，又伸手摸向了他的後背，摸到了一手的汗水。好一會兒，張小碗都不知該說何話才好。給他擦好脖子，她捏緊了手中近乎全濕的帕，勉強地笑了笑。「嚇著您了吧？」

「孩子，不要了。」汪永昭開了口，語氣冷硬無比。「待黃岑把過脈，定好日子，便把——」

「您別說了。」張小碗打斷了他的話，她搖了搖頭，神情認真地看著他。「您別說了，孩子會沒事，我也會沒事，您放心，會無事的。」

汪永昭也回視著她，良久無語。

張小碗扶著他的手，兩人相視甚久，直到汪永昭別過臉，扶了她進屋。

這時七婆回來了，張小碗著她去燒了熱水抬過來。

這七月的天，鎮裡都缺水，這段時日都府裡的那口井，出來的水也僅夠都府上下的人省著用。

張小碗也不想多浪費水沐浴，她只吩咐了讓人一半熱水兌一半涼水，兌得一桶打來，到時先倒得一盆拿著布巾擦身，稍後再倒一盆擦一遍便完。

水來後，她解了汪永昭的衣裳想給他擦背，哪料他先按住了她的手，讓她坐在床榻上，拿過布巾給她擦完，便起身自己擦拭。

張小碗甚是疲累，便靠著床頭偎在枕頭裡，看著他的身影。

汪永昭這些年月沒有變得太多，只是白髮多了點，眼角的細紋多了些，又因他不愛留鬚，鬍子剃得乾淨，那臉孔看來其實不老；他那身材因長年從不間斷地練武，也依舊結實健壯，而隨著歲月的沈澱，他臉上、身上全是讓人捉摸不透的氣息。這樣一個有著自己獨特魅力的男人，張小碗也大概能明白，為什麼這幾年間，外面總有那麼一些大膽的人老是削尖了腦袋想進他的府裡，爬上他的床。

說來，他現在身邊無人，其中她不是沒責任。她確實也是希望他對她多些用心，因為只有這樣，他才會為她著想，為她的大兒子著想，所以她用溫情困住了他。

他殘忍在前頭，她也不無辜，在後頭利用了他。

誰是誰非，他們之間已是說不清了。

事已至此，張小碗也確實是願意對他好了，是繼續困住他，還是補償，說來都有，但這確實也對他們都好，日子還那麼長，這日子能過得好一點就好一點吧。

「您待會兒叫黃大夫過來一趟，幫我把一下脈。」汪永昭擦完身後，張小碗拿了手裡的衫，讓他到她面前來。「您過來。」

待他走近，她在床上坐直了身，給他穿衣。

汪永昭的眼睛掠過身上那件舊裡衣，看向了她給他繫衣帶的手。

張小碗給他穿好裡衣、襯褲後，拉了他的手坐到她身邊，又問：「可好？」

「嗯。」汪永昭摸了摸她的頭髮，讓她躺下去。

「別，我躺外頭去。」

「無須。」

「躺外頭去吧，」張小碗朝得他搖搖頭。「您扶我去，這屋子哪是大夫來得的。」說罷就坐了起來。

一直甚是沈默寡言的汪永昭這時也未多言，只待她坐起，就伸手打橫抱了她起身，安置在了外邊的榻上，才去打開門喚人。

「別讓他們知道。」張小碗在後面小聲地補了一句。

汪永昭回過頭，朝她點了點頭。

黃岑沒得多時就過來了，把脈過後，說張小碗氣息已穩，並無大礙。

他出去後，對著汪永昭一個人的說辭也是如此。

汪永昭聽後，冷冷地看著他道：「半個時辰之前，她上氣不接下氣，喘了一陣子，連站著的力氣都無，你現下說她氣息漸穩？」說罷，他瞇著眼睛看著黃岑。

黃岑被他盯得腳下生瘡，站都有些站不穩，苦笑著道：「真的平穩。您也懂一些脈息之術，要是不信，您親自探探。」

汪永昭瞇著眼睛盯得他半晌，這才揮手讓他走。

當晚，汪永昭一直把著張小碗的手脈，張小碗先是微笑地看得他幾眼，便閉上了眼，安穩地入睡。

她也覺得有時甚是凶險，但她莫名相信自己是度得過這難關的，這並不比她以前的難關難。

汪永昭可能不會明白，從她來到這世間的那一天起，危險與她便一直如影隨形，太多次的生存大關她要是不去賭，早已坐以待斃了。對她來說，這一次的難關，跟前面的無數次難關一樣，沒誰輕誰重，唯一相同的是，她同樣堅持相信自己。

直至半夜，張小碗都睡得安穩，但半夜她突地被一聲大叫驚醒了起來。

「老爺……」張小碗剛睜開眼，就聽得外屋萍婆子下地的聲音，沒得多時，她就執了盞油燈過來了。

張小碗已經坐起，就著燈光，她看到汪永昭連髮絲間都淌著汗，那嘴緊抿得發青。

他還未醒來，牙齒咬得喀喀作響。

「莫不是夢魘了？」萍婆子輕得不能再輕地說了一句。

張小碗沈穩地點了點頭，她未發聲，只是用手勢讓萍婆子去拿水盆和布巾。

「聲音輕點兒。」最後，她還是輕聲地補了這一句。

萍婆子領命而去，張小碗看著那在床上身體發抖的男人，便把他的頭輕輕地移到自己的腿間，一手安撫著他的胸膛，一手輕拍著他的手臂。

好一會兒，腿上的男人那發抖的身體漸漸平靜了下來，張小碗低下頭，便看得了他睜眼看向她的眼睛。

他滿眼血絲，眼睛裡有著深深的疲憊，那裡面，還有著鋪天蓋地的悲傷，在此刻，無所遁形地顯露在了她的眼前。

「您累了。」張小碗看得他笑了笑。「再睡會兒吧，妾身在著呢。」

汪永昭「嗯」了一聲，便閉上了眼，由得她眼角掉下的淚，滴在了他的臉上。

他確實累了，夢裡，他的那些兵士倒在望不到頭的黃沙裡，他走了很長很長的時間，踏過無數屍體，以為終爬到了這婦人的身邊；哪想，在他回到家，大門向他打開的那刻，他看得了這婦人抱著他的孩子，倒在一片血海裡，他跑過去想拉住她的手，卻是怎麼搆都搆不著……

隔日下午，張家兄弟便過來與張小碗說，他們要去大東一趟，去帶些貨物過來。

他們昨日帶過來的十車貨物，竟賣出去了一半，大概到了明天，便沒得什麼可賣了。

「都按妳所說的，這次帶的都是些乾貨和那木盆、菜刀、剪子等什物。」張小寶與張小碗說。「剛我和小弟在外頭問了問，這些人家裡缺布的甚多，還有一家要開鋪子的人家請我們帶些染料和麻布過來。這是筆大生意，給我們帶路的軍爺說這家還是可靠的，我便想接了這次生意，妳看可成？」

「哪家的？」張小碗問了站在旁邊的聞管家。

「黷岵那邊的莊家，家中只有得一子一僕那家。」聞管家連忙上前說道。

「你看可靠？」張小碗又問了一句。

「可靠。」聞管家答。

張小碗這次放了心，對張小寶微笑著說：「那就接吧。這幾年裡頭，你們姊夫這裡的生意，要是心裡想接又覺得拿不定主意的，便還是過來府裡問問我，問問聞管家。小心駛得萬年船，你們今日不比往日，小心被別人鑽了你們這道空子去。」

「知道的。」張小寶點了頭。

張小碗轉頭對著小弟道：「你大哥沒及時覺察的，你要盯著點兒，這邊你熟。」

「大姊，妳放心。」

「路上要小心點，萬事安妥為上，可記著了？」

「記著了。」

「記著了。」

張小碗又叮囑了他們幾句，並讓他們這次別給她帶太多東西過來，張家兄弟也全都點頭答應了下來。

他們走後，像是為了讓她安心，聞管家特意在她身邊小聲地說道了一句。「您放心，他們商隊裡有咱們老爺的人，凡事他們都會幫忙看著點。」

張小碗聽得愣了一下，隨後失笑。

這天夕間，張小碗讓婆子們做了一大桌的菜，還多加了兩道補湯。

桌間汪懷善得知兩個舅舅要去大東一趟，嘆了口氣，便道：「也不知你們回來時，我還在不在沙河……」

以前住在一起時，早間大舅舅送得他唸書，夕間二舅舅來接他回家，那等時光，隨著他長大就一去不復返了。

他說得悵然得很，張家兄弟也默然，連勉強的笑也擠不出來，那嘴角勾了勾，便又沮喪、又悲傷地垂了下去。

他們一路從南北上，途中甚多艱難困苦也走了過來，為的就是一家人在一起，可世事哪有這般簡單？太多人、太多時候，都身不由己地被驅趕著往前走，那初衷往往便會變了模樣。

但所幸，一家人還是在彼此照拂著，大姊在，他們也在，這便是幸事。

「你幾時走？」張小弟這時突地開口問。

「下月初。」汪懷善說了這一句，便又靠近他，在他耳邊說了個細日子。

「那便無事。」張小弟算了算日子。「我和你大舅舅少盤兩天貨，趕路回來，我們就還可一起住得三天。」

汪懷善一聽，那眼睛頓時便亮了起來。「那可好！我那三天便什麼事也不做，咱們舅甥揹著箭打鷹去！」

「好！」張小寶聽得也摩拳擦掌，擦罷兩下，臉卻僵了，道：「小老虎，大舅舅這箭可有得那三、四年的光景沒好好拉過了……」

「回頭練練去！」汪懷善一揮手。「你要是打得少了，娘，妳便罰他晚上只許吃兩碗稀飯！」

在給汪永昭舀湯的張小碗一聽，搖著頭道：「要是讓得外人聽去了，還道咱們家出了個不敬舅老爺的公子爺呢！」

說話間，她把碗擺到了汪永昭的面前，輕聲地與他道：「您再多喝一碗，這個補氣。」

「咦？補氣？」汪懷善一聽，把他的湯碗也伸了過去。「娘妳也幫我添一碗，我這兩日也氣短得很。」

張小碗聽得好笑，便笑著給他添了一碗。

一直安靜地聽著大人說話的汪懷慕見此，默默地挾了一塊最大、最肥的肉，放到了他這兩日氣短的哥哥的飯碗裡，還朝著他大哥露出了一個安慰他的大笑容，看得汪懷善略微不好意思地摸了摸鼻子。

張家兄弟見狀不禁莞爾，但到底這是汪家人的事，他們可不敢管到汪永昭的頭上去，這時便都低頭吃飯，努力把他們大姊挾到他們碗裡的肉塊吃到肚裡。

靖皇派了士卒來與汪永昭移山，這七月下旬，負責主事的大將威遠將軍，便到了沙河鎮。

這將軍說是輕服來的，汪永昭便也不用著官服迎他。這人要來的這一大早，張小碗心情甚好地給汪永昭著了青藍色的便服，給他束了髮，用了繡著金絲的髮帶綁髮。

汪永昭這一身，簡潔中透著與身分相符的氣派，汪懷善過來請安時，瞧得汪永昭這模樣，不斷地拿眼斜看他娘。

張小碗瞧得發笑，又去箱子裡尋了那條給他的，便給他重束了髮。

他們用的都是同樣的帶子，只是，一個繡的是金絲，一個繡的是銀絲。

汪懷善今天也穿了同樣顏色的衣裳過來，先前來時見到汪永昭身上的，他本是打算回頭就換掉，但見得汪永昭此時的模樣後，他決定不換了，就這麼穿了。

人人都說他們長得一樣，那就一樣吧。

這也可以讓靖皇知道，他終是承認，他是汪家子。

幾年過去，靖皇答應他的沒做到，他說給靖皇聽的那些，十中有三也未成行，想來，世事不由人大概就是如此。

父子倆走後，汪懷慕也跟得先生學習後，張小碗便在堂屋坐著，看著婆子們給她肚子裡的孩子縫小衣，偶爾跟她們說幾句話。

等到巳時，府裡像是熱鬧了起來，張小碗見得自己院外的護衛換了一撥人，換來的全是汪永昭的貼身侍衛。

她正在想出了什麼事之際，聞管家就來了。

聞管家施過禮後便道：「有那夏朝的叛賊跟得了威遠將軍過來，欲要刺殺他，老爺怕您這裡有什麼不妥，便讓他身邊的幾個人過來守得幾天。」

「知道了。」張小碗臉色平靜地點了下頭。

午時，張小碗膳後正在午歇，聽得外屋有了動靜，便睜開了眼，正好看到汪永昭走了進來。

「您用過午膳了嗎？」張小碗起身欲要下床。

「躺著。」

張小碗還是下地穿了鞋，走過去給他脫了外裳，放好衣裳後，倒了杯白水與他，瞧得他喝下才道：「懷善呢？也回來了？」

「沒有，他這幾日在驛館與司馬年住。」

司馬年就是那威遠將軍，張小碗聽得站著「啊」了一聲。

「我留了幾個人在那兒，他身邊還有著龔行風。」

張小碗拍拍胸，便要去洗帕給他拭汗。

「去躺著，我擦擦就過來。」

張小碗見他臉色稍冷，便不再過去，坐回了床邊，等到汪永昭走了過來，她才爬上了床。

「您別什麼事都不跟我說，我心裡沒底。」想了想，張小碗決定還是坦承心中所想。「我知您想讓我安心養胎，不許我多管事，可家中的事、您的事、懷善的事，不是我不想管便能不管的。您不說，我自己還是會多想，怎麼管都管不住，心裡也容易藏事，反倒對肚子裡的孩兒不好。」

「妳這甚多的歪理都哪兒來的？」汪永昭伸出手，給她蓋了薄被。

「老爺……」張小碗有些無奈。

「婉和公主要出嫁了。」

「啊？」汪永昭這話沒頭沒尾，張小碗聽得不甚明白。

「嫁的便是這威遠將軍。」

「是嗎？」張小碗不禁微攏起了眉心。

汪永昭伸出兩指，把她的眉心揉開，淡淡地道：「只要出得了這三個鎮，他死在何處都關不得我們汪家的事，靖皇休想把他那人盡可夫的女兒塞給我們家。」

張小碗聽得半會兒都無語，緩了一下，才道：「這相爺的公子，公主不嫁與了？」

「相爺公子在上個月娶了太尉的女兒。」

「啊？」張小碗瞪了眼。

看得她把眼睛都瞪圓了，汪永昭翹起了嘴角。「這三公，合起來跟皇帝打聯手仗了。」

丞相和御史是一家，現下，丞相家娶了太尉家的女兒，等於御史和太尉是握手言和了。

「我幫了他讓御史和太尉對著幹，卻被他因著猜忌打發到了這偏遠之地，到這時他還想給我找麻煩?」汪永昭說到這兒，冷冷地哼了一聲。「就算這司馬年是死在了我的地方，到時我把他扔出去，看誰——」

「您就別說了。」張小碗輕咳了兩聲。任誰有汪永昭這麼個不忠君不算，還不聽令的臣子，都會有芒刺在背之感啊！「您的意思是，如果這威遠將軍死在我們這兒，靖皇便會想法子找理由把公主塞給我們家?」張小碗說完，眉頭還是不禁攏了起來。

汪永昭又伸了兩指推開那緊皺的眉心。「我說了，妳無須擔心，我自會解決。妳那兒子，也不是個傻的。」

「是嗎?」張小碗苦笑。

「我都說了。」汪永昭安撫地輕拍了拍她的臉。

「這位將軍還是不死的好。」張小碗輕嘆了口氣，想了想說：「所以懷善現下便在那驛館護住他?可這樣，要是出了點什麼事，不是更有牽扯，更能讓那有心之人作出文章?」

「妳早給他訂親，他便什麼牽扯也不會有。」汪永昭淡淡地道。

張小碗聽得喉嚨一窒，垂眼拿帕擋住了嘴，當作沒聽到這話。

汪永昭也不與她計較，接著道：「三日後人就走，就算他自個兒想死，我也會著人讓他出了我的地方才死。」

「也許皇上不是這個意思?」張小碗忍不住又嘆了口氣，猜測道。

不會是他們想岔了吧?懷善不喜公主，她不信靖皇不清楚。

「不是這個意思?那麼多將軍，這邊疆六十七哨，隨便挑都可以挑出一個與我有舊交情的將軍來辦這事，何須挑個毛頭小子過來？還是個殺了大夏的大王子、被大夏叛軍追殺的將軍？」汪永昭撫著她的髮，冷冷淡淡地說：「妳別因著甚喜靖鳳皇后，便把皇上也想著是個好的，皇后死後，他的心狠得比誰都硬，沒誰是他下不了殺手的。就是善王無一處對不起他，可瞧瞧現在，為了重新把我們汪家牽扯進去，他竟算計起了為他奪天下的異姓王。」

以前欲辦相爺，便由得了他那公主與相爺的兒子勾搭，可相爺也是三朝的元老，這麼多年的官也不是白當的，醒悟過來就全力相搏，他那公主也麻痺不了相爺了，現下又找了個背後無勢力的年輕將軍指婚，還想著不遺餘力地再順勢暗算他一把。

倒是一箭雙鵰，這將軍若死在了他這裡，就可尋得理由把那公主塞給他們家；沒死，他那女兒便也還是有個接手的人。

這京中誰家大臣都不想要的公主，靖皇竟想塞給善王？汪永昭也當皇帝這腦袋一時之間被撞傻了，哪怕他沒有直說，只是拐著彎來試探一番，也是傻了。

汪懷善那心高氣傲的性子，哪容得了他塞那麼一個誰都不要的女人給他？這不是生生斷了他們君臣之間那點所剩不多的情分嗎？

「我知了。」張小碗也不多解釋她其實對皇帝沒什麼好感。對她來說，皇帝畢竟是皇帝，汪永昭是臣子，不管汪永昭背地裡做了什麼，但表面上，他最好別做一些讓皇帝拿住把柄的事，要不，整個汪家就會被一鍋端了。

誠如汪永昭所說的，皇帝連與他一起打江山的異姓王都下得了手，她怎能不替她的兒子忌諱他？

伴君之側，就是與虎謀皮。

所以汪家不能倒，只要汪家不倒，她的大兒子便會無事，皇帝再如何，也不可能越過汪家就對他的功臣下手。

過得三日，那威遠將軍好好地走了，善王替他殺了三個刺客。

汪懷善回到了都府，與張小碗和汪懷慕笑鬧時與平常無二，但當晚，聞管家來報，輕輕地說：「大公子從酒窖裡拿了五罈老酒出去。」

張小碗聽得呆坐了一會兒，在汪永昭皺眉開口叫人去把善王找來後，她伸出手握住了他的手，對他搖搖頭說：「由得了他去。」

他心裡苦悶，喝就喝吧。

但當晚，酒醉了的汪懷善拍開了他們的門，萍婆子放得他進來後，醉醺醺的汪懷善嗅著鼻子，半閉著眼睛就走到了那內屋。

依稀瞧得床上坐起的人後，他猛地撲了過去，把頭偎到那人懷裡，大哭道：「娘、娘，我不想相信，我跟他說過，我定要娶一個像娘、像他的靖鳳皇后那般的妻子，可他現下是幹什麼？他竟想把一個別人背後罵爛貨的公主塞給我！娘，我不想相信，我不願意長大了，我也不願意相信他所說的話了！都是假的，全是假的，全變了……」

他哭得甚是傷心，坐在裡側的張小碗看得他撲到汪永昭的懷裡，一口一聲「娘」地叫著，還把眼淚、鼻涕擦到了臉色僵硬的汪永昭胸前，這時本該替兒子傷心的她，只得無奈地轉過頭，不忍看兒子哭訴了。

小醉漢又嚎啕大哭了一會兒，聲聲叫著娘便醉昏了過去。

張小碗無奈，朝臉繃得緊緊的汪永昭投去哀求的眼神，還叫了一聲。「夫君……」

汪永昭惱怒地瞪了她一眼，眼帶嫌惡地低頭，看得那死死摳住他腰的汪懷善，冷哼了一聲，便抱了人下床，把人送到了門邊。

「老爺。」江小山已經站在了門口，朝得汪永昭行了禮，便示意跟前的護衛揹上已經打起了小呼嚕的大公子。

待他進了房，張小碗已經下了床。

她給他擦了身，給他換了乾淨的裡衣，等兩人上了床後，張小碗靠在了汪永昭的肩上，把他的手拉到她的腹部放著，這才輕嘆了口氣。

「睡吧。」汪永昭淡淡地道。

這時萍婆進來熄燈，張小碗微起了點身，對她道：「我還是不放心，妳幫我去看看，要是吐了便給他擦擦，餵他點水喝。」

「這就去，您放心。」萍婆輕聲地答了一句，便吹熄了燈出得了門去。

這廂黑暗中，張小碗卻是再也睡不著了。房中還尚存著懷善帶來的酒味，可見他喝了多少，心是有多難受，醉得連是不是她都沒分辨清楚，只顧著把話說罷就倒了過去。

「睡不著？」汪永昭又開了口。

「是。」張小碗苦笑了一聲，輕輕地說：「您別怪我總是偏心他，是我一直在教他要隨著心走，養成了這個性子，有時我也分不清，這是好還是壞，是不是害了他？」

「害了他？」汪永昭聽得哼笑了一聲。「沒妳教著，他這一驚一乍的性子，哪有得了如今的出息？」

他說罷這話，屋子裡安靜了一會兒。

黑暗中，只聽得張小碗笑著出了聲，輕輕聲地說：「您也知他如今是個有出息的人了？」

汪永昭沒出聲，但似是惱怒般要把放在她腹部的手收回去。

張小碗及時伸手覆住了他那隻手，待安靜了一會兒，她才叫了他一聲。「夫君。」

「嗯？」

汪永昭靜待了半會兒，也沒等到她的話，只聽到了她進入了沈睡中的淺淺鼻息。

他不由得偏過頭，在黑暗中看著她不甚清楚的臉。

饒是這樣，她也很美。

她知道他很想要這孩兒，她怕是比誰都知道吧，所以拚了命都要生下來——這讓他弄不清，她是在成全他，還是想拿著她對他的這份情誼操縱他，或是她也如他那般想要這個孩兒？

可不管是怎樣，事到如今，汪永昭也自知他已捨不下她，她終如了願，把她烙在了他的心底……

第二日一早，汪懷善用早膳時，臉都埋在了飯碗裡。熬得濃濃的小米粥硬是讓他喝出了咕嚕咕嚕的聲音出來，看得汪懷慕以為他昨晚喝多了，頭還疼著，時不時地伸手去探他大哥的頭，生怕他發燒。

他身體不適時，娘親便是如此關心他的，汪懷慕便把這種方式用到了汪懷善的身上，小臉上這時全是關心之情。

汪懷善被他摸得了多次，又不忍心斥責他這弟弟，只得抬起微紅的臉，跟他說道：「老虎哥哥沒事，你莫著急，快著你的粥，先生還在等你過去唸書。」

「喔，知道了。」汪懷慕一聽，拿起碗斯文地喝起了粥，喝罷，又去張小碗面前，讓張小碗給他整理了一下衣裳，他這才朝得汪永昭拱了拱手。「爹爹。」

「去吧。小山，送二公子過去。」汪永昭摸了摸他的頭。

「爹爹，這個，是我昨日默寫的字。」汪懷慕小心地把藏於荷包中的宣紙拿了出來。「昨日您回來得晚，娘親說今早可以給您看。」

汪永昭微訝，接過紙看了一眼，便不由得發自內心地露出了笑。

這是一道兵法，是現今的禮部尚書按他十七年前與大夏一場大勝的大戰所寫出來的兵計。

懷慕的字甚是工整，瞧得出來，他是仔仔細細下的筆。

「是默寫的？」

「是。」

「也背得出來？」

「孩兒能背……」汪懷慕說著就搖頭晃腦地背起了兵法，唸罷，才由得了江小山歡天喜地地揹了他去先生那兒。

他走後，汪懷善也用好了膳，他用鼻子吸了兩聲氣，朝得張小碗說：「娘，我去辦事了。」

說罷，朝得汪永昭粗粗拱手了一下，也不等汪永昭，便一人出了門。

「這是告訴他了？」張小碗轉頭笑著問萍婆子。

「許是從別人嘴裡知道了，可不是婆子我說的。」萍婆子笑著道。

「唉……」張小碗笑嘆了口氣，待到江小山回來了，她又把給這父子帶在身邊的什物細細跟江小山說了一遍，這才看得汪永昭帶著江小山出了門。

都府門外，一直鬱悶地蹲在都府前大獅子處的汪懷善見得他們出來，把嘴裡嚼著的果子核一把給咬碎了，吐了殘殼，看得汪永昭翻身上馬後，他這才翻身上了他的馬，跟在了他的身後。

馬兒走得幾步後，江小山從包袱裡抽出一個竹筒，無奈地與汪懷善說：「您走得太急，夫人都來不及把這解酒的梅子湯給您。她說加了不少糖，是您愛喝的。」

「喔……」汪懷善訕訕地接過，拔開蓋子喝了一口，酸酸甜甜，果真是他愛喝的，他這才眉開眼笑了起來。

待喝到大半，他猶豫了一下，策馬跑到了汪永昭的身邊，一言不發地把竹筒遞了過去。

汪永昭看得他一眼，便接過竹筒，把那剩下的喝入了口。

七月底，邊漠越發炎熱起來，三鎮也很是缺水，所幸移山的大軍也運來了不少水車，再有得那大東、雲滄兩州的支援，節鎮裡的人才不至於因缺水而無法生活。

這時那幾個泉口也被深挖了出來，也算是解了一些燃眉之急，但每家每戶的用水都有分額，每家只提得了一桶到兩桶的水，要是誰想痛痛快快地沐浴一番，怕也是不能的。

但平民百姓也沒幾人講究這個，那水只要夠喝、夠做飯，倒是誰也無什麼怨言；但也只限於一般平民百姓，也有些家道好些的，便要講究得多，挖空了心思收攏那管水的軍爺，想多提得兩桶水另做他用。

沙河鎮的判官嚴軒是個極度嚴苛之人，當他發現管水的幾個人不按章法辦事後，便當著眾人的面在鬧市行刑，要各打他們每人二十大板子。

行刑途中，汪懷善正跟在汪永昭身邊騎馬而回，看得他們過來，沿路的人都讓出了路。

這時汪永昭一聲不響地翻身下馬，大步走到了判官位前，坐在了判官的主位上，淡淡地道：「接著打。」

「是。接著打！」嚴軒一揚手，厲道，那板子聲便又再響起。

待人打過後，汪永昭才問：「為何而打？」

嚴軒便解釋了一番。

汪永昭聽後對他道：「甚好。」

說罷，他起身輕拍了拍他的肩，朝得他點了下頭，才又上馬帶了大隊回府。

路中，汪懷善問：「您一直都是如此信任您的人？」

看人打過再問原由，他倒對那判官真是信任至極。

汪永昭側頭看他，汪懷善看不到他被遮布擋住的大半張臉上是什麼表情，卻聽得他這位父親大人淡淡地說——

「能替我賣命之人，有何可疑？」

「娘也這樣說，她說要信任那些幫你忙的人，不能讓他們寒了心。」汪懷善說著，抬頭看了看天，好一會兒才低下頭來，問他道：「您說，好多人都明白的道理，為什麼那最最聰明的人卻是不明白呢？」

「因為他不在意你寒不寒那心，」汪永昭說著，冷酷地直視著他。「他有比你寒不寒心更重要的事要在意。他沒什麼不對，倒是你，婆婆媽媽不成體統，枉費你娘對你的心。」

汪懷善一聽，翻了個大大的白眼，隨口咕噥了一句，倒沒有回什麼話。

他都忘了，他父親大人可不是他娘，什麼事都能給他一個可解的答案。

這人，對著他說話不是斥他就是訓他，昨晚他是中了邪，才會把他當成了他娘！

今日他們回得尚早，張小碗正窩在內屋裡偷偷地給汪懷善做鞋，她這大兒子常在大夏國境內，她這些日子便找著了可靠的人，問得了大夏人的鞋是怎麼做的，便想著給汪懷善做得兩雙帶著。這幾日她都是偷偷地幹活，哪想汪永昭的早回殺了她一個措手不及！

本來聽得門響，她還道是婆子來了，誰料進來的是汪永昭，張小碗便傻了。看著那上下打量她的汪永昭，她下意識地就想掩藏，但大桌上全擺滿了布和鞋底，怎麼藏都無濟於事。

最終，她輕咳了兩聲，站了起來，一手扶著腰，突然計上心來，「哎喲」了一聲。

汪永昭又掃了桌子一眼，並沒有過來，冷靜地站在那兒看著她。

「這……」張小碗皺了皺眉，她也知無法解釋了，便還真有些尷尬地扶了扶頭上的釵子，一時之間也沒了言語。

汪永昭這時走了過來，把她的釵子拔下又插回去，看得張小碗拿眼往上瞥他，他淡淡地道：「斜了。」

「多謝您。」張小碗扶著腰福了福身。

「嗯。」汪永昭漫不經心地應了一聲，又掃了一眼滿是布的桌子。

張小碗看過去，長吁了一口氣，知是躲不過，便說道：「您說吧，要如何才答應我給懷善做得兩雙鞋帶走？」

「談條件？」汪永昭翹了翹嘴角。

「是呢。」張小碗轉身去倒了水遞給他，看著他喝完才又道：「我精力尚好時才做，不會累及身體。」

「那便做吧。」汪永昭點了頭。

「啊？」本還在心裡想著詞，打算委婉地再說得幾句的張小碗微愣。

「妳答應了條件……」汪永昭伸出手摸了摸她的肚子。「我記著了。還有，別忘了妳所說的，不會累及身體。小山媳婦明日即到，明日讓她陪著妳時，妳再做。」
張小碗聽得搖搖頭，這段太平時日都讓她有點忘了，汪永昭是個對誰都不願意吃虧的人。
次日，小山媳婦進了沙河鎮，同時她也帶來了幾封信，交給了汪永昭。
其中有一封家信，是汪永安寫來的，信中說，汪觀琪的身體怕是不行了。
汪永昭交給張小碗看後，張小碗什麼也沒說，只是安靜地看著他。
「我要叫黃岑回去一趟。」汪永昭看著桌面，慢慢地說出了這一句。
「是。」
「不問為何？」
張小碗搖搖頭，笑了笑，什麼也沒說。
汪永昭看得她一眼，靜默了一會兒，才說：「這當口，我不能回去，妳也不能。」
所以，家中的老爺子，現在還不能死，就算熬，也要熬到他的孫子出生之後才可撒手歸去。
這當口，他不能回去奔喪。

第三十六章

黃岑隔日就走了，汪懷善消失了幾天，帶回來一個雙目盲了的老大夫，沒得幾日，他與兩個趕回來的舅舅在那沙漠之中獵過鷹，就要帶著他的兵士走了。

這次他走，在主院的大堂屋中給張小碗與汪永昭磕了頭。

他也給兩個舅舅磕了頭，與他們道：「懷善行走萬里，踏過不少路、見過不少人，才知道像你們這般對我好，定是我前世做了好事，老天才派得你們來當我的舅舅照顧我。」

說罷，他轉身掉頭，騎馬帶兵，揚沙而去，沒有回過一次頭。

看著他走，張小碗坐在那兒無聲地哭，他與她的每次分離都像在割她的肉，她除了忍，便也只有忍。

而張小寶與張小弟追著他出了門，看著他在他們眼前消失後，張小寶蹲下了地，抱著膝蓋悵然地看著前方，直到揚起的沙塵都落下了，他才抬起頭，與那也無聲流著淚的弟弟黯然地說：「也不知何時才能再聚上一回，他長得太快了，只揹得兩年他就大了……」

張小弟伸出衣袖擦了擦臉上的淚，扶了他起來。

張小寶站起後，帶著張小弟走了回去。

後院的主屋裡，張小碗慢慢止了臉上的淚，看得他們進來，她木然地道：「你們也要走了吧？」

「過幾日再走。」張小寶立馬笑著搖頭道。

「走吧，省得我再傷心一回。」張小碗看著他們，靜靜地說：「給你們準備好的物件都備妥了，不多，才兩擔，是我給你們媳婦和我侄子、姪女他們的，都拿好了回去，別落下了。」

「姊……」

「走吧……」張小碗擺擺手，閉上了眼。

看著她眼角流下的淚，張家兄弟們忍著沒吭聲，到了外頭，兩兄弟才流出了淚，挑了那擔子，去集市整頓好了車隊，在那朝陽剛昇起的不久後，他們隨著汪懷善離開了張小碗，回他們自己的家。

這一個一個的人都走了，那大極了的主院更顯得空曠起來，張小碗看得那空蕩蕩的院子好半會兒，才轉過頭與身邊的男人說：「有時我都想，他們要是都沒有回來過，那該有多好……」

如此，她便不用這麼傷心了。

老大夫來了之後，教了一套吐納呼吸之法給張小碗，那法子跟張小碗平時做的差不了多少。

張小碗做過之後，覺得老大夫的要可行一些，便用了他的法子。

汪永昭這幾日也很是沈默，張小碗沒打擾他，只是在這日午間時，她提了在井裡冰鎮過的梅子湯，去了他的書房。

護衛放了她進去，她把食盒放下，給他行了一禮，才輕輕地問：「讓妾身在這兒坐會兒吧？」

汪永昭抬眼看得她一眼，從太師椅上起了身，給她搬來一張椅子，放在了他的椅子旁邊。

張小碗坐下，給他倒了碗梅子湯後，就倚著椅臂靠著，安安靜靜地坐在那兒，也不出聲。

汪永昭喝過湯，便又拿筆寫起了信，這次，他把斟酌了一上午的信一筆揮就，封上信封，叫來人拿走後，朝張小碗淡淡地說：「皇帝查我當年十萬銀兩徵兵之事，當年跟隨我的三位千總自戕於欽差前，替我洗刷了污名。」

說罷，他靠在了椅背上，長長地吁了一口氣，抬頭看著那門廊，神情疲憊。

汪府中汪觀琪的生死、舊日追隨之人的死，張小碗不知他心裡還藏有多少事？

她陪著他安靜了一會兒，才開了口。「我叫萍婆準備些紙錢，您去酒窖提得幾罈酒，今晚您便陪著他們喝上幾碗吧。」

汪永昭聞言笑了笑，轉過頭來，拉著她的手放到了臉上，過得一會兒，他「嗯」了一聲。

當晚，張小碗在後院朝南的一個院子裡擺了案桌，讓汪永昭領著他的將士祭奠亡靈。

子時，汪永昭回了房，他把頭埋在了她的髮間，終沈睡了過去，不再像前幾日仰躺在那兒一動也不動，讓張小碗猜了幾次，都猜他定是沒有睡著。

她以為他是為了汪觀琪的事情在煩心，哪想，竟還有別的事。

而事到如今，他熬著，她便陪得他熬著。說來多年前的她也從來沒有想到過，他們會走至如今這模樣。

他難，因著他對她這些年的情義，她便陪著他難吧。

八月中旬時，炎熱的邊漠之地終下了幾場大雨，節鎮的百姓樂瘋了頭，好久沒見過雨的人都站到雨中淋了個透腳濕，待雨停了，這著了風寒的人一時之間便多不勝數。

張小碗聽得這消息，已有兩個人得了風寒死去了。她叫來了聞管家與老大夫，讓聞管家把庫房裡能用到的藥都運出去送到判官那兒，老大夫也被她請著帶人出診去了。

老大夫走時還啐了她一口。「老夫才享幾天清福，便又差我這個瞎子去賣命了！」說罷，氣沖沖地亂點著枴杖走了。

這老大夫嘴臭，但醫術卻是甚好，他出去瞧得了幾趟病，開了幾個方子，倒也算有效，沒讓那無病之人也沾染了這咳嗽無力的毛病。只是都府裡的藥材已用盡，那廂運過來的藥材還要等上兩日，鎮上陸續也有熬不過去的人死了四、五個，直到藥材加緊日行千里地運了過來，才把這勢頭壓了下去。

兩個月的熱氣沖天未死一人，一場雨卻是死了七個人。

汪永昭又守在了都府的前院，與判官定法管束民眾，熬得了幾日回了後院，他卻病倒了。

他這一病也是來勢洶洶，當晚出的氣多，進的氣少，老大夫連扎了他十幾針，才讓他的氣息緩了一些，但也甚是微弱。

待他昏了過去，暫時無生死之憂後，老大夫一甩袖子，抹了把額上的汗，看著張小碗的方向道：「妳給他準備一副棺材吧！」

張小碗聽得淡笑。「您這說的是什麼話？」

說罷也不甚在意，接過萍婆子手上的熱帕子，輕輕地拭汪永昭臉上的汗。

「我說的是真的！」見她不信，老大夫生氣地嚷嚷。「他心口休罷了幾次，便是大羅神仙也挽不回他的命！」

「是嗎？」張小碗虛應了一聲，又拿了乾帕子去擦汪永昭身上的冷汗。

見她淡定得跟平時無二，老大夫吧唧了下嘴，道：「我是妳兒子請來給妳看病的，說來我這心也是偏向妳的，這屋子裡的都是妳的人，說了我也不怕別人聽了去。他死了其實是好事，妳還年輕，身子骨兒這根基其實也不差，待生下肚裡這娃兒，我便作主，把妳——」

張小碗聽得搖搖頭，對著七婆說：「快堵上這位老先生的嘴，帶著他去用膳，許是餓著了嘴，這都胡言亂語了。」

老大夫還要說道什麼，張小碗也沒理，讓七婆和八婆拖了他出去。

人走後，她朝急得滿臉都沒有血色的江小山招招手。「你過來。」

江小山連滾帶爬地跑了過來跪下，狼狽地哭著道：「夫人……」

「慌什麼？」張小碗笑了。「盲大夫愛說笑，這也不是一日、兩日了，難不成你還聽他的胡說八道不成？」

江小山哭著搖搖頭，他搖頭過猛，還甩出了鼻間流出來的鼻涕。

張小碗朝他無奈地搖搖頭。「別慌了，你替我守在這兒，我去庫房取根人參，老爺有事了你便去把盲大夫綁來，就說我說的，要是我回來之前老爺出事，我便把他的枴杖奪了，把他扔到那沙漠裡餵鷹。」

說完，她招手讓萍婆子過來扶了她，讓她扶著進了庫房，待到了最後幾扇門，她自己拿了鑰匙獨自走了進去，找到她以前看過幾眼的盒子，拿出脖間掛著的金玦，打開了盒子，把汪永昭藏著的、那根可能是拿來救她的命的幾百年老參拿了出來。

回頭她拿著人參，找了那還在用著膳的老大夫，讓他聞了人參。

老大夫聞了又聞，聞了半晌，又想了半會兒，才說：「倒也有個法子，不過這整支人參便完了。」

「您說吧。」

「這人參對妳有用，到時妳要是有個差錯，也能救妳的命。」

「您說吧。」

「就是這皇宮裡，也找不出第二支這個年分的了。」

「您說吧。」張小碗不疾不徐地又答了一句。

「拿著這參，切成相等的十二份，每份以大火燒開，再以小火煎得兩個時辰。一時辰餵得一次，十二個時辰後，便可讓他緩得過這勁兒。」

「聞叔，」張小碗回頭叫了聞管家一聲。「你可聽見了？」

聞管家肅目。「老奴字字聽得清楚。」

「那就去辦吧，把爐火什物都搬到我的院子裡去，我看著煎。」

「是！」

張小碗這便起身要回院子，她剛走得幾步，老大夫尖起耳朵聽了幾下，便板了臉對張小碗說：「汪夫人，妳還是吃上一粒老夫給妳的護胎丸吧，我看妳再這麼下去，便是一屍兩命了！」

張小碗聽了回過頭看他，明知他瞎眼看不到她，她還是笑了笑。「我定是會吃的。老先生，實則我已吃上一粒了，您便放心吧。」

她說罷，這時有護衛飛奔而入，朝著那老大夫伸手就拖，但這時他看到了張小碗，一見到她，他便鬆了手，朝得她跪下失聲道：「夫人！夫人，大人他……他……」

「他如何了？」張小碗自認為平靜地問了一聲。

「江大人讓小的來報，說大人鼻息間似是沒了那……」說至此，汪永昭這貼身護衛失聲痛哭，已是不能再說下去。

張小碗聽後，肚子一痛，整個腦袋暈眩不已，一時之間軟了身體，便往那側邊倒。

她身後的萍婆子這時急忙一扶，把她扶穩了。

「帶他過去。」張小碗虛弱地吩咐一聲。

這時護衛把老大夫強行抱著而去，張小碗在原地緩了一陣，才站起了身。

「夫人……」萍婆子甚是擔心地叫了一聲。

張小碗扶著她的手，深吸了兩口氣，腦袋才清明了一些。「扶我過去吧。」

走得幾步出了門，這時大仲已經叫人抬來了轎子，對她鞠躬道——

「您上去吧。」

張小碗朝他一頷首，坐上了轎。

待坐上後，簾布垂下，她便佝僂了身體，無力地抱著肚子。

「寶寶，聽話……」她對得他低低地說了一句，希望他陪著她度過這次難關。

她自己的身體她心裡有數，這當口，孩子要是沒有了，她便也會跟著去的。她那子宮定是出了什麼問題，這看過的大夫說不出過於具體的問題，但都判斷懷著孩子的她會有生命之險；而前世對醫學有點常識的張小碗多少也推斷得出，她的身體已經不易產子，孩子險她便也險。

這當口，她不僅不能有事，汪永昭也不能。

現在汪永昭就是汪家的天，他沒了，汪家的天就崩了，到時汪家人的命運如何，又有誰能知道？

懷慕還小，懷善過於性情，且他小時受過那般的苦，張小碗私心作祟，不願他再受這塵世那些讓人困頓的苦，只願他展了翅往他的高空飛，她不願再給他添負擔。所以汪永昭不能死，他也不能垮，他得替汪家的這些人撐著這片天。

「您不能，我也不能。」張小碗深吸了好幾口氣，撫著肚子慢慢地調勻呼吸，等下了轎子時，她臉色儘管還是有些蒼白，但已恢復了平時的冷靜。

「爐子都備好過來了？」一下轎，她就對得聞管家說。

「備妥了，您看。」

張小碗掃了一眼。「七婆、八婆。」

「在。」

「妳們幫我看著，眼睛別給我眨一眼漏了。」

「是。」

張小碗抬步就往臥房走，剛走進了裡屋，就看見老大夫在罵江小山。

「笨死了！你活該笨死……」

「怎麼了？」張小碗走了進去，看得床上的人渺無聲息，她走了過去坐下，探了探他的鼻息，探得平穩，她才轉過了頭。

「我一緊張，就探、探錯了……」江小山結巴著道。

「老爺無事就好。」見老大夫還要罵，張小碗偏頭叫萍婆。「扶老大夫出去坐上一坐。」

「是。」

「救回了人，便要趕我走了？」老大夫怒道，氣喘吁吁。

「您外頭坐著吧，讓人給您做點小菜，順便叫來甄先生與您喝兩杯。」

「這倒是好！」老大夫一聽，立馬喜了。「我找老甄去！」

張小碗目送了他走，才對江小山說：「老爺這裡我看著，你去哄著懷慕，莫要讓他知道了。」

「小的知道了。」江小山擦了擦眼邊的淚。「我帶他去找我家強仔玩。」

「去吧。」張小碗朝他微笑了一下。

聽得她低啞的聲音，江小山沒再吭聲，跪下地給她磕了個頭，這才走了。

兩日後，睡在汪永昭身邊的張小碗被聲音吵醒過來，一睜眼，就看到汪永昭跟她說話。

「吵醒妳了？」

張小碗怔了一下就要坐起來，這時汪永昭扶著她坐了起來。

「您醒了？」張小碗問過後又笑了笑。「您看我都睡著了，都不知您何時醒來的。」

「醒來一會兒了……」汪永昭躺在枕頭上，接過江小山遞過來的帕子，拭了拭頭上的虛汗，轉頭對她說：「還累嗎？」

「不累了。」張小碗搖頭。

「去端點粥過來。」

「是。」萍婆子應了聲。

「懷慕呢？」張小碗朝江小山開了口。

「在跟甄先生習功課，老爺說了，晚膳時叫得他過來一起用膳。」江小山小聲地答。

不過兩、三日，本有些微胖的江小山便瘦了下來，露出了他年輕時那張頗為清秀的臉，他說話時細聲細氣的，有點像張小碗剛見到他的頭兩年時那般的模樣。

「那就好。」張小碗瞧他一眼，點頭道。

眼看她說著就要下地，汪永昭攔住了在裡側的她。「再陪我躺一會兒。」

「我下去給您倒杯水。」

「讓下人做。」汪永昭把她頰邊的髮撥到耳後，又疲憊地閉上了眼。

張小碗看著他白了一半的頭髮，便挪了挪身後的枕頭，也靠在了床邊，與他一道並肩躺著。

「我聽懷善說過，妳最喜歡春天去山裡打獵？」汪永昭閉著眼睛開了口。

張小碗偏頭看著他瘦削的臉，回道了一聲。「是，那時春花都開了，山中獵物也多。」

汪永昭的嘴角翹了翹。「春花都開了……」

「是。」

「我都不知妳還喜歡花，只知妳養過那月季，隔年妳便不養了。」

「啊？」張小碗聽他這麼說，便想起了以前的事，她搖了搖頭，輕聲地說：「不是不養了，是那年懷慕得了風寒，聞得月季的花香味就會打噴嚏，便讓人搬了出去。」

「妳從未跟我說過。」

張小碗默然。

「明年妳生下懷仁後，要是那四、五月時，妳身子骨兒還行，我便帶妳去開了春花的山間打獵。」汪永昭說到這兒睜開了眼，看向她。「可好？」

張小碗看著他那甚是深邃黑亮的眼，微笑了起來，點頭答道：「好。」

汪永昭也笑了笑，轉過頭，又拿帕擦了擦臉上的虛汗，閉著眼睛緩了緩，才道：「我會無事，妳也會無事。待懷善成了親，生了孩子，妳還可接他們回府住上一段時日陪陪妳。」

張小碗展望了一下他所說的未來，真是情不自禁地發自內心笑了。「都不知他的孩兒會不會像他？要是像他，淘氣起來都不知該打不該打！」

「哼，」汪永昭聽了冷哼一聲。「妳捨不得打，便由得了我來打。」

張小碗笑看向他，見他說得甚是認真，嘴角的笑意便不由得更深了，拿過他手中的帕子，幫著他輕拭汗水。

「大夫說，您熬過這道，以後身體可就要看著點了。那邊營的事，您便少去一些吧，那夜也不要再熬了，還望您為我與孩子想想。小懷仁還沒生出來，您要是再有點事，我也不知該如何是好了……」張小碗說到這兒嘆了口氣。「這幾天，我也是有些難熬。」

「我知。」汪永昭淡淡地說了一句，眼睛並未睜開。

「您知就好。」張小碗輕吐了一口氣，把頭靠在了他的肩膀處。「山花遍野的光景，我也是很多年未看過了，明年要是您真能帶得了我去，我不知有多歡喜。」

那些常盤旋山中的舊年時光雖然艱辛，但如今想來卻也是輕鬆的。那時她的心間只有那麼幾個人，那時他們的未來也不明朗，自沒有太多的憂慮；現在多添了一座都府，裡面的人人事事俱是紛擾，熬過了這個難關，下個難關都不知道在哪兒等著她闖，和當初比，世道沒有更艱辛，卻是更難了……

汪永昭臥床歇得了幾日，張小碗便在床上歇得了幾日，這段時日，兩人說起了一些家中的瑣事，比如把家中的院子給哪個孩子住？那習字的時辰和練武的時辰怎麼安排？還有教書、教武的老師要請上哪幾位？夫妻倆都談了談。

汪永昭身子一好下了地，都府便來了幾位遠道而來的客人，是汪永昭的幾個舊將按照汪永昭的指示，辭官投奔他而來。

節鎮缺水也缺人，汪永昭很快地把他們用到了實處。

這時，馬幫也送來了這一年的收成，陸續有馬車運銀過來入庫。

張小碗見得銀子後，才知汪永昭到底又弄了多少銀子在手裡，她微微嚇了一跳，只得與汪永昭商量，要另找他處藏銀。

這麼多銀子藏到庫房是行不通的，她也聽得聞管家說了，靖皇已經在六月頒布聖旨，禁令民間用銀，凡用銀者則會被送官審押，重則砍頭，輕則坐牢。所以都府藏有這麼多銀子根本不保險，按張小碗謹慎的性子，要是這些銀兩藏到庫房中，她恐是會日夜難安。

她的膽小，汪永昭早領教過了，不過這次他沒再嘲笑婦人的膽小怕事，而是叫了人悄悄在漠中尋了地方，把金銀珠寶裝上車，他帶領幾個親信，親手駕車把財物都運了過去。

這時是八月底，張小碗的腹中胎兒已四個月出頭，老瞎子把她的脈，一口一句「不可能」，但到底也是說明了張小碗母子的脈息已穩。

月底，汪永昭的身體也漸漸好了起來，此時驛站傳來信，說皇帝念他勞苦功高，大鎮西北有功，指了朝中兩位小臣的兩名庶女當他的貴妾伺候他。

情報到了，聖旨卻還未到。得知皇帝非要跟他對著幹，汪永昭一邊傳信給了汪懷善，另一頭傳信讓人把公主的醜事掀個底朝天。

那兩位說是要賞給他的貴妾，聽聞與公主有閨閣之情，汪永昭不知，到時皇帝還有沒有臉把這聖旨賜給他？

不過是汪懷善不想要他那個公主，他便派了這兩個女人來掃善王懷孕母親的臉，這事他們要是再忍，便無路可退了。

汪永昭這邊的人日以繼夜地送信，那廂他的忠心幹將知道汪永昭最厭惡被人掐著喉嚨要脅，當初永延皇非要剷除他，他這將軍便是長劍一揮，先忠於當時的靖王，替凌家做掉了永延皇；這次，靖皇一而再、再而三地掃他的臉，料他是不會再忍，便自作主張派山賊把那已經出發的送旨隊伍做掉，從領頭的太監到那兩個庶女的丫鬟，一個都沒留。

汪懷善那邊收到急信後，便把靖皇當年賞給他的短劍拔出，埋進了當年他們作戰的草地裡，回得頭，他自行一人去見了那夏朝的東野王，與他約法三章，割指發了血誓。

九月，朝中舊相突死相府，新相上任，頒布新令，大鳳朝的靖康新政就此開始。

得知自己幹將已然動手，汪永昭又再另寫了信過去。所幸那廂因自己已先擅作主張，因此接到第一封信時，猶豫了一番，怕會火上澆油，便先沒有動手，等得些許日子，再得第二封信後，便安心地把兩封信都付之一炬。

到底，他們還是臣子，皇帝可以連著好幾次要他們的命，他們卻不能不顧著皇帝的面子。

九月下旬，事畢後，張小碗才從汪永昭這裡聽得了這次事件的一些情況，得知汪永昭原本要置公主於死地、駁靖皇面子的打算，她都不禁拍了拍胸口。

汪永昭覺得奇怪。「怕什麼？」

張小碗遲疑了一下，卻沒有說出心中真正的想法，只是道：「怕您真這麼做了，這事便沒有這麼容易完。」

新政當口，朝中百臣爭論不休，這時靖皇已無心再探他深淺；但如不是他的心腹幹將先行一步，若真如他原先所定的主意那般把公主拉下馬，毀了靖鳳皇后的女兒，削了皇家的面子，怕是靖皇也不會像現在這般平靜。

山賊殺了太監、兩個沒身分的小姐、幾個侍衛丫鬟，這事說大很大，但若皇帝不想追究，這事也可化小。

尤其在新政面前，任何事都顯得有些小了。

實則現想來，當時他也是有些意氣用事了，公主再不堪，她還是公主，皇家的臉不是那般好打的。所幸，他當時糊塗了一下，但他的心腹沒有，說來這也是運氣。

汪永昭不語，張小碗也若無其事地轉過了別的話說：「老太爺的身子怎樣了？」

「還好。」

「是嗎？」張小碗拉過他的手放在了肚子上，又轉過話題說道：「瞎眼大夫說了，怕是個男孩。」

汪永昭聽得斜了她一眼。「本就是男孩。」

張小碗嘆道：「家中閨女甚少，要是生上一個，懷善、懷慕也有親妹子，也是好事。」

汪永昭搖頭，很是理所當然地說道：「再有個像妳的兒子也好，不一定要女孩。」

張小碗聽得嘴邊泛起淺淺笑意，看著他說了句。「多謝您。」

他這時的話中之意，也算是對她的恭維了。

節鎮進入十月，白間夜晚溫度相差甚多，有時白間只須穿得那單衫，夜間便要裹上那棉襖。

這時幾個鎮的買賣已經做起來了，馬幫只在這裡交易，那往來的行商也只在這兒做買賣，這幾個月來，不少人在這裡討得了商機，那西來的行商之人也由得帶路的尋到了這處，做得了幾次公平的買賣後，沙河鎮的名聲就傳到了邊境各地，來往的人便更多了。

節鎮來往商人日益增多，那邊馬幫所得的銀兩都由府內之人過了手，便由得他們私下從中原購入麥種、黑炭，與邊境的夏人進行交易，換得他們手裡的牛、羊和駿馬。

夏朝那邊，也接受了幾個大鳳人進入了他們的族內，正式教他們怎麼辨別山中可食之物和利用身邊所見之物填飽肚子。

大鳳這邊，也有那些飽受戰爭之擾的流民與山民聚攏了起來，自建山寨，號仁寨。

這些人中不乏有才能之人，不得多時，便有一些百姓來了沙河鎮做買賣、開店鋪，給這個節鎮帶來了另一波生機。

邊境之地的夏人也會陸續穿過不長的沙漠，徒步過來大鳳這邊交易他們手中的什物，來往得多次了，便有越來越多的人來到了此處。

有節度使都府坐鎮的節鎮裡，不管是夏人還是大鳳人，只要交夠了稅銀，便由得了他們做買賣；但凡誰要是為舊日夙仇開戰的，只要問清緣由，便會大打板子，打個半死逐出節鎮，並永生不得再進一步。

這等嚴苛的規定，卻保障了兩國的人在節鎮裡正常的商貿往來。

這段時日汪懷善時常會捎信過來，張小碗看著信中他說的那些他帶兵打仗的事，看過後便笑。

以前是三、四個月，最短也是半個月才來得了一封，現是隔個六、七天便有一封，想來這送信之人也不是專門送給她的，必是還有另外要緊的信要送吧。

張小碗沒有去問汪永昭，但她在一旁靜靜看著，心裡多少也能猜出點譜來。

府中支出了多少銀錢、馬幫首領騰飛來此的次數，還有懷善信中所說的他去過的地方，無一不說明當初汪家在邊境埋下的線，現又再動了起來。

看得幾日，她隱約猜出了汪永昭所做之事，回頭再看看這都府，再看看努力唸書的懷慕，她也大約明白了汪永昭為什麼非想再要個兒子不可了。

家業太大了。

就是他現在打下的江山，懷慕都不一定能接得穩，再多添一些，怕是要斷在懷慕手裡了。

說起來，身為母親不能輕易去否定孩子的未來，但張小碗卻想過，懷慕不像他的哥哥，更不像他如狼似虎一般的父親，他心腸太軟、心思太柔，以後就算只是守成，怕也是只會越守越少。

這個世道，只有爭奪才是最好的守成。懷慕要是沒得個人扶持，依他誰疼得一聲他都要去安慰幾句的脾性，他能做個好人，卻不能做一個很好的領頭之人。

她知汪永昭現下不這麼看，他對懷慕抱以厚望，張小碗也不跟他說她的想法，哪怕現在他們之間已能多說得很多事了。

再說，懷慕的未來還很長，張小碗也不知他以後到底會變成什麼樣子，只能靜觀其變，先用心教導他。

無論如何，她對懷慕的寵愛說來也不比對他哥哥的少，只要懷慕歡喜，她也定會拾她的全身力氣去護衛他，即便他以後只願意成為一個單純的好人，張小碗都不願意改變他，哪怕她死了，她也會想個周全之法護著他好好地活下去。

而現下她肚子裡的孩子，胎動甚是厲害了，在她肚子裡已經左一拳、右一腳的了，驚得汪永昭夜夜睜大了眼睛瞪著她的肚子瞧。張小碗猜想，這個比他的哥哥們在她肚子裡那時要折騰得多的孩子，定不是個安靜的，於是看著懷慕更覺得他可貴起來。

懷慕善良、溫柔、體貼入微，她生下來的孩子與她或他父親都不像，都不知像了誰。

他如此美好，張小碗都不忍心他長大了。

這夜晚膳後，汪永昭帶著懷慕練了一陣武，便和張小碗去了浴房。

因著孩子在水中胎動得更是明顯，汪永昭這些日子日日都要叫人燒了水倒滿浴桶，與張小碗泡一陣。

這段時日，府中的水也是夠用，儘管在這種地方天天泡澡有些奢侈，但張小碗覺得只要用水不勉強，泡泡澡還是可以的，於是便對汪永昭此舉很是接受；為此，接連兩天都泡澡的那天，她便會對汪永昭多笑幾下，還引得汪永昭奇怪地多看了她幾眼。

進了浴桶沒一會兒，孩子便隔著肚皮動了，汪永昭摸著她的肚子，感覺孩子在踢他的手，孩子在裡頭踢得他一腳，他的眼睛便會抽上一抽，要是孩子連踢了他幾腳，他便會瞪大了眼。

張小碗最近養得甚好，汪永昭找來了不少瓜果進府，府中也牽回了一頭乳牛，連她要的豆子也給她尋了回來，她日日吃著喝著這些食物，皮膚光滑了些，臉也較之前細膩了不少，最近連氣短也甚少有了；所以孩子踢得她幾腳，她也沒覺得多難受，但看汪永昭老盯著她的肚子瞧，她泡得一陣還是起了身，怕損了自己的身體。

「還要得四個月才能生？」待擦乾了頭髮，上得了床榻，汪永昭摸著張小碗的肚子，納悶地道。

「是呢。」張小碗笑著點頭。

汪永昭探過頭，吻了吻她翹起的嘴角，沈默了一會兒，才說道：「他很調皮，懷他大哥時，也像他一樣嗎？」

見他問到了懷善的小時候，張小碗聽罷點了點頭，對他說：「有點像，但懷善還是要好些，而且他在肚子裡時，就很聽我的話了。」

說到這兒，她在汪永昭的懷中直起了身，正面對著他說道：「也只是隨便說來給您聽聽，懷著懷善時，家中並無太多嚼食，他在肚子裡六、七個月那段時日，還得去山中尋些野物回來，家中土裡的活也是要做上一做的，有時他在肚子裡鬧得歡了，讓他聽聽娘的話，他便也會安靜下來。後來生下來了，他的性子也如此，急躁起來什麼都不管不顧，可讓他聽聽我的話，他便什麼也去做。

「您懂嗎？」張小碗瞧進他的眼底，隨即把頭靠在了他的肩頭，輕輕地嘆了口氣。「您別怪他性子急，也別怪我老念著他，如若不多心疼他一分，他便什麼都沒有啊。」

「嗯。」汪永昭輕輕地撫著她的黑髮，把被子拉起蓋住了她的身體，在她耳邊淡淡地說：「可現在還有懷慕，過得幾個月還有懷仁，莫要把心全偏到他那頭去了。」

九月時懷慕已有四歲，九月末汪懷善也吃起二十歲的飯，就要及冠了，這婚事張小碗不急，卻有得是人急，自有汪永昭的手下夫人前來打探，為的不是自家閨女就是被人所託前來問意思，想問問善王家想要個什麼樣的。

還好因張小碗懷孕，汪永昭已對她下了令，不准她見外客，張小碗也就老神在在地躲過了這些夫人，也算是偷了個閒。

她倒是真不著急汪懷善的婚事，汪懷善也與她說了，他自有主張，在這兩年，就由得了他去。

他說了這話，張小碗當然會應承他，自會替他抵擋些旁的壓力，哪怕汪永昭對此有些不滿，她也是該裝糊塗時就裝糊塗，不正面拿這事跟汪永昭起衝突，也不接他的話。

汪永昭提得兩次，見她不接話，就知她是什麼意思，但這當頭她肚子裡還有個小的，身體他看著也是孱弱得很，這事也就順了她的心，隨得她去了。

十月末，這時京城的信又來了，信中說汪觀琪還能支撐個一、兩年，又說婉和公主下嫁了司馬將軍，公主大義，捨棄京城繁華之地，嫁雞隨雞，嫁狗隨狗，要跟得將軍駐守邊疆。

這兩件事，汪永昭都告知了張小碗，張小碗聽罷後瞪大了眼，見汪永昭看著她，硬是在等她對婉和公主之事的反應，她只好眨眨眼說：「聽說長雲縣物產甚豐，西臨大夏的觀山，東臨我大鳳朝的長雲江，那是個好地方，想必公主也是住得慣的。」

汪永昭嘴角泛起淺笑。「離我節鎮五天車程。」

「您這話是何意？」張小碗忍不住道。

「她興許會來上一趟。」

張小碗摸著肚子裡的孩子，輕吐了一口氣，搖著頭嘆道：「她來不得。」

汪永昭沒料到她會這麼說，嘴角笑意更深。「為何來不得？」

見汪永昭逗弄她，張小碗無奈地說：「不管她來是何意，我懷著懷仁，只想小心謹慎為上，您知我怕事，就給我好好想個主意吧。」

汪家與婉和公主的恩怨，想必是結下了，公主是皇帝的女兒，而她現下不過是個二品的節度使夫人，平時也就罷了，可她現懷著孩子，這公主要是一時有什麼想不開的，非要拿她怎麼樣，她怎敢賭？

她不敢，想來汪永昭也是不敢的，無非就是想聽她說幾句違逆聖意的話。

他總當她因著靖鳳皇后，不僅對皇帝畢恭畢敬，連帶對那公主也是容忍之餘還有所偏袒。

汪永昭這般想她，張小碗也是不在意的，他們是完全不同時代的人，觀念差得不是那千千萬，要讓汪永昭明白她對公主的感嘆不過是因物傷其類，那是不可能的事。換言之，哪怕那個公主跟她同是穿越之人，她們相差的也是甚多，公主那做派，她再活一世都不可能如此；她這般的，想來就算公主知她同是穿越之人，也會不屑她的為人處事，怕是嫌太窩囊吧？

說來就算是在現代，思想如此開放，人與人之間的深壑都不是那般輕易橫跨的；所以，要讓一個處在女人是附屬品的朝代、思想完全不同的男人明白她的想法，那無疑就是天方夜譚了。這般不可能的事，張小碗也就從沒想過跟他說那些不應該說給這個人聽的話。

她要是那樣做了，把話從她的嘴裡說出來了，那不叫溝通，那叫愚蠢。

他想當然耳的，那就想當然吧！再說男人天性，自己認定的事情不喜被人否定，尤其是被婦人否定。張小碗暗想汪永昭是有胸懷的男人，但她不願去挑戰他的權威，她早已經在她的這個丈夫身邊認清了現實；哪怕時至今日，跟以前相比，他對她已是雲泥之別，但張小碗還是很清楚地知道，她要是越過界了，男人的那分喜歡，也很容易變成厭惡。

情分這種事，要是不攢著用，就跟積蓄一樣，很快就會用光的。

見得張小碗言語軟和，汪永昭便笑了笑，但嘴角還有一絲冷意。「我還道妳想跟公主多聊幾句呢！」

不過是上次他說要毀了公主時，她驚訝了一番，多看了他幾眼，汪永昭便記到了現在。張小碗在心裡苦笑，面上卻是依舊微笑著跟他說道：「什麼聊不聊的，都沒有孩子重要。」

她說到這兒，苦笑了一聲，低頭看著已顯懷的肚子，輕皺著眉跟汪永昭說：「您啊，不是喜說我偏心懷善，就是說我對公主心軟，好似說我對您萬般的不是一樣……」

聽得她抱怨自己，汪永昭怔了一下，過了好一會兒，才掩飾地拿起茶杯喝了口水。

當日下午，他陪得她在院中走了一會兒，萍婆子過來幫她捏腳時，他在旁看著，中途還拿了茶杯，親手餵了她幾口茶喝。

待江小山來叫他，他這才去了前面都府辦事。

他走時，走得幾步，就聽得背後那婦人笑著跟婆子說——

「生懷慕時給我餵過藥，沒想到，這都過了好幾年了，還沒嫌棄我，給我餵茶喝，料是再過些許年，怕也是不會嫌我人老珠黃的吧？」
汪永昭聽得半轉過身，斜眼朝她看過去，對她哼了一聲，這才揮袖離去。
背後，傳來了她格格笑著的輕笑聲，汪永昭聽得搖搖頭，嘴角卻微微翹了起來。
跟在他旁邊的江小山看見了，在心裡腹誹：就是高興也不會笑給夫人看！若不是夫人好脾氣，心疼您，誰還會天天對著張棺材臉笑啊？

十一月時，汪懷慕已背得了詩詞近三百首了，首首都能默寫一遍，論起先人的詩詞，便自有他的一番理解。
那瞎眼大夫很是歡喜他，與懷慕相處過一段時間後，也不來跟張小碗拌嘴打發時日了，而是搬去了甄先生那兒，白間陪得懷慕唸書，夜間與甄先生小酌幾杯，著點從張小碗那兒討來的小菜，那小日子過得甚是不亦樂乎。
汪懷慕自此多了個陪著他唸書的老書僮，也從他那兒習了一些別的本事，自然也免不了告訴張小碗。
這日夕間，母子倆在等汪永昭回來用晚膳的間隙，張小碗看得懷慕給她展示他新習來的手上技法，他那熟悉的打結方式讓張小碗心裡猛地一驚，待問過懷慕後，她把懷慕交給了萍婆子，帶著七婆去了那兩老先生那兒。
待問過，知這位先生是凌家那兩人的師傅後，張小碗半會兒都沒說出話來。
「若不是那兩個蠢小子說妳是個心善的，妳當我願意來救妳？」瞎眼大夫很是震怒地道。

「您……」想起凌家與汪家的仇，張小碗話到嘴邊又嚥了下去。

「想說啥？」

「您還是走吧。」

「走什麼走？是妳兒子求我的，我還救過妳兒子，怎麼地，汪夫人想忘恩負義，要趕老頭兒走了？」

「您這說的什麼話？」張小碗也算是明白了為什麼老先生跟她說話一直都話中帶刺了，任誰救仇人之婦都不會有好臉色吧？也不知懷善是怎樣認識的他？

「不走！」老頭子大聲地道。

「不走就不走吧。」那門邊，響起了汪永昭冷淡的聲音。

「老爺。」張小碗扶著桌子欲要站起來。

汪永昭大步過來攔下她，掀袍在她旁邊的凳子上坐下，對她淡淡地道：「他不是凌家人，只與凌家有一點淵源。」

「哼，不是個好東西！」瞎眼大夫對著一角吐了口口水，還喃喃自語道：「也不知這小媳婦是不是跟老頭我一樣瞎了眼，才找了這麼個滿身血債的人嫁！」

汪永昭聽得面不改色，依舊對張小碗淡淡地說：「凌家三人已入西域，想來，他們也不敢回來。」

「什麼不敢回來？還怕你不成?!」瞎眼大夫從凳子上跳了起來，差點撞上牆壁旁擱置筆墨紙硯的小桌。

「小心著點！」張小碗急急地伸手，見得他快摔倒，驚呼出聲，所幸這時七婆掠步上前扶住了他。

汪永昭見她嚇得拍胸，冷哼了一聲。

張小碗朝他「哎」了一聲，伸手扶住他的手臂。「您怎地先前不告訴我？要知您……」想到他病急時，她找的都是這瞎眼大夫，要是那時有個什麼差池……

一想，張小碗不由得一陣後怕。

「妳這小媳婦怎麼這麼小心眼？」瞎眼大夫一站定，聽得張小碗的話後更是怒氣沖沖。「要不是我的方子，他能活得過來？」

張小碗見他一臉好鬥，非要跟她爭個你死我活的表情，當下沒有遲疑，扶著汪永昭的手臂起了身，拉著汪永昭就走，頗有點落荒而逃的意味。

「這人妳也怕？」汪永昭卻是不快，還沒走出門就開了口。

「我不怕，我誰都不怕。」張小碗拿他頭疼。「只是要是留得了他，我便想留住，待把肚裡的孩兒生下了，您就看著我親手趕了他走吧。」

聽著她明顯敷衍的話，汪永昭瞪了她一眼，這時見他步子太快也帶著她快走了幾步，便又慢下了步伐，帶著她慢走了下來。

「唉……」張小碗喘過氣，嘴角的話一時沒忍住就出了口。「您啊您，什麼事都知道，卻是什麼事都是我不問您，您就不跟我說，哪天要是真嚇著了我，我看您怎辦。」

汪永昭一聽，回過頭看她一眼，口氣很是不耐煩。「妳一個婦道人家，知那麼多做什麼？家中有我，還能讓妳有什麼事不成？」

他口氣裡滿是凶惡，但他說歸是這般說，他的雙手這時卻已摟上了她的腰，扶著她下了那階梯，這才鬆下了一手，而放在她右側的手卻沒有放下，依舊搭在她的腰腹間。

十一月的邊漠陡然冷得厲害，這日一大早醒來，張小碗突覺這溫度怕是降了甚多了，顧不得汪永昭惱著道她莫下床，她還是披了棉被，拖著大大的被子去翻了箱子，把厚襖衣尋了出來。

「這是做什麼？」汪永昭不快。

「外邊兒冷。」

「我不怕。」

「還是多穿些。」張小碗把襖衣放置到一邊，又尋了那黑色的厚袍出來，腰帶也挑了那條暗花配金線的，很是顯眼。

她裹著棉被給汪永昭從頭到腳都穿戴好了，才吁了口氣，打了個哈欠，往床榻慢慢走去，待到了床邊，摸著床沿上了那床，又偎進那燒了地龍的溫暖床榻。

「沒規沒矩！」汪永昭冷斥道。

「您著了熱粥再去，我讓人煨了參粥，您要多喝兩碗……」張小碗說罷，便把頭依在了枕頭間，又沈沈睡了過去。

汪永昭站在原地半會兒，聽得她輕淺的呼吸，這才輕邁了腳，去了床邊，給她掖了掖被子，又把她頰邊的頭髮撥到了耳後，這才輕步出了內屋的門。

待走到外屋的門邊，他對婆子淡語道：「過得一炷香就去給她掖掖被子，莫冷得了夫人。」

「是。」萍婆子福身。

汪永昭「嗯」了一聲，又回過頭朝得內屋看了一眼，這才往堂屋走去。

待到了十一月，張小碗才真知這邊漠是苦寒之地，那外頭她現下是一步都不敢出去了，因那寒風一吹，她腦袋便刺骨地疼。

料想汪永昭這大病過後的身子骨兒也不像以往那般好，她也是細心照料著，有了汪永昭，再有得懷慕費心，張小碗這日子也是輕鬆不起來。

她有時想，自己是心太重了才這般放不下、那般也放不下，但有時她卻萬萬不敢鬆懈了，家中的事她是鬆不得的，要不然人一放鬆，待出事了再繃緊，到時就為時已晚了。

婦人之責，她既挑起了這個擔子，便得擔著，不能撂挑子。

她照看著家中的這一老一少，還有自個兒肚中的，就已是費了相當大的心神，所幸外頭這時平平安安的，就是懷善的信來，說的也都是有趣之事，她便放下了心。

雖然隱約中她也知這是汪永昭瞞了她的結果，但張小碗讓自己信了，因她也自知，她心神不能再耗損，再多耗一些，這在她肚中日益調皮的孩子會不依的，她會熬不住生下這過於健壯的孩子。

漠邊的第一個年，張小碗都沒出一步的門，但大年三十日這天，她硬是坐在了燒得暖暖的堂屋中，見了汪永昭手下大大小小官員的家中母親與妻子，與她們聊得幾句，也賞了銀兩與什物。

一天熬過，當晚她躺在床上跟汪永昭說：「今年只能做得這些了，待來年，我再做得好些吧。」

汪永昭「嗯」了一聲，等她睡後，他就著燈火看了她的臉好半晌，沒弄明白，她明明已做得甚好，卻還道自己所做不多？

不過，待來年再做得好些？那他便等著吧。

張小碗是二月十八日生的懷仁，生孩子那晚，下腹墜疼那時，她還算鎮定，招手叫來了站在一角的萍婆扶她去產房，當時坐在她身邊的汪永昭等她站起後才站得起來，還失手打翻了桌上的油燈，當時，他們的內屋一片黑暗，還是張小碗往外叫了七婆點燈進來。

懷仁是子時出生的，出生後，他大聲啼哭，響透了屋子，張小碗疼得眼睛都睜不開，但聽得嘹亮的聲音，當即就笑了。

待她醒後，從萍婆子嘴裡得知，自孩兒出生後，除了讓奶娘餵了一次奶，汪永昭便把孩子抱在了手中，一直未離手。

「把懷仁抱過來，讓我看看。」張小碗吩咐了下去，但沒多時，汪永昭便抱了孩子進了屋子。

大鳳朝規矩，婦人生產三日之內，男子不得入內，因此看得他進來，張小碗忙轟人。「進不得、進不得！」

汪永昭卻是未理會她，嘴邊噙著笑朝她走去，在床邊坐下後，抱了孩兒到她面前。「妳看看……」

張小碗一看，看著小兒那小鼻子、小嘴唇，還有閉上的眼睛和有些泛紅的臉，看了好一會兒，才抬頭看汪永昭。

「可有看到？懷仁的眼睛與嘴唇，還有鼻子，與妳一模一樣。」汪永昭說時，聲音是慢的，但眼睛卻亮得厲害。

張小碗看看眼睛根本未曾睜開、嘴唇與鼻子也沒有長開的小兒的臉，只得笑著點了點頭。

見她什麼也不說，汪永昭看了她一眼，張小碗見狀，朝得他微微一笑。

汪永昭見她的笑臉裡全是他的影子，當即便什麼也未再說了，只是把小兒放在了她的身邊，隨即他壓下了身，頭垂在了她的身前，與她輕聲地說道：「他叫懷仁，字子摯。」

張小碗看著他近在眼前的臉，輕輕地點了下頭。「我知了。」

是真摯、摯誠，還是摯愛。與孟先生曾談過書中字意的張小碗知道，這摯在大鳳朝也好，還是在夏朝也罷，就連在大鳳朝南邊的軒轅朝，這字都是極其重要的字，一般人家根本不敢用上。

聽聞很久以前的時候，有位一統三國的先皇的字便有這「摯」字在其中。

汪永昭用了這字當懷仁的字，這已是膽大妄為了，哪怕是日後，汪永昭未必會告訴他這個兒子他的字，而她更是不可能把這字告訴他。

現在汪永昭說來給她聽，無非是要告訴她，她給他生的兒子有多珍貴，他有多歡喜。

這便夠了。

生死之後，能得來他這些情意，也不枉她再拚了一場。

張小碗坐月子期間，陸續得知了一些外面的事，有些事是聞管家與她說的，有些是瞎眼大夫嘮叨給她聽的，還有些是江小山抱怨著給她知的。

聽來聽去，她也算是知道，在她生產的這段時日，外頭出了很多的大事，如：婉和公主到了雲州長雲縣，當即就傳出了有喜的消息；江南有名的蔡家布坊在沙河鎮開了布坊；善王在夏朝國內剿殺了一批叛賊，皇上封賞的聖旨正往得這雲、滄兩州而來。

月子過後，三月下旬的漠邊不再像正月前後那麼嚴寒，張小碗這日下了地，沐浴一番，上了點淡妝，亭亭立在汪永昭面前時，汪永昭當即就傻了眼。

他不知這幾個月過去，昔日那冷硬粗魯的婦人竟成了如此嬌豔的模樣。

「怎地？」穿了淺綠淡粉小襖裙的張小碗瞧他愣愣地看她，不由得笑著道：「還是入不得您的眼嗎？」

汪永昭一聽就惱了，皺起了眉。

張小碗卻往他跟前走了過去，給他整理了一下身上的藍色厚袍，看著他的眼道：「我知司馬將軍給您下了帖，請您共議軍中之事，也讓我順道跟隨您去探望公主一番吧？年前、年後，因我生產之事，您已推託了兩次，這次便讓我跟了您去吧？」

「懷仁尚小，不用妳去。」汪永昭捏著她的下巴抬起了她的臉，大手掀起了她的裙，抓住她的褲子一扯，便把她的綢褲撕了下來。

張小碗輕吟了一聲，當他的手指頭鑽進去後，她小聲地叫了兩聲，過後，她便被他壓到了床上。

當晚，張小碗無暇再想其他。

第二日，汪永昭起身後，一派神清氣爽，還把隨身帶的那一袋金錁子全賞給了江小山，樂得江小山那一天為他跑前跑後，心裡半句怨言也沒有，哪怕因手腳過慢被汪永昭冷瞪了一眼，他也真心覺得他家大人甚是英明。

張小碗當天便在床上躺了大半天，夕間在外屋用了膳，這才去了堂屋，迎著下學的汪懷慕過來。

酉時末，汪懷慕就急跑到了後院，見得了張小碗後，恭敬地與她施了一禮，這才讓萍婆子抱了他到椅子上坐著，讓懷仁的奶娘把懷中的懷仁抱給了他。

他小心地抱入了懷中，小聲地哄著他道：「懷仁乖，讓二哥抱抱，待你稍大些，二哥便教你認字、習字。」

他悄聲與懷仁說得一會兒，懷仁在他說完後，睜開了黑亮清澈的眼，朝他無聲地吱呀了好幾聲誰也聽不懂的話，他這小嘴微微一張一合，看在汪懷慕眼裡卻樂得驚喜地迭聲叫著懷仁的名字，道他好乖、好聰慧，最後才戀戀不捨地把懷仁還給了奶娘。

奶娘這才小心地把孩子抱過，抱到了張小碗的懷裡。

未得多時，汪永昭便從前院大步回了後院，從張小碗手中抱過了懷仁，直到膳間，懷仁都一直在他懷中。

當晚，萍婆子與奶娘去得了隔屋照顧懷仁，張小碗又被汪永昭壓了半夜，待她全身濕透後，被褥也濕了，她輕撫了汪永昭滿是汗水的臉，悄聲道：「就這般急了您？」

這時歇在她體內、頭還低在她的眼前重重喘氣的汪永昭聽得輕哼了一聲，便又低下了頭，重重地吻上了她的唇。

第三十七章

這段時日，張小碗把以前宮中女醫的方子說給瞎眼大夫聽了聽，讓他按著方子改良了一下，一直在用著幾個養顏補血的方子。

她用的方子，孕前、孕後有些許不同，孕前吃的都是大豆之類的食補，孕後的用藥就要昂貴了些，其中一道珍珠藥，口服的、用的都是最上乘的南海珍珠，是從最南邊的軒轅朝得來的，一粒就是尋常人家好幾年的用度。

要換成以前，張小碗哪用得起？就是在尚書府那幾年，光景好上了許多，她也是不敢用的。

現下不同往日，她自衡量她是用得起了，這庫房原本存得的二十顆南海珍珠便歸了她，饒是如此，汪永昭又為她找來了三十多顆，這五十來顆的珍珠磨成了粉，夠她吃上大半年。

之後聽聞汪永昭又找了人，幫她去尋這物。

庫房那些次等一點的，先前也都磨成了粉，懷孕之前那段時日張小碗拿著外用，懷孕後停了一段時日，現下又重新用上了，還是全敷在了臉上。

這其實也是極奢侈之物了，張小碗知道就是以前的相爺夫人，一年也不過得上一串二十顆的南海珍珠。

坐月子期間，她也跟瞎眼大夫商量著用藥，太油膩的沒吃多少，都光吃滋補的藥物和排毒的吃食了，其中庫房的那些稀罕藥物，但凡是她與大夫商量過後的，能用到自己身上的都用了，現下這四十來個坐月子的時日一過，她整個人也算煥然一新。

以前張小碗沒多少心思打扮自己，哪怕住進尚書府後也注重了保養，但平日也是以大方得體為重，甚少打扮得格外突出，除非是出外見那些官員夫人，為免讓人輕看了善王去，也不想給汪永昭丟人，才會在那些日子裡打扮得光彩照人些。

她比不得別人得天獨厚、國色天香，但底子也算不錯，要是打扮得宜，六、七十分的姿色要修飾出九十分來，那也是可行的。

而現下，她有了年歲了，日子不同以往，她算是已經攀附在了汪永昭這棵大樹上，按她嫡妻的身分，用不著上演以色惑人這一齣，但這出去見他下面官員的女眷也好，還是見些旁的婦人也罷，她光彩照人一些，這也是給汪永昭長臉，也讓旁的人看著心裡有個數，不比她出色個幾分的，就別老想著要送到都府裡頭來了。

張小碗判斷著形勢，覺得這該是她露一點崢嶸的時候了，她也已走到了這個分上，又多了兩個孩子的未來要謀劃，只能進不能退。

張小碗用府裡多少的什物，汪永昭是不管的，倒是她用什麼用得多些，得了聞管家的信，他便會再多尋些回來。

三月下旬還沒出月子，得知節鎮有了說是名聲甚是響亮的蔡家布坊後，張小碗便要縫製春衫。

她要的顏色很是講究，蔡家布坊的人來了好幾次，染出來的幾種顏色都不合她的意，她便讓染坊師傅重染。

那些她沒中意的布料，她也都買了，但沒放進庫房，只是找了幾位判官的女眷過來喝茶，把布料搬出來，讓她們只要不嫌棄，把看中的挑回去就好。

幾位判官老夫人、夫人都找著了甚是喜歡的布，便喜出望外地抱了自己要的。布料不多，但顏色夠多，一人拿了幾種不同顏色的，回去能做得了好幾身新裳，這些夫人簡直就是愛上了來都府喝茶，因著每次回去，節度使夫人可不會讓她們空手而回。

待張小碗要到了自己想要的顏色，做出了幾件新裳出來，也真是每個顏色都襯得她的人更出色了一些。

她甚會打扮，汪永昭以前多少知道一點，但這小半個月見得她把淺綠、粉紫的顏色穿在身上，每天都情不自禁要多看她幾眼。

月子過後，張小碗也確是忙碌了起來，自身的事不必說要費些時辰，家中又多了個老拿著眼睛骨碌碌地跟隨著她的孩兒，她也離不得他身邊多時，要是久了，小懷仁醒來尋她一陣尋不著人，便會扯開嗓子哭。

不過他卻不黏她，不一定非要她抱；但只要汪永昭回來一抱他，他便立馬對著汪永昭笑得甚歡，手舞足蹈的。

汪永昭也很愛抱他，夜間張小碗要是歇得早，不陪他說話，他便去隔房把孩子抱來，放到身邊讓他跟著他們一起睡。

四月初過得幾日，汪永昭就要去那雲州長雲縣見公主、駙馬了，出發之前他在房中來回踱步，時不時看看抱著汪懷仁的張小碗幾眼，看得乖乖坐在凳子上的汪懷慕，眼睛不停地跟著他的爹爹來回打轉，甚是辛苦。

可汪永昭還是一言不發地走了，張小碗送他到前院大門口時，汪永昭又看得她一眼，回頭抱起懷慕，叮囑了他幾句要好好唸書、習字的話，這才上了馬，揚鞭而去。

張小碗待到他帶著一群人沒了蹤影，這才拉著懷慕，讓奶娘抱著懷仁回後院。可她剛吩咐完話，才走得兩步，就又聽到了越來越近的馬蹄聲急急而來。

她回過頭，看到了汪永昭的戰馬。

馬背上的男人騎著馬兒一躍上了臺階，同時馬韁大力往上拉，止住了馬，居高臨下地對她說：「遮帕就算是在府中都不要摘，我不在，不許出這府門。」

「聞叔。」他盯著張小碗，叫起了聞管家。

「老爺。」

「這後院，除了夫人的幾個婆子，還有門前的護衛，誰都不許進。」

「是，老奴知道。」聞管家連忙作了揖。

汪永昭說罷，又盯了那臉上覆著遮帕的張小碗一眼，這才又策馬而去。

張小碗等了一會兒，沒見他再回來，便搖搖頭，牽了汪懷慕，讓奶娘跟在身邊回她的後院。

途中，汪懷慕若有所思地說：「娘，剛剛爹爹都沒看我。」

張小碗聽罷，彎腰抱了他起來，笑著與他道：「那他坐在馬上的樣子可威風？」

「威風！」單純的汪懷慕刹那被她轉移了心思，喜孜孜地道：「甚是威風！馬兒好高，父親大人看著也甚高大！娘，爹爹真是好生威猛，孩兒長大後，要是如他一般，該是多好。」說到這兒，他輕輕嘆了口氣，感慨地道：「是懷慕太矮了，都沒有馬兒高，難怪爹爹看不到我。」

張小碗聽得發笑，隔著帕子親吻了他的額頭。

看著母親眼裡的笑，覺得自己被珍愛的汪懷慕便不好意思地笑了起來，雙手抱住了她的脖子，親暱地把頭埋在了她的頸窩處。

過得一會兒，他在他母親的耳邊小聲地道：「娘，孩兒、孩兒……」說至此，小小年紀的汪懷慕無法表述出心中的歡喜，只得低低地、滿是歡喜地嘆了口氣。

張小碗一手托著他的小屁股，一手按著他的背，抱著懷中已然長大了不少的二兒子，再偏得頭去看奶娘懷中那眨著大眼睛一閃一閃看著她的小兒，她那在遮帕下的臉便微微地笑了起來。

這一切都是值得的，他們帶給了她這麼多歡愉，她理應全力以赴照顧他們、教養他們，好對得起他們對她天生而來的依戀。

那些當時覺得難以忍受的，咬咬牙便過了。

她活著，只是為了她與她的孩子更好的未來。

四月只得中旬，汪永昭便騎馬而歸，同時回府的還有十來輛馬車，車上居然全是張小碗平時常用之物。

幾個婆子看得十來輛馬車都驚了眼，張小碗讓她們噤了口，一句也不得往外說。

內院只得張小碗一個正妻，放置什物時也沒什麼外人，而汪永昭身邊之人皆是他的心腹，他們品性都追隨了汪永昭，任誰都不是多嘴之人，所以張小碗也很是放心，不擔心他們把話傳到外頭去。

汪永昭寵愛她，這是好事，但過於寵愛，傳到了別人的耳中，便不是什麼好事了，易讓人嚼他的舌根。

張小碗更知道，凡事要謹慎為上，說明白點，人心難測，誰知這背後有多少人嫉恨她得寵的？就算是這邊寒之地，這裡哪怕是汪永昭的節鎮、汪永昭的地盤，又何曾少得了那些盯著他的眼睛？

所以汪永昭這好，真好在了她身上就好，太多的好，還是別讓人知道。

好過了頭，那便不再是好，而是成了是非。

至於外面那些跟她欲要攀比、心比天高的夫人及小姐們，她要是真想對付，也最好按得了她自己的本事去對付，依靠男人的寵愛去對付，終不是長久之計。

汪永昭這次回來後，有些人便上門了，張小碗便也見了那幾個別有用心、帶著自家小姐而來的夫人。

夫人、小姐來了，自然是按著她規定的時辰來接見，誰都甭想與汪永昭在她的府裡來個偶遇。

自然，她也打扮得光豔照人地端坐在堂屋主位，任誰來了，張小碗用著她的冷眼上下掃視一下對方的穿戴，要是誰家寒酸一點的，她便會冷笑一聲，讓人鬥志昂揚地來、灰心喪氣地走。

更別說，當張小碗真要見這些別有用心的人了，見過人之後，她才知覬覦這都府富貴的人不僅是那些有美貌的閨閣小姐，就是那容貌平常的，自也有那熊膽上門拜見，欲求麻雀飛上枝頭當鳳凰。

對此，張小碗不禁私下裡與婆子笑嘆道：「哪怕是現下，半夜老爺醒來看著我這大手粗腳的都要嫌我了，這幾個模樣不如我的，老爺要是真收了，我便要吃了那熊心豹子膽，定要鼓足了膽氣去說上他一番！家中那般傾國傾城的姨娘不帶來，偏要找了這等姿色的，外人還道我們汪府家中無上得了檯面的女眷呢！」

她這話也是與婆子調侃著說的，但不知怎地，也不知被哪個隔牆偷聽的護衛聽了，傳到了汪永昭耳裡。

當夜，張小碗被汪永昭準時半夜鬧了起來，硬是把她從她的粗腳到大手都譏諷、作弄了一番，她那腳、那手都被汪永昭拿去做得了那等事。

張小碗這才又念起汪永昭那睚眥必報的性子，之後就不敢再拿這等話消遣汪永昭了。

這年五月過後，是張小碗來到邊漠的第二年，這時天氣已快褪去寒冷，欲要進入夏季。春天的山花已然開遍了，快要凋零。

汪永昭把懷仁交給了懷慕照顧，又留下了江小山，沒帶侍衛，隻身帶著張小碗去了滄州的大山。

張小碗是第一次進入這北方的大山，頭兩天，她只是跟在汪永昭的身後步步小心，等心裡有了數，她便像個遊刃有餘的老獵手般穿梭在其中，無論是打獵還是尋那草藥，用不得多時，她找回了她的身手。

汪永昭便也再次嚐得了張小碗在野外做的食物，也發現她在山間警覺冷酷的本能，就跟當初她拉弓對上他的胸口那般漠然鎮定，無一點情緒。

汪永昭也再次知道，她離得他很遠。

這麼多年了，他盯著她看了又看，還是沒有看透她。

來到滄州大山的第三夜，他們歇在了臨時找到的洞穴，洞穴裡滿是先前動物留下的屎尿味；張小碗央求著汪永昭去砍了一棵香樹，她去找了枯枝，回頭把香樹燃了，熏走了洞穴裡的味道，又拿了臨時用枯草綁好做成的掃帚，掃了地上的髒物。

回過頭，再燃了香樹烤野物，味道另有一番滋味，洞穴裡的味道便又好聞了甚多。

香樹除異味、安神又能熏食的功能，是她與小老虎時常在山間穿梭那段時日偶然間得來的，張小碗前日說給了汪永昭聽，這日便不再說這事，便跟汪永昭說起了明日去尋上何物回去給兩小兒的事了。

她一直慢慢地說著很多事，說著她見過的植物，說她幫路邊那小小無名白花取的名兒，她說得很是緩慢，有些事情要想上一會兒才能續道，但汪永昭也不催促她，更不打斷她，只是目光專注地看著她，聽她慢慢說著。

等到她說得累了，他便把她抱在懷裡，給她蓋上他的厚袍，看得她閉眼沈睡後，再從包袱裡拿出藥膏，緩慢將藥搽在她那雙比尋常婦人要粗大一些的手上。

她這兩年背著他、對著下人說過兩次他嫌她的手腳醜陋不堪。說來，她的手腳不是很纖細，但也不是很難看，尤其在這麼些年後，他已經不再覺得這有何難看的了。

她不知，她的手拉弓弦時那骨節分明的模樣，美得令他心醉。

深夜時分，她更是用這手這腳纏上他的身、他的心，他又怎可能真覺得難看？有時他半夜驚醒憤怒，不過是惱她什麼都不知道，卻睡得那般安然……

他們只在滄州的大山裡過得了五日，便與尋來的護衛會合，回了沙河鎮。

路上，張小碗與汪永昭共騎一馬，快馬奔騰，烈風中誰也無暇說話。

待快要進入白羊鎮，速度慢下來之時，張小碗回過頭，與汪永昭輕聲地道：「您的功高都是您的勞苦換來的，妾身無甚能耐，時至今日，便願能有那個福分，與您一同進退。」

汪永昭聽得嘴角翹起。「這哪是什麼福分？」

一同進退？哪日抄家，她與她那大兒子，按靖皇的胸襟，他們哪能逃得了？這便是她說的福分？

「您照拂了妾身，給了妾身安身之所，這府中的何事何物皆隨了妾身之意，這便是您給妾身的福分。」張小碗淡笑著說：「哪日您去得了他處，要是不嫌棄妾身，就讓妾身跟隨了您去吧。只是孩兒自有他們的命數，便不讓他們陪您了，就由妾身陪您去。」

汪永昭聽得當下無話，大力驅趕了身下戰馬，讓牠閃電般向前馳騁。

當晚，在那白羊鎮，在陌生的驛站裡，汪永昭把頭靠在她的頸項間，這晚，他睡得甚是香甜。

張小碗早間醒得甚早，看著窗邊那射進來的初陽，她想，世間的人莫過於都是這樣，誰都為七情六慾所苦，這人世歷程，但凡是人，怕是誰都在熬著過。

所以，莫怪人只貪戀現下溫柔，不眷前情。

五月下旬，前方來報，說是婉和公主奉聖上旨意，六月要與駙馬司馬將軍來沙河鎮探望汪節度使。

沙河鎮不少百姓奔相走告，歡欣鼓舞。

他們有公主的座駕入鎮的光景可看，自然不會深思這背後的深意。

汪節度使也是個奇人，自不會迎這他看不上的公主入都府住，另把一處別宅做了行宮，待公主到了，就把她迎入此處。

張小碗忙於看汪永昭給她的一些信件，把公主明瞭個通通透透，看過後，她背後都冒出了一身冷汗。

這冷汗不是為公主流的，而是為自己流的。

婉和公主就算是個公主，可她在宮中何時出的恭、哪時抹的胭脂，也被那有心之人通報了出來。

公主何時相會了相爺公子、何時做得何事，在汪永昭給她的信件中也全都有記載。

這些詳細的記錄，說來是汪永昭盯梢的能耐，又何嘗不是說明了在公主的背後，有多少雙眼睛盯著她在幹什麼事？

難怪那夜，靖鳳皇后看著她的眼睛是那般悲哀，她怕是明白，她走後，她這女兒必是鬥不過這骯髒的世道。

張小碗前半生說話都說半句、留半句，哪怕是如此，她還是為自己出了一身冷汗。

若是在那早時，她不識時務，她與她的小老虎，怕也是成了誰人都不知的枯骨吧？

世道如此殘酷，越是繁華富貴的，背後越不知有多少眼睛在盯著。

張小碗當晚看得心都是顫的，半夜她被惡夢驚醒，回頭看得汪永昭緊緊地盯住她，眼睛有著焦急的探問，她一時沒有忍住，竟在他懷中後怕地哭了。

她哭過好一會兒，流了許多淚，緊緊抓住汪永昭胸前衣襟的手一鬆，便沈睡了過去。

她安心睡了過去，汪永昭卻猜測了半晌，不知他與她的大兒子之中，是何事費了她的心神？

想來想去，道她是怕那婉和公主來給她添堵，當下便有所決定了。

第二日晚間，在雲州欲進節鎮的三百里外，婉和公主下榻處的驛站裡，一個甚合駙馬心意的婢女便與駙馬爺歇在了外榻處。

五月二十一日，當身懷六甲的婉和公主與駙馬不遠千里、奉皇帝旨意前來探望節度使的這日，公主在馬車上，硬是讓前來迎她的節度使夫人汪張氏，在五月邊漠的大風中站著等，未曾下車。

汪永昭幾次派人前去，公主的車廂都無聲響。

鎮口不遠處踮起腳尖往那邊探的民眾早已被兵卒驅散，汪永昭先迎的駙馬入府，等了又等，也沒等來按公主所求前去迎接的人。

他打發人出去探過了幾次，下人回來，帶回來的消息皆是夫人還在風口站著。

第三次派人出去探看後，汪永昭放下手中的茶杯，嘴角微翹了翹。

看著他嘴角泛起了冷笑，坐在上首的駙馬突然站了起來，道：「我去看看。」

「駙馬有禮。」汪永昭淡淡一笑站起，跟在了他的身後。

兩人騎馬帶人前往公主車馬處，已是兩個時辰後。

節鎮裡的人都已知道，不知節度使夫人做了何事，讓公主罰她的站。說來，節鎮裡的人多少都受過節度使夫人的好，再想想那從沒見過的尊貴公主此番做派，心裡也難免犯起了嘀咕。

這廂節鎮不少人私下裡替張小碗抱不平，那廂駙馬與汪永昭策馬了半炷香，快到鎮口時，遠遠地就看到了鎮門口的石門前，節度使夫人低著頭站著，紋絲不動。

那被四匹馬拉著的大馬車還橫立在鎮門前，這時馬兒動彈了幾下，被拉韁繩的車伕緊了緊手，便又安靜了下來。

「請公主安。」駙馬下馬，大步踏到了馬車前，拱手作揖道。

汪永昭這時站在了張小碗的身邊，眼睛定定地看著垂著頭、臉上遮了帕、看不清臉的婦人。

「請公主安。」他雙手朝前一拱，眼睛卻還是看著張小碗。

張小碗聽得抬起頭，朝他眨了眨眼。

「駙馬。」這時，一個婆子輕掀了厚簾鑽了出來，給駙馬施了禮。

「長婆婆，公主的馬車怎地不動？」駙馬訝異地道。

「公主一路奔波，剛說噁心，吃了宮中的安胎丸，想等肚子裡的孩兒好些了再上路。您知那藥催眠，她現下正睡著，您看，是不是等她醒了再前去請示？」婆子垂著頭低低地答道，她壓著聲音，似是怕驚醒了馬車上的人一般。

「是嗎？」駙馬淡淡地回了一聲，聲音冰冷。

「長婆婆……」這時，馬車內突然傳來了一道微弱的女聲。

「公主，您醒了？可是奴婢擾了您？」婆子一聽聲響，立馬爬上了馬車，過得一會兒，她探頭揚聲道：「公主醒了，說讓汪節度使夫人久等了，她甚是愧疚，請夫人上馬車一敘。」

張小碗聽到了最後一句時，當即什麼話也不說，身子往旁邊晃了晃，隨即便迅速倒在了地上。

她緊緊地閉著眼睛，想來，吹了兩個時辰的風，依她這剛生產完不久的身子，說是昏倒了，誰也沒得話說。

反正公主的這馬車她是上不得的，這公主肚子裡有著孩子，到時要是出點什麼事，全推到她身上，那她就完了。

她剛倒下，就聽到了萍婆子的急叫聲，再一會兒，她就被熟悉的手臂抱在了懷裡，周圍的狂風也被擋下了，總算是在心裡鬆了口氣。

她也是看著汪永昭來了，站在了她的身邊，才敢倒得這麼踏實。若他不來，她要是倒了，又被抬上這馬車，誰知會出什麼事？

兩個時辰的進退不得，總算是再次熬過去了。

「公主，內人不適，這便送回府去醫治。」汪永昭抱著手中的人兒，冷冷地說完，眼睛朝得駙馬看去。

駙馬躲開他的眼神，微垂了頭，皺起了眉心，眼睛往那車內看去，滿臉不快。

「夫人病了？這怎生了得？快快送上車來，公主說她這兒有不少宮裡帶來的藥……」

「不必了，臣府中也有那聖手，就不浪費公主的宮中秘藥了！」汪永昭把最後的那句話咬得很緊，緊得就像從他的牙關裡擠出來一般。

「公主說，既便如此，那就快快去吧。」那縮回頭去的婆子又探出了頭。

汪永昭當即抱人轉身而去，那一刻，他的披風被大風吹在了空中急急地飄揚，司馬駙馬看著他那在風中飄蕩得甚是凌厲的披風，再看那頸上之人這時髮中那些亮得過於刺眼的銀髮，眼睛不禁急遽一縮。

這汪將軍，怕是不會善罷干休吧？

他轉過了頭，看了馬車一眼，不管這時那婆子又探出頭欲要跟他說話，他轉身急步到了他的馬前，翻身而上，朝得公主隨行的侍衛淡淡地道：「我這就回驛站，恭候公主大駕。」說罷，領人快馬而去，把身後的那個女人拋在了腦後。

就算她肚子裡的孩子是他的又如何？他總不能讓一個誰都知道不乾淨的女人生下他的長子！

一進自家馬車內，張小碗就醒了過來，任由汪永昭取下他的披風，從頭到尾把她包住，她則拿過婆子端來的薑湯一飲而盡，這才朝得這時冷著臉看著她的男人苦笑了一下。

「您可回府去瞧過？懷仁可哭了？」張小碗說出話來，才知自己的嗓子被風吹得已經啞得不成聲。

「夫人，您再喝點這個。」萍婆又把一杯剛泡好的蜜水遞給了她。

張小碗接過，拿著杯盞的手一時沒使上力，抖了一下。

她剛穩住手，杯子就被劫走了，這時汪永昭拿過了杯子，放到了她的嘴邊。

就著他的手喝了半杯，張小碗輕搖了搖頭，把嘴邊的杯盞推開。有了蜜水潤喉，這時她開口說話的聲音好了些許。「問您呢，可回去看過孩子了？」

看著操心府中孩兒的張小碗，汪永昭什麼也沒說，只是拿眼睛一直盯著她拿下了遮帕的臉看。

張小碗見他不語，無奈地嘆了口氣，便偎在了他的懷裡。

馬車跑得很快，過得一會兒回了府中就知情了。

待回到府裡，張小碗這才知懷仁已哭上一個時辰了，哭得上氣不接下氣，卻還是在那兒流淚。

張小碗還在屋子外面時聽得他的抽泣聲就已心酸，等到了屋中，急抱過他，看他邊哭邊拿著眼睛盯她，慢慢地哭聲便歇了一點下來，她這才長吐了一口氣，把心底的心酸壓了下去。

這時，七婆紅著眼來道：「您離開後的半個時辰就哭上了，抱進了您的房，放在了床上，才停了一會兒，可躺上一陣就又哭上了，直哭到現在。」

張小碗「嗯」了一聲，勉強地朝她笑了笑，接過她手中的溫帕，小心地給孩子拭了臉。

剛停在門外吩咐事情的汪永昭走了進來，看得她的強笑，一言不發地走了過去，待她把孩子的臉拭淨後，他便把孩子抱到了手中。

看到他，汪懷仁這「無齒之徒」當即就張了嘴笑，露出了肉肉的粉紅牙床，與他臉上現在的紅眼睛、紅鼻子襯得一塊兒。

「就說妳病了，沒個十天半個月的好不了。」汪永昭低首看著孩子，掩了鼻間的酸楚，面色淡然地道。

「知了。」張小碗探過頭，看到孩子在笑，她一直繃緊的嘴角才鬆懈了下來。

見她臉色不再那麼勉強，汪永昭伸出一手在她臉上輕撫了撫，手指探過她還有些微涼的臉，才又淡淡地道：「老瞎子來請過脈後，妳便泡了熱水，去床上歇著，懷仁我會親手帶著。」

「知道了。」張小碗話剛落音，瞎眼大夫就已過來。

大夫請過脈，開了道方子。

隨後張小碗便是沐浴、喝藥、歇息。

張小碗一覺歇到了酉時。太陽落山之際，醒來梳妝要去那堂屋時，八婆從外頭走了進來，走到她身邊，在她的耳邊悄聲地道——

「公主來府探望您，剛被老爺請了回去，已出了府門。」

張小碗聽了沒有聲響，等簪好頭上的金釵，她起身往門外走，嘴裡同時道：「叫聞管家來見我。」

見她一臉漠然，跟在她身後的八婆垂首應了一聲「是」，就急步往得前院走去。

聞管家一到堂屋，請他坐下後，張小碗便直接地與他道：「老爺這幾天做了何事，您給我說一下，我心裡好有個譜。」

聞管家腰一直，思索了一會兒，便把前兩日汪永昭所吩咐下去的事和今天剛吩咐下去的事都說給了張小碗聽。

前幾天是送上了個女人，現下是欲要把那牛羊產下的死屍拋到她所住之處。

張小碗聽得心裡發寒，她這丈夫果然不愧為常打勝仗的武將，最擅長往別人最疼的地方動刀子。

叫來聞管家，她本是要想出法子，對這甚喜給她下軟刀子的公主迎上一迎，但聽過聞管家的話後，她又啞口失聲。

她怕是做不到比他更狠了。

隔了兩天，這日上午，七婆從外面小步急跑了進來，對在堂屋裡做針線活兒的張小碗施了一禮，上前喘著氣道：「公主似有落胎之象，她身邊的婆子過來請我們府裡的大夫，現下老爺不在，聞管家把她請在了小側屋裡喝茶。」

張小碗拿了茶杯倒了杯水給她，看得她喝下後才道：「去差人叫老爺了？」

「差了、差了！」七婆連連點頭。

「找個凳子坐著歇會兒。」張小碗別了別鬢邊的髮，朝她揮了一下手，淡淡地說。

「知了。」七婆在八婆旁邊坐下，這才坐著歇了會兒氣，又道：「夫人，您看，都上門請人來了。」

「嗯。」張小碗傾過身，看了八婆手中抱著的懷仁，見他睡得甚是香甜，這才漫不經心地回道：「她想請就請吧。」

至於請不請得著，就是另一回事了。

汪永昭是不會讓瞎眼大夫過去的，一是他與凌家有淵源；二來，這大夫是善王給她找來瞧身體的，誰知公主又在打什麼主意？

這公主，真是不消停。

如張小碗所料，汪永昭回來後，沒讓瞎眼大夫去看公主，而是給公主找了另一位名醫。

不料，公主那邊又派人來傳話。

來人見到了管家後，與聞管家道：「給汪夫人看病的大夫，大人都稱是聖手，公主體弱，望大人能請這位聖手前去探脈一番，還望大人答應。」

聞管家聽了滿臉肅容，拱手答道：「還請公主諒解，那大夫這幾日著了風寒，正躺在床上用藥，哪能讓他去衝撞公主？」

五月二十八日，沙河鎮清沙別府處。

婉和公主對著鏡中蒼白的人看得半晌，疲倦地轉過了臉，對站著的長婆婆道：「她不見我？」

「是下人說她成日咳嗽，吃了那藥後成天昏睡，不便見外客。」

「莫不是要死了吧？」婉和公主撫了撫突起的肚子，淡淡地道。

病得快要死了，才三番五次地不見她。

「公主……」長婆婆輕聲地叫了她一聲，但看到她的眼睛冷不丁地向她橫來，她就噤下了嘴裡的話。

公主還在介懷汪夫人昔日拒她為媳一事，可當時，公主已經跟人有了那等關係，這又如何怪得了汪夫人？

就算是怪，在京城中她也已掃過汪夫人的臉了；再說駙馬身邊的那女婢，那是汪大人派過來服侍的，誰都知道，在汪府裡當家作主的從來都是汪大人，這與那汪夫人有何干？

都是怪錯了人，為著一時之氣把人得罪了，現在駙馬爺要帶她回去了，她想見到人都難了。

「不見就不見吧，還真要求她不成？」婉和公主說到這兒，冷笑了起來。「給臉不要臉的東西！」

說罷，她轉過臉，看著鏡中哪怕浮腫了些也還是國色天香的那張臉，深吸了口氣，摸著肚中的孩子，咬著牙道：「孩兒你別怕，這次無論如何，娘都會生下你！」

「汪大人是不會讓您待在這兒的……」長婆婆硬著頭皮道。

婉和公主聽罷，冷眼瞪了她一眼。「他不會？我是公主，我以懷孕之身，奉父皇旨意前來探望他，現下身體欠安，想養上那麼些時日才走，難不成他還敢不許？」
見她語氣淩厲，長婆婆不敢再說話，欠腰低頭退下。
走至門邊時，她偷偷回過了點頭，看到公主眼角流下的淚水，長婆婆在心裡不由得嘆了口氣。
別說昔日的榮華富貴已成昨日空，公主的吃穿用度竟跟平常夫人無二了，更甚者是駙馬爺現在居然還不想要自己的親生孩兒！
汪大人心狠手辣，招招都揭那逝去的過往，提醒著駙馬爺，她不是貞婦。昨日不過廊中偶遇，駙馬爺一見到公主就掉頭而去，那般舉動真是刺人的心。
公主再如何也是皇后為皇上生的長公主，現竟落到連一個二品臣婦都拒見的境地，又何嘗不淒涼？
現下口氣還如此蠻橫，不過也是不想滅了自己僅餘的那點威風罷了。
說來，也是個可憐人。
長婆婆退到了院子門口，這時，突然又一陣大風吹來，她伸手擋了下臉，就見得一個宮女提著裙子跑了過來，看到她，嘴裡大叫道——
「長婆婆、長婆婆！不好了，駙馬爺說讓我們收拾東西，上馬車回長雲縣！」
「這，不是要後日才回嗎？」長婆婆趕緊拉住了她道。
「說是回長雲縣，有急事要辦。」宮女給她施過禮後，喘著氣道。
「什麼急事？」

「奴婢不知。」宮女搖頭。

「可公主的身體欠安啊！我去找駙馬爺說上一說。」

「您別去了……」宮女一臉欲要哭出來的表情，拉住了她的袖子哭道：「您就別去了！駙馬爺說了，公主要是不跟他回去的話，那就是他為夫失德，留不住公主，他即日就會上京向皇上自戕請罪！」

長婆婆聽得都傻了，愣在原地好半會兒都不知該如何反應。

這時，衣著單薄的婉和站在了廊下，大風把她未綰起的長髮吹得在空中亂舞，把她的臉都蓋住了。

「公主?!」長婆婆在發現了公主的宮女提示下，轉過了身，一看到她，馬上就跑了過去。「外邊這麼冷，您怎麼穿這麼少就出來了？」

婉和被她拉著進了門，等長婆婆給她披了狐毛披風，她摸了摸那上等的皮毛，不禁哈哈大笑了起來。「我真是個瘋子，這都快六月的天了，我居然披這狐毛的披風……」

長婆婆聽得默然，說來，這次出行她們也帶了很多衣物，只是不知為何，那放置衣物的櫃子竄進了許多老鼠，把衣裳咬壞了幾件，那櫃子裡也有那異味，公主便讓人一把火全燒了。

這披風還是因放在了內臥榻上之處，才逃過了一劫。

燒了就燒了吧，這是公主的尊嚴，可是燒過後，回到那長雲縣，公主得花銀錢再置那等花錢的什物了。

皇上給的那些嫁妝已明言讓駙馬爺幫管，她又哪有昔日那般要風得風、要雨得雨了？就是花上那千兩銀，也得給駙馬爺一個說得過去的說法，要不然，一頂奢侈鋪張的帽子罩到她的頭上，她這個失寵的公主，在夫家哪能討得了什麼好？

現在，她身體欠安，駙馬爺非要帶著她回去，他安的是什麼心，她們也是有數的，可是，她們還能如何？要是逼得駙馬爺上京請罪，公主和她肚子裡的孩子也還是會完。

「哈哈……都想讓我死是吧？」婉和大笑了一陣，她笑著，眼角卻掉下了大滴的淚水。「那我偏要活著，還定要活得好好的，誰也甭想看我的笑話！」

長婆婆跟著流淚，酸楚地叫了一聲。「公主……」

「我去寫信。」婉和擦了臉上的淚，笑著朝她道：「婆婆去幫我準備筆墨吧，我這快快寫了，妳幫我想辦法傳給那汪夫人。我給她道歉，她昔日受了我母后不少情，如今幫我一次，回頭讓我給她磕頭也成。」

長婆婆輕輕地道了聲「是」，去捧了那筆墨紙硯過來，看著她對著信紙發了一下呆，這才咬牙提筆疾書。

不得多時，婉和看著桌上她語氣甚是卑微的信，不由得譏笑地道：「沒想到，本宮竟有跟個村婦低聲下氣的一天！」

說罷，把信裝入了信封，交給了長婆婆，面無表情地道：「去吧。」

長婆婆朝她施了禮，退了出去。

長婆婆讓人駕著馬車送她到了都府，敲了門，等了好一會兒，才有個年輕管家朝得她急步走來，嘴裡充滿歉意地道：「讓婆婆久等了。」

「公主今日就要回長雲縣了，因著昔日皇后有句要說給汪夫人聽的話放在了公主這兒，公主這些時日一直沒見到她，在臨走之前，便差了我過來傳話，還請管家的通報一聲。」長婆婆笑著道。

「竟是如此？」大仲聽罷，嘆氣道：「真是不巧，因著夫人連日生病不好，府中大夫也因身體不適無法與她探病，我家大人今早便帶了她去滄州城尋那聖醫去了！婆婆，您來晚了半天。」

說罷，他一個長揖到地，起身後便道：「要是您覺得無不妥，便把話傳與我，等夫人一回來，我定會如實相告，一字不漏。」

「皇后的話，豈是你這等人都能聽得了的？」長婆婆的臉板了起來，冷得可怕。

大仲一聽就跪下了地，對著蒼天拜了三拜，才對長婆婆甚是愧疚地道：「是奴才的不是，對皇后有所不敬，該死、該死、該死！」

說著狠打了自己兩個巴掌，看得長婆婆一時之間無話，連那相求的話也說不出口了。

連著幾日，這都府中人都是用了各種法子拒她去見那夫人。公主那天的一時之氣，可真是把自己害苦了。

長婆婆沈默地出了大門，爬上馬車後，她的手腳都是抖的。

汪府這般決絕，這邊漠之地的將領大多又都是汪大人的舊識、舊部，誰又能幫得了公主？

昨晚汪永昭說要帶她去滄州城走上一趟，張小碗一大早醒來，見外面還沒亮透的天狂風大作，料他定會取消行程，哪想汪永昭剛穿好衣裳，就去了外面吩咐人套馬車，準備啟程。

張小碗有些訝異，但也不多嘴多問。

汪永昭決定好的事，她依著就是，反正多言也不會改變這個男人的任何決定。

「這風也不知午後會不會好些？」張小碗梳著長髮，對身邊的八婆說道：「讓七婆留著幫我，妳去伙房看著人多煮些薑湯，也煮些羊肉讓護衛吃上一些。見著聞管家了，就說今天風冷得緊，今兒個跟著我們去的護衛，把他們的酒壺灌滿了，灌那能燒胃暖身的燒刀子。」

「哎，知了。」八婆笑著道，欠身就要準備退下。

「妳見著他們了，讓他們也多穿點，就說是我說的。」張小碗又笑著補道了一句。

八婆笑著點點頭，又朝坐在椅上的汪永昭施了禮，這才退下。

「讓我來吧。」七婆這時放下手中的鐵壺，走過來對張小碗說。

張小碗把梳子給了她，在鏡中看到了身後的汪永昭，一下就對上了他的眼，她不由得笑著對他說道：「你稍候候我，這就給您擰帕淨臉。」

汪永昭「嗯」了一聲，懶懶地靠在椅背上，在鏡中看了她幾眼，這才收回了眼。

不得多時，張小碗頭上的髻已梳好，她這才起身服侍汪永昭洗漱。

待她也跟著他淨好了臉後，她往臉上抹潤膏時，催促著他把溫開水喝了，又讓他喝了一小碗豆粥墊胃，這才拉過他的手，給他塗了那護手之物。
那油膏塗抹時有些油，要揉到手發熱，油進了皮膚後才會清爽，張小碗給他揉得了一會兒才揉好，這又隨了他去隔房看懷仁。
懷仁睡得甚是香甜，張小碗讓萍婆抱了他，跟著汪永昭去了堂屋。
大仲已把早膳備好，待他們一坐下，早膳就擺了上來，這時汪懷慕已被去接他的七婆牽了過來，張小碗照顧著他上了椅子，等汪永昭動了筷，一家人用起了早膳。
桌上汪懷慕得知要和父母一同前去滄州城，眼睛亮了亮，但稍後偏著頭，有些猶豫地說：「昨天已答應甄先生和瞎子先生把十物志背出來。」
「讓爹爹去替你請個空，你在車上把書背了，回來唸給兩位先生聽就好，你看可行？」張小碗輕輕柔柔地和兒子商量道。
「如此甚好。」不想食言的汪懷慕鬆了一口氣，朝著父親大人看去。
「多吃些。」汪永昭挾了一筷子菜放到了他的碗中。
「嗯。」汪懷慕歡喜地點了下頭，便低了頭去認真用膳。
張小碗的眼睛左右時不時地轉動著，照顧著這父子，間或喝得幾口粥，又抬頭朝著被萍婆抱在懷裡的懷仁看上兩眼。
她看懷仁時，眼睛裡總是有止也止不住的笑，她看孩子，汪永昭看她，懷慕抬頭偷看父母幾眼，這時用膳的堂屋間安靜得很，卻透著溫馨。
他們這兒剛用過膳，那廂聞管家也前來報信，說馬車都已備妥，護衛也全都在前院候著了。

張小碗這才讓婆子們趕緊去用點吃食，帶上要帶的東西。

她從萍婆子手裡接過懷仁，對她道：「妳也快去，昨兒個從瞎眼大夫那兒給妳們取來的藥也帶上，到時在外面也煎得。」

「這……」萍婆子有所忌諱。

「沒事，去吧。」張小碗朝她笑笑。

萍婆子這才領命而去。

汪永昭本要去前院，見婆子們都忙事去了，他便抱了懷慕到懷中，淡淡地問張小碗道：「多找幾個丫鬟來伺候吧？」

張小碗朝他搖了搖頭，道：「不了，就是懷慕，您看要不要……」

「他有妳的婆子照顧就好。」汪永昭接了她的話。

張小碗笑道：「妾身也這樣認為。」

汪永昭看她一眼，對懷中的懷慕說：「你可會自己淨臉了？」

「懷慕會，上次大哥便教了孩兒，懷慕還會自己淨腳。」汪懷慕怕吵醒在娘親懷中的弟弟，小聲地答道。說至此，他愁了小臉，又道：「就是婆婆們定要替懷慕淨臉淨腳，懷慕自己所做之時不多。」

張小碗聽得好笑，正要說話，懷中孩兒便醒了。她走到了外屋，叫來了正在吃食的七婆，把孩子抱去奶娘那兒。

懷仁這才三個來月，奶娘卻是換了一個了，上一個本也是花了心思尋來的，但張小碗見她眼睛過於活絡，一反之前見她時的淑靜，便又另換了一個。

這次叫來的奶娘就不再住在她的院子裡頭了，換到了聞家父子的隔院，與幾對老僕人一起住著，懷仁要是要吃奶了，便叫她過來。

說來也是繁瑣了些，但張小碗到底是不敢信外人，既然不信，那就防個徹底，換個安心，畢竟小心駛得萬年船。

家中內宅之事，汪永昭是從不過問的，剛見她不要丫鬟，他眼睛裡還閃過了一絲笑意。

張小碗其實也是好笑，她換那奶娘還真不是因那婦人常把眼睛偷偷擱在汪永昭身上，她是怕心思太活絡，她又信不過那人，怕會事後給她添麻煩。不找丫鬟也不是怕那些丫鬟會爬上他的床，這天下這麼多人，不是個個丫鬟都想爬男主人床的，要找也是能找到實在的；但丫鬟年紀小，手腳哪有做慣了的婆子索利，也哪有她們的經驗老道？但汪永昭要這麼想，不介意還覺得歡喜，那便如此也好。

總比她擔著嫉妒之名還落不上什麼好處要強。

去滄州城要得三天的工夫，路上他們要歇得兩晚，上午汪懷慕還規矩地陪著娘親坐在馬車內，等下午風小了些，他就由江小山抱上了馬，跑到了前頭跟著幾個護衛玩耍去了。

他走後，張小碗掀開窗布探出頭看得兩眼，就被汪永昭拉著回了頭，被他斥了一聲。

「沒規沒矩！進城後不許掀布。」

「是。」張小碗笑笑，朝他偎了過去，與他同看他手中那本被翻得陳舊的兵書，看得幾眼，她就偏過了頭，打了個哈欠。

「怎麼了？」汪永昭冷眼看她。

「看得我頭疼。」張小碗拿帕子掩著嘴，笑著說。

看著她黑亮的眼睛，汪永昭好笑地牽了牽嘴角，伸過手攬住了她的腰，這才繼續看著兵書沈思。

汪永昭愛握著兵書思索事情，張小碗是知道的，便也不去打攪他。等坐得煩了，她就傾過身去看萍婆子懷裡抱著的孩子，與他說話。

懷仁現下醒的時日長了，常常咿咿呀呀有無數話要說，張小碗時常盯著他說話都能打發一段很長的時間，也常被她這愛揮舞手腳表達情緒的小兒逗得發笑。

母子倆這次又是自說自話，樂成一團，聲響鬧得稍大一些，汪永昭便會移過了眼神，盯著他們看半晌，又豎起耳朵聽著外面二兒子的歡笑聲，臉色跟著舒緩了一些，平時那讓人倍覺冷意的眼睛也柔和了下來。

馬車一路趕到滄州城，進了一處宅子，他們剛到，熱水就已備好。張小碗吩咐了婆子給懷慕沐浴，她便服侍汪永昭沐浴好，給他穿好了衫，去見駐滄州城的總兵大人。

汪永昭領著人匆匆而去，不得多時，卻有幾位夫人的家人過來遞帖子拜見，都是滄州城大人們的夫人。

張小碗來之前聽汪永昭給她說過幾位，這下見到帖子心裡有些數，又叫來聞管家，商量了一會兒，便回了要見的幾人的帖子。

帖子寫好讓人送去後，張小碗便問聞管家。「你說，這幾家裡頭有哪些個極出色的女兒？」

聞管家聽她細問，便細細地說道了起來。「那丁總兵夫人家有個年方十六的女兒，說是那帕子上的鳥繡得都像能飛一般，栩栩如生得很；那李知府夫人家那一位，說來只有十四歲，卻也是個不一般的，小時曾作過一首詩，還被滄州城的百姓津津樂道著，是個了不得的才女……」

張小碗聽他說著，笑而不語。

等聞管家告退後，她對身邊的萍婆子輕聲笑道：「我們家善王倒是炙手可熱得很。」

萍婆子見她笑是笑了，眼角卻是冷的，不由得低低地說道：「老爺也是讓您先幫著挑挑，您要是不喜，誰又能說得了您什麼？」

張小碗微微一笑，點了一下頭。過得了一會兒，七婆抱來了吃好奶的懷仁，接過孩子，張小碗心間才放鬆了下來。

別人急她大兒子的婚事，肯定免不了有人在汪永昭耳邊常常提及的，說來，怕也是替她擋了不少，擋不了的才讓她來作主，他也算是對她夠好的了。

想通了，張小碗便專心逗起了懷中的懷仁。

過得一會兒，得了新玩具的懷慕從街上回來，給懷仁帶來了個小糖人。

可惜懷仁現下吃不得，張小碗便讓懷慕這個哥哥替懷仁吃了。

半夜汪永昭大醉而回，張小碗剛下了床，汪永昭便讓婆子推了她回去睡。不多時，沐浴過後的他滿頭濕髮進了內屋，隨即就壓上了張小碗的身。

一陣折騰後，張小碗一身的汗，汪永昭卻是沈沈睡了過去，她只得喚人去拿了乾布，擦好兩人的身，又換了被子，才又拿了乾布擦他的濕髮。

中途，汪永昭睜開了一次眼，看得是她，便又偏過另一邊的頭。

張小碗替他把另外這半邊的髮擦乾了，這才疲倦入睡。

第二日她醒得甚晚，醒來後枕畔已沒人，萍婆子扶得她下床，在她耳邊輕聲說道：「昨晚得了兩個美人回來，今天一大早就賞了出去。」

「賞了出去？」張小碗微訝。

「說是賞給了兩位千總大人。」

張小碗沒出聲，萍婆子給她穿衫時，見得她頸間的痕跡，不由得抿嘴笑了笑。

「老爺又出門去了？」張小碗穿好衫，便自己打結，問她道。

「是，帶二公子和小公子出去了，說是下午回來。」

洗漱好後，張小碗坐到了鏡前，看著那打磨得甚是精細的菱花鏡好一會兒，才去拿了胭脂水粉，把頸間衣外的那點痕跡掩上。

「待戴了遮帕，就看不到了。」萍婆子見狀說道。

「哪能什麼說法都未有，便一直戴著遮帕？再說那些夫人的眼睛甚毒，還是遮上一些。」

「也是，還是您想得周到。」

「呵。」張小碗輕笑了一聲，抬頭抹了好幾道粉，才遮去了痕跡，這才又道：「今日這妝便上得濃些吧。」

「好，我給您備物。」萍婆子便把妝盒全部一一打開，放到了她的面前。

張小碗想了想，便化了冷豔的妝，粉打得甚白，紅唇抹得極豔。

萍婆子看她化完，忍不住讚道：「您真是有雙巧手！」

「能上得了檯面就好。」張小碗朝她笑了笑，由她幫忙戴上了遮帕。

這內宅之事，過往她都是找了可靠之人問了又問，小心地觀察了又觀察；但以前出去見那些夫人時，能不說話她就不說話，以免露拙，哪怕因此背後有得是人說她呆。後來情況好上了，她學會跟人哭訴了，心裡對應付這些夫人的把握就大了些。可就算是過了這麼些年，對見這些內宅的婦人，張小碗也從不敢輕看了去，哪怕是見汪永昭下屬的家眷，該說何話、該做何事，先前她都是想過了一遍的。

現下，要見這些邊疆大吏的夫人，其中的總兵夫人與她品級還相等，張小碗便又不得不全力以赴了。

第三十八章

巳時，昨天回了帖的三位夫人相繼到了，張小碗帶著婆子在門口迎了她們。

李知府夫人是第一個到的，她朝得張小碗只施了半禮，張小碗就扶了她起來，笑著道：「可把妳盼著來了。」

「瞧您這話說的……」知府夫人是個清秀的婦人，身材略有點豐滿，但看著可人得很，倒不顯年齡。

她說罷，好奇地看了張小碗臉上的帕子一眼。

張小碗便微笑了起來，等迎了她進了待客的小堂屋，才把帕子掀了讓她看一眼，這才讓萍婆子又給她戴了回去，等戴好，她才笑著道：「這邊漠風沙大，怕擾著了臉，我這不，屋裡屋外的都遮著帕，生怕被吹老了。」

知府夫人見她說得如此直接，不禁摸了摸自己的臉，笑道：「還是您想得周全，可會照料自己。」

這時，門邊的七婆又來報，又有轎子過來了，張小碗便起了身，帶了知府夫人過來，迎了丁總兵夫人和史參領夫人。

那丁總兵夫人是個相貌嚴肅的婦人，那參領夫人倒是生得嬌豔，相貌很是出色。

張小碗又是熱情地迎了她們，帶得她們進了內屋的花亭處，路中又把與知府夫人說過的話說道了一次。

她帕子放下時，看過她，這幾位夫人相互之間都不動聲色地看了一眼。

待坐下，張小碗清楚聽得那參領夫人跟著總兵夫人咬耳朵說：「汪夫人真真是長得極好。」

她一口流暢的官話說得很是好聽，張小碗便朝得她一笑。

等婆子上了茶，又笑著招呼起她們用茶果和點心。

說罷，又與她身邊的丁夫人說起了保養之道來，說得幾句，又把懂得不少養顏之道的萍婆子叫了出來，讓她細細把幾個飲食方子都說上一遍。

這幾位夫人一聽，忙招來了丫鬟，讓她們幫著記下，說到極有用的了，就用上了張小碗備上的筆墨紙硯，自行寫了下來。

不得多時，就已到了午時，張小碗忙留著她們用飯，但這是一次不是什麼過於正式的拜訪，都未帶什麼正經的禮來，於禮這飯她們是吃不得的，幾個夫人便婉拒而去。

等到了她們的轎子上，幾位心裡有盤算的夫人這才想起欲要探知之事沒問得幾句，那汪夫人更是沒正面回覆過她們的話！但一想到今日也不是什麼都沒得，心便放寬了些。

來日方長，等明日再攜謝禮過來探問便是。

這廂夫人們一走，張小碗候得了父子回來，伺候好他們用了膳。

她這時摘了帕，引得汪永昭朝她看了又看，連汪懷慕都不由自主地看了他娘好幾次，小臉顯得有些傻傻的。

「娘跟平時不一樣。」汪懷慕看了好幾次，總算是憋出了一句話。

「可是不好看得很？」張小碗撫著臉，故作訝異地問道。

汪懷慕聽得這話，不知是她在逗他，急得猛搖頭，欲要開口否認時，卻被自己的口水嗆得咳嗽了起來。

張小碗看得笑出了聲，伸手邊給他拍背順氣，邊低頭與他笑道：「娘甚是好看，是吧？」

汪懷慕這才順利地點了頭，點了好幾下，喝了口張小碗餵他的水，這才嘆道：「美色誤人啊，先生告知我的話，當是不假。」

他說的話當是不假，這時他的父親大人一直盯著他娘親那張抹了大濃妝的臉，眼神放到她那紅得極豔的嘴唇後，一直沒有挪開過視線。

這時站在一角垂著頭的江小山偷瞄到他家大人的臉，又看了看他家大人那握緊的手，不禁在心裡為著嬌弱的夫人大嘆了口氣。

這晚，張小碗又被蹂躪了半夜。

所幸的是，第二日早間她說頭疼得厲害時，汪永昭便找來了大夫給她請脈，又依得了她的意思，說她略感風寒，身體疲勞，不便見客，就又把拜帖拒在了門外。

待離去那天，張小碗在屋中待得了三天，便又上了封得嚴實的馬車，打道回府。

而剛回到都府，汪永昭就收到了急報，張小碗當時就見汪永昭當著她的面把信封打開，掃了信兩眼，便對她淡然地道——

「婉和公主路遇賊人，不幸小產，駙馬傷心欲絕，暫無心帶領兵士操練陣法，便讓我前去替代一陣，以免誤了軍機。」

汪永昭要前往長雲縣練兵，這兩日就要啟程，張小碗與他打點行李，又叮囑江小山注意著他的飲食起居，莫讓他過於勞累。

她說道時，汪永昭在她旁邊，聽得她時不時憶起件事，便叫來江小山叮囑一道，連洗腳水要偏熱一些的話都要再說上一次，他聽得多了，不禁皺眉道：「怎地如此多事？」

張小碗便柔聲回道：「是瑣碎了些，但仔細點總是沒錯的。」

汪永昭聽得搖頭，一掀袍，轉過背就去看他的兵書去了，一派懶於跟婦人多嘴的模樣。

張小碗也不去與他多嘴，該與江小山說道的，她都會仔細叮囑著。

照顧得妥貼了、人舒適了才是最重要的，汪永昭現在這副心口不一的嫌棄嘴臉，她要是當真了那她才是傻瓜。

他要是真不想聽，去前頭書房就是，不一定要坐在她旁邊看這兵書。

汪永昭這一走，說是要有一個月的時間。送走人後，張小碗的日子當真是好過了起來，沒有最需要照顧的那個心眼多的男人，她這日子堪稱是去了大半的壓力。

這種時光想來也是不多的，張小碗便稍稍把日常起居的時辰改了改，讓自己與婆子歇息的時辰多一些，也不忙於手上的針線活計，平時閒著了，就與婆子們做些點心在那陰涼小堂屋裡喝喝茶、躲躲太陽，聊會兒話打發時間，也不像往日那般奔忙了。

這六月的天確也是熱了起來，節鎮的都府一片悠閒安然。前頭聞管家把公主的信截了下來，按老爺的吩咐把信燒成了灰；後宅的節度使夫人每日最煩惱的就是小兒過於精力旺盛，每日吵鬧的時間過長，不知長雲縣的公主因孤立無援，已快發瘋。

這六月中旬，邊漠的太陽更是熾熱，因著越來越熱的天氣，張小碗就又操心上了節鎮水源的事。

她多問得幾次，管家也上心了，每日都派人去看了水口子，再回來與她報泉水冒得如何，節鎮判官見她問得勤快，當下也是叫底下的能人去尋那水源，而已尋好的水眼更是加快了開鑿的速度。

底下人賣力幹活，話傳到張小碗這裡，也免不了叫判官的家眷到後府坐坐，打發她們點東西回去。

她給的東西都是好物，上等的精米、中原運過來的豬板油，還有那矜貴得很的黑炭、陳年的老酒、中用的布料。這些東西要是真要去買，費銀錢得很，夫人們把東西帶回去了，一家老少吃得好、穿得好，手上又有閒錢，這日子便也輕鬆快意了一點，照顧起家中人來，便又是多了幾分耐心。

家中和樂，忙於公事的男人便也能更有力氣多賣些力，算來，也是個良性迴圈。節鎮打理得好了，收上來的稅錢會比用出去的只多不少。

六月接近下旬時，張小碗怕自己也鬧出了懶心，便又花了心思把府中的下人整頓了一次，把多年老僕的月錢按年分又提高了一些，並調了位置，把府中不太勞累的活計排給了他們，缺不得他們的位置還是留著，但多給他們添個幫手。

為此，府中便又要多添些僕人，張小碗讓聞管家帶著大仲去辦，話間也有讓大仲主事、聞管家幫忙看著的意思。

聞大仲得了她的承認，聞管家欣然，大仲也是喜上眉梢。

而聞管家在府中的三子因自身機敏，早前已被派出去打理官道上來往的事，但日前許師爺前來跟張小碗透過話，說這三子有些過於機敏，品性不是那般讓人信得過。

張小碗聽著師爺口中的意思，就是這聞小三有些貪錢了，私下收了來往商人不少的銀錢，平日為人也較跋扈，在外頗有些惡名。

她當時又多問了幾句，聽得這師爺跟她說的這話是判官託他來說的，心裡便也有了數，叫師爺再多等些時間，等大人回來再做定奪。

許師爺一想，知道夫人不想駁聞管家的面子。聞管家那可是跟了大人一輩子的老奴了，讓大人回來辦這事才是順理成章的。當下，他不由得撫鬚點頭，對夫人這謹慎至極的性子又有了新的認識。

她不驕不躁，確也是小心駛得萬年船啊！這沈得住氣，萬事心中定有成算的性子，也當是難能可貴，難怪一路安然走到了今日。

張小碗本預料汪永昭是七月的初頭回來，哪料汪永昭六月底便回來，回來後在家睡得一晚，就匆忙去了兵營處。

張小碗見他來去匆匆，料想定是出了什麼事，待早間跟著汪永昭出去，沒得兩個時辰便又回來的江小山拿東西之際，聽他說罷事，她便叫住了他，問了他幾句。見江小山不開口多說，便知這不是她能多問之事，她便停了嘴不再問下去。

江小山知夫人向來不為難下人，見得她不多問了，他反倒覺得於心難安，又扭扭捏捏了一陣，在告退之前輕聲地跟張小碗多透了幾句。「南疆那邊出事了。」

「啊？」張小碗茫然。

江小山看她不解的臉，當真是不忍對她隱瞞，又想著她是夫人，有何不能說的？便又輕輕地說道：「小的不知大人們是何意，也不知那上頭……」他小心地伸手指了指天，接著道：「是什麼意思？但我看咱們大人的意思，是咱們善王怕是要被派去領軍了……」

「啊？」張小碗這是真驚了，不禁驚慌出聲。

「唉唉，您急啥？」見她驚慌，江小山也急了，連聲道：「您怕啥？這不，大人給咱們善王爺練兵去了，到時他領著咱們自家的兵去打仗，您有啥好急的？」

「南疆是什麼樣的？」張小碗有些心慌，握住椅臂的手骨節都凸了起來。

「這……這小的也不知多少。」江小山撓頭，臉臊得都紅了。「就是偷聽得將軍們說過，那裡的人個兒矮，人也長得黑，但身手極快，還最擅長打陰仗了。」

說至此，他自知自己說得過多了，怕大人知道他說得這麼多會被訓，趕緊行了禮就告退了下去。

走到門外，又嫌自己太多嘴，回頭肯定免不了被自家大人罰，便哭喪著臉，匆匆回到他的住處，要跟自家媳婦訴苦去。

一到家，見得媳婦在院中曬乾辣椒，他把門關了，小步跑了過去，拉著他媳婦的手道：「桂花兒，我怕是回頭又要被大人說了。」

「又做錯事了？」小山媳婦訝異地道，慌忙抽出手，拿出帕子拭他額上的汗，又伸手去拿他身上的包袱。

「唉……」江小山嘆了口氣，見得媳婦甚是關心地看著他，便又什麼煩心事都沒了，與她一道兒把自己的包袱拿了下來，笑著和她道：「昨天回來得匆忙，忘了從方索兒那裡拿回咱家的包袱，這是剛從他那兒取過來的。包裡的糖是咱家孩兒的，旁的都是妳的，莫要讓他們得去了，妳要自己留著用。」

小山媳婦聽得好笑，笑著白了他一眼，便拿著包袱去了石桌那兒打開，看得裡面有極好看的簪子，裡頭除了一包麥芽糖，還有一大包她愛吃的桂花糖，她不由得用牙咬著嘴唇，有點害羞地笑了起來。

看著她強忍住開心的模樣，江小山也呵呵笑了起來。兩人紅著臉相視而笑，夫妻倆便共同把先前江小山開頭說的那句話給全然忘了……

這頭張小碗得了江小山的話，甚是心慌了一陣，坐得了半天才冷靜下來。

笑。

夕間江小山來取汪永昭的包袱時，見得江小山一直低頭不看她，她哭笑不得地搖頭失

江小山取了包袱就要走，走到門口時，被萍婆子捏住了耳朵教訓他。

「夫人說了你何話啊？竟不知抬頭與她說話了！」

「婆婆，疼，您輕些……哎呀，您輕些吧！」江小山捂住耳朵喊疼，掙扎了好幾下才掙脫了魔掌。回頭與張小碗施了個禮，告了個罪後，便一溜煙地跑了。

「他怎地多少年了都是這個猴兒樣！」萍婆子搖頭向張小碗走來，又扶了她的手臂，與她笑著道：「您都收拾得小半天了，現下去歇會兒，著點晚膳吧。」

「唉。」張小碗點了點頭，走得幾步，又與她道：「懷善有一段時間沒給我送信了。」

「初七來過一封，到今日，也有二十來日了，確也是有一段時間了。」萍婆子算了算便道。

「可不是。」張小碗點了點頭，說完便不再出聲。

萍婆子見她那張在夕陽的照射下越發沈靜的臉，便在心裡輕嘆了口氣。

她這夫人啊，一念起她那大兒子就是這般心裡不知藏了多少事的模樣，人越是沈靜，那心就似是誰都摸不著一般，而那眉眼間的牽掛藏也是藏不住的，莫怪大人老不讓她知道善王在外頭的太多事。要知，就算善王只是有個小病小痛的，她只要知道了，也會徹夜難眠。

七月初七那天一早，張小碗半低著頭在給懷慕剝雞蛋，這時她耳畔突然有了聲響，有人

在她耳邊笑著道——

「妳猜猜，我是誰？」

說話之時，那人的手便蒙上了她的眼。

張小碗怔住，眼淚在那一刻濕了眼眶，嘴角也泛起了笑，嘴裡慢慢地道：「可是我大兒回來了？」

「呵……」身畔的男子輕笑。

這時汪懷慕已下了椅子，朝得他跑去，嘴間歡喜地大叫道：「大哥、大哥，你可回來了！我們怎地不知道？」

汪懷善掩著娘親的眼，等手間那道濕潤不再蔓延後，他才放開，一手攬了已長高不少的懷慕坐到肩上，抬頭問他道：「你可是又多唸了幾本書？」

「是！《易經》、《書經》都已唸上，我已能背得甚多！」汪懷慕大聲地答道，抱住他的頭，低下頭看著他，又急急忙忙地大叫了一聲。「老虎哥哥，你可瞧見小弟了？」

「還未呢！」汪懷善答了話，微笑著朝他娘看去，看得她笑中帶淚，淚盈於睫，他便故意伸出手去搓了搓她的臉，頑皮地道：「娘親，妳又生了弟弟，怎地不讓我去抱一抱？」

「去吧。」張小碗好笑，伸手把汪懷慕從他的肩頭上抱了下來。

這時抱著汪懷仁的萍婆子已把孩子抱了過來，汪懷善小心翼翼地抱上了他，眼睛仔細地盯著懷仁，過得一會兒，他抬起笑臉，眼睛裡閃耀著濕潤的光彩。「娘，這小弟生得好！」

這時偏過頭拿帕子拭淚的張小碗聽罷，轉過臉就笑著朝他搖頭道：「說話不許這般沒規沒矩。」

汪懷善聽得笑，他笑了兩聲，一直睡著的汪懷仁便睜開了眼，兄弟倆的視線驀然對上，兩人對視半晌，竟是誰都沒有聲響。

過得一會兒，懷仁突然展顏一笑，朝得汪懷善呀呀了兩聲，汪懷善當即就朝他露出了笑容，輕聲地對他說：「剛看你只是那嘴兒和鼻子像娘親，沒料眼睛也像，你怎地就長得這般地好！」

張小碗聽得哭笑不得，一手拉著懷慕讓他坐上了椅，一手推了他入座。

這時七婆已打了溫水過來了，張小碗讓他淨了臉和手，給他盛了粥，把懷仁抱過讓他用膳。

「大哥……」懷慕已把裝盛饃饃的盤子端到了他身邊，還拉了自己的椅子，緊緊挨著汪懷善坐下。「娘親昨日跟我說，她夢見你帶我去山上抓兔子，今日你就回來了！」

汪懷善聽得低頭發笑，他摸了摸鼻子，笑了好幾聲，伸手去揉懷慕的頭髮，笑著與他道：「後日就帶你去那邊沙山走走。」

「還有打鷹！」汪懷慕的眼睛閃亮。

「還有打鷹。」汪懷善答應了下來，說話間，他抬頭朝他娘看去，見她忙於把剛送上來的牛肉切片放到盤中，便笑著收回了眼神。

沒得一會兒，那切成片的牛肉便放到了他的面前，汪懷善伸出筷子挾得一口放入嘴裡嚼了又嚼，嚐得一塊後，這才挾了好幾塊塞到嘴中，大吃了起來。

見懷慕不吃飯一直看著他，汪懷善笑著把他抱到自己的膝蓋上，餵得他一口吃食，這才自行再用。

「吃慢點……」張小碗見懷慕也學著他哥哥一樣，快快地大嚼著嘴中的肉，不由得笑著叮囑了一聲，又偏過頭讓七婆她們去準備熱水，讓萍婆子去把懷善的衣裳備妥。

待用完膳，浸到了那熱水中，汪懷善偏過頭，伸手把放在屏風上的新裳扯了下來，探到一角，看見了那暗角處繡的虎紋與那善字，他輕笑出聲。

「回家了……」他一手握著衣裳，閉著眼睛笑語道。

此次回來，日後何時能再回來，怕是誰都無法知道。

靖皇派他前去之地，十個老將中九個知情後都搖頭嘆氣。聽聞他那父親大人得信後，便馬不停蹄地回了節鎮來，欲要訓五千精兵與他帶去。

汪懷善知道他母親不是那等淺薄之人，她從不好蒙蔽，他不回來，悄悄帶兵而去，那才能不引起她的懷疑猜測，省去她的擔憂。但，到底他還是想回來看得她一眼，看得他的弟弟們一眼。

他比他以前以為的還捨不得她，捨不得她給他的家……

這日午間，用過午膳後，懷善便說要去兵營。

張小碗笑著點頭，他欲走時還叮囑他道：「莫要跟你父親大人置氣。」

「孩兒早不這樣了。」汪懷善朝得她擠眉弄眼。「討不著好的事我才不做！」

「嗯，去吧。」張小碗給他理了理衣裳，笑著道。

汪懷善便領著親兵大步離開。

張小碗微笑地看著他離去，看他大步往前，一步也沒回頭過，直到他的背影消失後，她的笑才淡了下來。

「夫人。」八婆過來扶她。

「都未時了，我去歇會兒，你們也得空歇會兒吧，待夕間又有得妳們忙的。」張小碗淡淡道。

「知道了。」八婆笑著回道。

張小碗輕頷了首，又去看了懷仁，見他睡得安穩，便讓七婆看緊點他，這時萍婆子那邊也派人傳了信過來，說二公子也已午睡下了，她這才回了屋。

歇在了榻上後，她揮手讓八婆退了下去，待屋中無人了，她才疲倦地嘆了口氣。

她的大兒是與她相依為命長大的，他心中想得什麼，她興許不能全都猜出，但多少還是能知道一些。她知他越是掩藏，就說明他越是想瞞她什麼事。

他想瞞她什麼事？她會計較什麼事？無非就是他的安危罷了。

不過他不想讓她知道，那她便當作不知道就是。

她幫不了他更多了，這點她倒是還能依得了他的。

夕間張小碗剛從廚房出來，就見得江小山朝她這邊跑來。

見到她，江小山忙施禮，笑著道：「夫人，大人和大公子都回來了！」

「知了。」張小碗笑著道：「可是在堂屋？」

「是。」跟著她的急步，江小山在她身邊道。

沒得多時，張小碗便進了堂屋，見得父子倆一首一側坐在椅子上，她便走過去朝得汪永昭一施禮，笑道：「您可回來了。」

「嗯。」

「房裡有婆子給你打好了水，去洗洗。」張小碗偏頭朝汪懷善道。

汪懷善起身，笑嘻嘻地朝她道：「娘妳送送我。」

張小碗笑著搖頭。「莫頑皮，去吧，換好衣裳就過來吃飯。」

「知了。」汪懷善走得幾步，又回過身來，滿臉恍然大悟。「竟忘了跟父親大人施禮告退！」說罷，朝得汪永昭拱了拱手，汪永昭回了他一個冷冰冰的眼神，汪懷善這才翹著嘴角，雙手背在身後，甩著長髮一晃一晃地出了門，那背影有說不出的得意。

張小碗看得搖著頭朝汪永昭嘆氣道：「就跟長不大似的。」

「還不是妳慣的。」汪永昭看著她冷冷地道。

張小碗笑，上前去拉了他的袖子，輕聲道：「已備好了熱水，您去洗洗吧？」

汪永昭看得她一眼，見她滿臉的笑，用鼻子「嗯」了一聲，這才跟了她去。

隔日，汪懷善便帶了汪懷慕去那座移來的大山打了一天的獵，捉了一隻野雞回來，張小碗便親自下廚，做了一道辣子雞。

第三日，汪懷善帶了汪懷仁一天，跟汪懷仁嘀咕了一天的話，兄弟兩人雞同鴨講了一天，後頭懷仁怕是嫌自家大哥太過囉嗦，他便先行睡了過去，留下懷善看著他的睡臉，最後笑了起來，自言自語道：「我可得活著回來，還得看懷慕和你討媳婦，沒得我，怕是會讓人欺了你們去。」

第四日，張小碗一早起來，沒等來汪懷善過來用早膳。

江小山見狀，笑著與她道：「大公子怕是領了軍機，打仗去了。」

這時，汪永昭看了他一眼。

江小山受到他家大人的冷眼，肩膀一縮，老實地退到了角落。

張小碗笑著點頭，道：「怕是如此。」

說罷，也不再等人，神色如常地伺候了汪永昭和汪懷慕用膳。

汪懷慕也是知情大哥離去了，他伸出手小心地扯了扯他娘的袖子，輕輕聲地叫了她一聲。「娘。」

張小碗不禁莞爾，給他挾了一筷子的青菜，柔聲地道：「快些用吧，莫讓先生等你。」

這日汪永昭待在了府中，夜間也歇在了府裡，歇息時，張小碗跟他說了一些家中兩兒的話，隨後便止了聲，睡了過去。

等到半夜，她已無法裝睡，便睜開了眼睛，盯著黑暗中的某處看了半會兒。

這時，身邊她以為睡了過去的男人突然開了口。「他不會有事。」

張小碗默不作聲，這時她的心累得一個字都說不出了。

等得半會兒，汪永昭伸出了手，摸到了她臉上滿臉的淚。

那一剎那，他無端地心如刀割，卻還是把她擁在了懷裡，聽著她無聲地哭泣。

他想，她為她那兒子哭過無數次，卻不曾真正有一次為他哭過……

這一年的七月對張小碗來說，日子頗有些灰暗。懷善走後，汪永昭犯起了咳嗽，吃藥、針灸了半個月也沒有起色。

這時她又收到了張小寶的信，張小寶在信中說，南方起了蝗災，他們在南邊的水田今年怕是收不到糧食了。

京城那邊，汪府也來了信，汪觀琪這時已然有些撐不住了。

收到這信後，張小碗便叫來了瞎眼大夫，與他商量了些話，過得兩天，她便寫了信，信沒給汪永昭過目，就叫人送了出去。

信送出幾日後，汪永昭的咳嗽好了一些，張小碗卻還是有些憂心忡忡，日日煮著梨水與他喝。

汪永昭的病好了後，大鳳朝的日子卻是有些艱難。南疆大戰，南方蝗災，東北那方的大山漫天的大火，燒死了不少人，逼得周圍百姓流離失所。

信。

汪永昭得信後，在都府中與幕僚商議了幾天，這時，暗中的探子又送來了夫人送出去的信。

信中，她讓人把一小半的存糧用馬幫暗中完全不為人知的人馬送到邊漠，另一小半走明線運過來，而另一半以胡家村的名義送到戶部尚書手裡。

看過信，汪永昭便讓人送了出去。

七月底，馬幫掩人耳目陸續送來了那一半的存糧，那糧堆滿了兵營存糧的糧房。

那廂，戶部尚書得了胡家村的糧，上稟靖皇道：「汪家糧庫已無存糧，臣料想，有那六到八成他們已送了上來。」

靖皇聽罷，半晌才道：「汪大人……」他沒有說下去。

戶部尚書接著道：「汪大人向來有仁愛之心，這是陛下的福將。」

汪懷善這次遠征，前來與張小碗探善王婚事的人便少了許多，不過因著她生了孩子，又因前段時間她常召汪永昭屬下的夫人說話，這幾個夫人與她常來常往的，便時不時也會過來探望一下。

男人在外面打拚，自有他們的精彩，女人看似只會閒話，掌管家裡的一日幾食，內裡卻也有另一番乾坤。

這日，沙河鎮的嚴判官夫人上午就上門給張小碗送來了她給汪懷仁做的兩雙小鞋，待婆子退下，性情甚是豪爽、年長張小碗半歲的嚴夫人就問張小碗道：「夫人，您說，這男人是不是到死都想死在溫柔鄉裡？」

「這話怎說？」張小碗發笑。

「唉，還不是我們家老嚴那小弟弟，又要納小的嘍！」嚴夫人笑著答，一臉不以為然。

「這日子才好過幾天，又不踏實了！」

「想納的話納了就是。」張小碗淡笑著說，拿了顆棗子吃。

嚴夫人跟著她拿了顆，塞嘴裡嚼了兩下，吐出核，才說道：「說來是這個理，可這不還沒分家，他那納妾的錢是我們出的，老太太還非要我多給他些銅板，這叫什麼理？」

張小碗笑著看她。「妳就沒想想法子？」

這嚴夫人也是個極厲害的，張小碗就不信她會處理不妥。

「還是您瞭解我！」嚴夫人一聽就拿著帕子掩嘴笑了兩聲，臉上卻是沒有絲毫不好意思，嘴裡更是道：「我在老太太面前賴在地上撒潑了一陣，死活要分家，她那話就給我吞回去了。」

張小碗笑笑，不語。

嚴夫人嘆了口氣，道：「您別嫌我粗，有時吧，就得……」

「是，」張小碗點點頭，雲淡風輕地說：「你們一家就嚴大人那點俸銀，還有一家的孩子要養活，哪能往別的地方費銀子。」

說到孩子，嚴夫人當真是嘆了口氣，道：「也不知學堂要啥時才辦起來，我家那兩個小的，再不送去讓先生教導，就要被那幾個大的帶壞了。」

張小碗想想，道：「回頭我問問大人去。」

「別、別，我不是催您，我知他們定有盤算，我只不過就是這麼一急……」嚴夫人連連擺手道：「我們老嚴家沒分家，您是知情的，這一家老少的都住在一塊兒，可您也是知道，孩子不教不成器，我那兩個孩子跟他那些堂哥、堂弟們天天待在一起，都快成他們那渾樣了。」

「莫急，很快就會辦起來了。」張小碗安慰她道。

「那我等著。」嚴夫人一聽，欣然地笑了起來。

說罷此事，她又靠近了一點，輕聲地對張小碗說：「我問您一件事，您莫怪我失禮。」見她說得偷偷摸摸的，那張看著有些秀美的臉還擠眉弄眼的，張小碗被她弄得好笑，道：「說吧。」

「哎，這可是您說的？」嚴夫人還斜眼看她。

張小碗笑著點頭。「我說的。」

「那我可問了？」

「嗯。」

「我可真問了？」

「問吧。」張小碗被她弄得都有些無奈了。

「您是使了啥法子，讓汪大人自己就讓那些騷蹄子進不了門？」嚴夫人悄聲地問。

張小碗失笑。「我哪有使什麼法子？妳都說是騷蹄子了，大人是何等人物，要是讓她們這些個人都進了門，這不招人笑話嗎？」

老實說，張小碗也不真覺得汪永昭是因為她才拒絕那些女人。這些女人無論是誰送的，都是要往他這裡來沾光占便宜的，以前拒絕不了他得收，那是沒辦法，現在拒絕得了他還收，那就證明他確實是喜歡了，那肯定是要收進門的。到時候若真有那麼一天，她跟他的新寵保持著井水不犯河水就成，各安其命，也不是什麼大事。

「唉，也是您這個道理，什麼樣的人物就會跟什麼樣的人在一起……」嚴夫人嘆道：「不是冒犯大人和您，說來，您跟大人和和美美的，那是天生的一對。您看我們家那小叔，招的都是些不三不四的女人，這納了一個又一個，天天打打鬧鬧，家中就無安寧之日，我是來您這兒，才喘得了一口氣，要是回去了，又要頭疼死。」

張小碗微笑不語。

嚴夫人又羨慕地說道了一句。「您真真是好命，大人鐵錚錚又有君子之風，真乃良人。」

張小碗笑瞥了她一眼，並不答話。

許是白日張小碗的話傳到了汪永昭耳裡，當晚汪永昭在床上更是表現非凡，張小碗到最後時眼前都發昏，如若不是身體太好昏不過去，她都想直接昏死算了。

事畢，汪永昭卻不放過她，緊緊抱住她，在她耳邊呢喃道：「妳當只有妳配得起我了？」

張小碗這時氣都沒喘平，把臉埋在他的胸前不斷喘氣，沒有說話。

汪永昭等了一會兒也沒等來她的答覆，眉頭不由得皺了起來，但一低頭，看得她已然入睡。他看了她的臉一陣子後，撥開她沾在臉邊的濕髮，便靜靜閉上了眼。

他知這麼多年過去了，她其實還是不在乎他，那些女人看著他時眼睛裡那些癡迷的光，他從沒有在她的眼睛裡看到過。

其實她不喜歡他又如何？她是他的妻子，她給他生了懷慕和懷仁，她死後還會埋在他汪家的祖墳，誰都知道，她是給他汪永昭生了三個兒子的嫡妻。

多年前時，對她，他還是那種他的妻子居然不歡喜他這個夫君的惱怒，後來，惱怒便成了他胸口時不時隱隱作疼的意難平。

他歡喜的人睡在他的身邊，心裡居然沒有他，說來這也是諷刺。他越在意就越放不開，他已拿她沒有辦法，那些隱隱作疼便成了鈍疼，他已無所謂了。

他歡喜她，歡喜到隨得了她去了，只要她還會在他身上留下溫情就好。

只是，有時她說得他半句好話，他聽後，竟會坐立難安半天，但一見到她，看著她冷靜的眼、得體的笑，他心裡便很清楚，他和她不一樣。

他也以為把她捧在手心，她便會變，可今天他再次清楚地知道，她沒有變，哪怕她從頭到腳都臣服在他的身下，但她那不知藏在何處的靈魂還是沒有。

他們如今讓他的屬下稱道的恩愛，不過就是哪天他頭也不回地走了，她看著他走後，轉過頭，便會搬把椅子躺著笑看天空的悠然，實則不堪一擊。

她才不會管他到底有多少女人，她現在比以前聰明的是，已經很會說一些他聽著明顯不真，但還是會討他歡喜的好話了。

她比他還更清醒。

真是個怪極了的婦人。

想及此，汪永昭便翹起了嘴角，彈指滅了燈火，摟緊懷中的人，把臉埋在了她的髮間，沈沈入睡。

就算如此，但來日方長。

這年大鳳朝的光景不好，邊漠之地的三個節鎮光景卻算是還好，八月初頭就下了好幾場雨，這天氣比去年同時要涼爽不少。

汪懷仁這時已快半歲，與其父汪永昭時常形影不離，汪節度使也已學會換尿布，而汪懷仁膽子大得很，被他父親粗魯地放到膝蓋頭趴著，扯他的褲子，他也格格笑個不停，手舞足蹈。

汪永昭要是帶他去書房，把他的提籃放到書案上，他能翻半個身，把搆得著的書本往他的籃裡拖，要是被發現制止了，他睜著大眼睛就對著人格格大笑，笑得讓下人什麼都管不得了，只顧著跟著他一起笑。

汪永昭那幾個心腹，每每看著這個小公子，就算是學著他們家大人冷著張臉、常年無表情的，也硬是能笑得鼻涕泡都吹得出來。

汪永昭很是寵愛懷仁，比當年對懷慕有過之而無不及，幸好懷慕這時被兩個老師抓著日日背書、學學問，無法再日夜纏在父母的身邊，自然也就沒有了閒暇吃弟弟的味。

懷慕被兩位先生抓了去，懷仁時常被汪永昭帶去前院，過得些許日子，張小碗就發現自己是閒下來了。

頭兩天她還盼著汪永昭把懷仁還回來，過得幾日，見汪永昭帶兒還真不是一時之趣，她便又隨得了他去。

如此時日一久，汪懷仁與汪永昭日漸親密了起來，到了十月中旬這天，三人在廊下坐著的這個早上，張小碗逗著他說話，一直愛呀呀說話的汪懷仁便喊出了「爹爹」兩字。

當時汪永昭正在看書，聽得兩字，稍驚地抬起頭，這時汪懷仁便朝他笑，還朝他伸出了兩隻小手。

汪永昭便抱了他到懷中，低頭看得他道：「再叫聲爹爹。」

「爹爹。」汪懷仁從善如流，手舞足蹈地歡舞著雙腳。

「叫娘。」

「呀、呀……」汪懷仁便不會說了，眼睛卻朝得張小碗看去。

張小碗微笑，道：「怕不能學得這般快，再過得幾日，就學會叫了。」

汪永昭朝她點點頭。「這幾日妳多教教。」

他知她一直教懷仁說的都是「爹爹」兩字，她的知情識趣他早已知道有多讓人沈醉，但次次都落到了身上，才知心中到底是有多舒坦。

如此，她想要的，他便給了她就是。

「是，知了。」張小碗笑了起來，看著他抱著懷仁，伸出手指頭讓他去舔，她便又微微笑了起來，伸出手拿過他的杯子，嚐了嚐杯中的黃酒，覺得有些微冷，便倒了，重斟了杯溫熱的。

「您喝口溫的。」十月後的邊漠就要開始冷起來了，大夫說汪永昭的身體這兩年要注意些，免得再舊疾復發，一發不可收拾，張小碗就多留了個心眼，提前預防了起來。

「嗯。」汪永昭接過，一口抿了那小半杯黃酒。

汪懷仁這時又對他咧開嘴角格格笑，那清脆的聲音聽得張小碗也忍俊不禁。「怎地這般愛笑？」

這活潑至極的性子，也不知是隨了誰？

「愛笑便好。」汪永昭看著他清秀的小臉，還有那黑亮的眼睛，嘴角也微翹了起來，嘴間淡淡地道：「笑起來甚是好看，誰都比不得。」

他一臉自滿，看得張小碗搖頭失笑。

京城中來信，說是汪觀琪的病情穩了下來，只是神智已全然不清了。

張小碗知她送去的那道方子已有了效用，汪觀琪還能拖得了兩年。

其實汪觀琪死了才是解脫，那送去的方子與藥，不過是多折磨他兩年，可是這當口，他死不得，張小碗便先出了手，免了汪永昭作決定。

要是人做了壞事真有報應，想來報應到她這惡媳身上的，要比報應到親生兒子身上的要輕些吧。

這年到了十二月，懷仁「爹爹」、「娘親」都叫得清晰之際，張小碗還是沒有收到汪懷善的信。

又快要過年了，張小碗都算不清這是懷善沒在她身邊過的第幾個年了。有些事她不想去深想，怕自己越深想便越拔不出來，只得把盼望壓在心底，一如既往地過著她在內宅的日子。

靖輝五年正月，靖皇派人來賞了汪節度使百兩黃金、一把寶刀，道汪永昭護邊有功。

這年二月，懷仁週歲，抓週之日，他抓了汪永昭的寶劍、印章，還有那文房四寶他也全抱到了懷裡，爬去汪永昭那兒，把什物往他爹爹懷裡揣，便連汪永昭放置在桌上的茶杯，他也抓來，見他爹爹的胸前確實裝不下東西了，便往他的袖中塞。

這讓圍在他父親周圍的那些心腹大將，還有家中的管家、婆子都笑得合不攏嘴。

張小碗也確實被小兒逗得差點笑岔了氣，朝得萍婆子笑道：「這般年紀便什麼都要給他爹爹，怕是再也不會與我親了。」

她這是戲謔之言，身邊這一年來長了不少智慧的懷慕總算是聽出來了，便配合著搖頭嘆息道：「娘，妳且放心，來日還有得我與老虎哥哥孝敬妳，懷仁便讓了爹爹吧！」

汪永昭一聽，瞪了他一眼，嚇得懷慕吐著舌頭把臉埋在了他娘的袖子中。

張小碗忙愛憐地伸手抱住了他的頭，朝得汪永昭笑道：「您莫嚇他。」

這時懷慕抬起頭，朝得他爹爹笑。

汪永昭見狀便緩和了臉色，朝他伸出了手，把二兒子也抱到了膝蓋上，把自己的寶劍塞到了他手裡，與他道：「也是你的，可知？」

懷慕當即點頭道：「懷慕知道，爹爹放心。」

靖輝五年，邊漠的寒冬過去後，四月汪永昭帶了張小碗，又去滄州的山中打了一次獵，看了滿山開遍的野花。

回來後，張小碗卻日漸沈默了下來。

從去年的七月到現在的五月，只差兩個月就已是一年，但懷善卻是一封信也沒有捎來。

汪永昭道，進南疆之後，朝廷在那方無驛站，便是有信也送不出來。

張小碗拿這話說服了自己大半年，但這些時日，她卻是無端地寢食不安，眼皮直跳。

五月初七這日清早，失手打碎了給汪永昭泡的參茶後，她便扶著桌子坐了下來，對她剛剛伺候好、洗漱完的男人平靜地說：「懷善定是出事了。」說罷，她又朝他淡淡地說：「您幫我去叫一聲老大夫。」

汪永昭聽得眼睛一縮，起身朝她大步走了過來，只三步他就站在了張小碗的身前，然後，他倉然地伸手，扶住了她往他身上倒的身體！

瞎眼大夫匆匆而來，餵得她含了救心丸，又叫婆子按照他教的方式按壓她的胸口，半晌過後，張小碗才清醒了過來。

她睜開眼，眼淚就自她的眼角流下，她伸手把坐在她身邊的汪永昭的手拉在了臉上，蓋住了眼睛，泣道：「他定是出事了，您幫我想個法子探個信吧，妾身實在是受不住了！夫君，我這心裡實在是受不住了……」

「定會無事的，過得些許日子，定會讓他寫信給妳。」汪永昭低頭，把她小心翼翼地抱在了懷中，口氣黯然道：「莫哭了，妳哭得我心口都疼了……」

這年的八月末，萬里之外的汪懷善送來了信，還帶來了兩張虎皮當懷慕生辰時的禮。

信中，汪懷善告知他娘，他一直帶兵待在大山內捉拿敵國首領，五月底才出的山，這才派親兵來與她送信，望她原諒他的不孝。

除此之外，他還說了一些山中的見聞，他洋洋灑灑寫了二十張紙，把他見過的那些稀罕什物都寫在了紙上，但一字也沒提他帶兵打仗的凶險，也沒提他有沒有出過事。

他與她寫信，從來不提危險，張小碗是知道的，現下見得了他親筆寫的信，她這心也算是放下了一大半。

能寫信，還寫得這般多，就算是出過事，想來現在也是無礙了。

等心情平復後，她便也清楚地知道，自己的這一舉動，讓汪永昭為難了。

從西北到南疆，有那萬里之隔，哪怕有三、四個月的時間，可這一來一回的，也不知跑死了多少馬，而替她找到人寫信，又不知是花了多少功夫。

可汪永昭還是為她做到了。

莫管這是什麼情，張小碗都知這次是她欠了他的。

他們之間，走到如今這地步，她與他的帳已是徹底算不清了。

既是算不清，那些過往便也更模糊了起來。張小碗面對著汪永昭時，比之以前多了幾許坦然，沒有過去那般嚴陣以待，就像在對待一個摸不清底細的合作者；現在的她對著汪永昭便自然了幾分，與汪永昭說起話來，也多了幾分她與孩子說話時的親暱，照顧起他來，用心也多了兩分。

汪永昭對此似有察覺，但從不提起。

這年九月中旬，天氣驟然嚴寒，汪永昭背上舊傷復發，張小碗燒了極熱的火炕，拿著熱油與他推拿肩膀，又依著瞎眼大夫的法子仔細地替他扎針，過後，又拿了厚被裹了他的身，再讓七婆叫人把熱水搬去浴房。

她忙裡忙外，直到汪永昭沐浴洗淨那一身虛汗後，她這才鬆了口氣，跪坐在床上，拿著乾布替裹著被子的汪永昭拭濕髮。

「過得明日您就無事了。」張小碗輕輕聲地與他說。

「給我口酒。」

「剛扎完針，喝不得呢。」

「何時才喝得？」汪永昭回過頭，不快地看著她道。

「明早就喝得了。」見汪永昭那張染了風霜的臉上有些孩子氣，張小碗笑了起來。「給您燙一大壺，還煮紅辣子的羊肉鍋與您下酒喝，您看使得？」

第二日早間，汪永昭看著他的那壺酒，很有先見之明地掀開了壺蓋，然後對張小碗板著臉道：「妳又騙我，這才半壺！」

汪永昭的指責讓張小碗笑了起來，嘴間則柔柔地道：「已是大半壺了。這才清早，您莫要貪杯。」

汪永昭冷哼了一聲，見她拿著筷子挾著肉片往他碗裡放，他才漫不經心地看了她一眼，道：「喝妳的粥，我自會動手。」

張小碗點頭應「是」，但過得一會兒，又從裡頭挾了蘿蔔到他碗中，小聲地勸著他。「您也要多吃幾塊蘿蔔。」

汪永昭不吭聲，但還是把她挾來的蘿蔔吃下了肚。

張小碗抬起頭，見得他眉目之間已無病氣，那心便真安了些許下來。

汪永昭是倒不得的，懷善還在戰場上，懷仁還只有一歲多，這一大家子，還得靠他撐著。

他難，她知道，也會替他分擔一些，但願如此，這日子他們能一起撐著過下去。

人活著，大概就是這樣，只能往前看，以前的事，誰都無再多的餘力去顧著了。

靖輝五年九月末，大鳳朝的異姓王善王及冠次年，當朝皇帝陛下派身前太監不遠萬里前去南疆賜他金冠，道他護國有功。

張小碗這邊得信後，聽罷那賜詞，嘴角翹起，心中不無諷刺。這汪家的人，一個、兩個都護國有功，但這也沒有絕了皇帝想讓他們事休後乾脆全死的想法。

這廂，張小碗也收到了信，懷善在信中說，年底他會攜一女子回來成親，那姑娘是當地土司的女兒，望張小碗派人先行替他送去聘禮。

張小碗當機立斷就備好了聘禮，請許師爺替她去走一趟。

許師爺應承，隨即就帶了車隊前往。

車隊走了，張小碗還在心裡琢磨著禮是不是太輕，或者太重？她不知南疆的風土人情，問過人之後，又在裡面多加了幾份禮，也不知是不是會冒犯了人家？

她有些忐忑，汪永昭見狀也不言不語，隨得了她去費心。

第三十九章

張小碗又寫了信派人急送至京城，十一月她就收到了回信，汪永安三兄弟會攜妻兒到邊漠來過年，張小寶與張家全家人也都會過來。

這下張小碗可是忙昏了頭，幸好都府甚大，來這麼多客人，只要備妥了枕頭、棉被就好，屋子有得是。

家中的事要忙，父子三人的事也要打點，張小碗這會兒連空閒一點的時間也沒有了，但就是奇怪，她那臉色儘管還是那般沈靜，眼睛卻亮得很，顯得很是耀眼。

見得她如此之忙，原本在前面都府辦事辦得好好的汪永昭，這天便帶著汪懷仁過來盯她。

懷仁還不到兩歲，那心思卻比一般小孩多，見得他爹臉色不對，一見到張小碗，便伸手要張小碗抱他，待張小碗走到他們身邊了，他就收回了手，躲在他爹懷裡壞笑，眼睛還偷偷看著張小碗。

被小兒如此逗弄，張小碗也真是哭笑不得，但卻也是生氣不來，便也拖著兩父子隨得她一起辦事。

都府是以石頭為主體的宏大建築，張小碗住進來後，這都府只有七成是建成的，後來張小碗還是請了主事的師傅過來打造後頭的裝飾，加之捨得花錢，都府也用得起原料，這府邸便打造得甚是霸氣威嚴，前頭的那種森嚴感自不必說，後院張小碗是想了法子置了不少耐旱的樹木花草過來養得兩年，才給府中添了幾分生機勃勃。

她一路帶著汪家一老一少穿梭在這些她佈置過的院子裡，與他們解說這院中住著哪家人，那隔牆的小巷弄裡，住的便是伺候的人等等。

汪永昭也是從沒仔細逛過他的都府，這也是打頭一次每個院子都仔細看得一遍，看到一處就算是深冬也還有兩分綠色的院子，他便問張小碗：「哪兒弄來的？」

「都是翁師傅弄來的。」張小碗不敢居功。

「嗯。」汪永昭便輕頷了下首。人是他請來的，自然也知那翁師傅的厲害。

如此過了一天，第二天未時時分，這父子倆午膳後前去前院沒多久，便又在側院尋著了正在差使著奴才擺放器物的張小碗。

見到他們，見他們身上都披了披風，懷仁那張白裡透紅的小臉更是被毛茸茸的黑狐毛披風襯得漂亮得緊，而他最最可惡的是，見得了張小碗，他又伸出了小手，露出了沒長齊的牙齒，朝得她笑。

「娘親抱抱、娘親抱抱……」

小兒都這麼喚了，張小碗哪能不過去？只得從護手的圓筒手爐伸出手來欲要去抱他，可惜待她走近，手朝他長長伸出，懷仁便又壞笑一聲，把他那捂得嚴嚴實實的小手掛到了他爹爹的脖子上去了。

又被他作弄了一次，張小碗便笑著朝他道：「你莫要逗娘玩。」

懷仁格格笑，拿著眼睛不斷瞧她。

張小碗便又再伸出了手，這下懷仁便讓她抱了。

當她抱住他，他便朝得她臉上親了一下，清脆地叫道：「娘……」

「哎。」張小碗應道，又轉頭對汪永昭笑道：「都說么兒甚嬌，您平日莫太寵他了，寵慣了可不好。」

汪永昭輕頷了首，帶她坐下，這才抱過小兒，聽她再慢慢地與婆子說事。

家常的幾個架子擺放了些精緻的瓷器，那隱含貴氣的紅木桌椅，上頭擺放了潔白藍底花的果盤子，染出了幾分生動的異色。

汪永昭眼睛掠過這些，看到了空中用鐵索搖搖晃晃垂著的幾個盆子，問道：「這是做啥？」

「這是放花的，翁師傅說過上半個月，就替我尋來些稀罕花卉，只要屋子裡地龍燒得熱，澆得足水，這花便能養上一段時日。」張小碗慢慢地與他解釋道。

「嗯。」為著她大兒的婚事，她真是煞費苦心了。

見汪永昭眉眼淡漠，張小碗朝得他笑笑，也不吭聲，只是拿過他的一手放在手上，與他五指交纏，這才偏得頭去繼續與婆子說事。

「聽說他們南面常年四季如春，那花兒常年開放，我們漠邊不比南邊，就尋得幾樣稀罕的擺擺，想來土司大人也是知我們的情意的。」張小碗笑著與七婆道：「就是不知主家來幾位親家大人，且先把屋子全收拾了出來，到時來多少人也不慌。」

「知了，您且放心，我會盯著他們，把間間屋子都收拾得妥當。」七婆忙說道。

「這裡就得妳費心了。」張小碗笑著點頭。

七婆轉眼朝得雅致氣派的堂屋看了一眼，便是那垂下的藍布簾子，上面繡的雄鷹此時栩栩如生地高昂著頭，似在長嘯一般，她看罷幾眼，轉過頭又與張小碗低聲道：「您這番佈置，再高貴的客人也是招呼得住了，您且放著心好了。」

「但願如此。」張小碗轉過頭，朝汪永昭道：「您瞧如何？」

汪永昭看著她發亮的眼睛，那句「都不知那土司會不會過來送親」的話也沒再說出口。

這時，這婦人握著他的手緊了緊，懷中的懷仁玩著他的髮帶，正拿著她繡的帶子在打結，他沈思了一下，用眼神示意婆子帶人退下，這才對她道：「那姑娘，我聽說是他最不得寵的一個女兒。」

「竟是如此？」張小碗聽得輕嘆了口氣。「但也無妨，嫁與我們家，要是不嫌棄，我到時多疼她一些吧。」

汪永昭冷冷地看了她一眼，道：「妳倒是誰都想疼。」

張小碗笑笑，又緊了緊他的手，才嘆了口氣。「說是這樣說，但她哪與我們住得？這成婚後，便是要往京中去的吧？」

她就算是想留，可皇帝怕是不讓的吧？

這前面皇帝想賜婚，那個意思剛經汪永昭傳到她耳邊，懷善便帶信過來讓她下聘，這君臣之間的角逐怕早已不知鬧了多少場腥風血雨，張小碗不用多加猜測，便知她這未來的兒媳將來的日子，怕也是要承受一番壓力了。

她現在只指望著這木姑娘快些嫁過來，自己好給她說說京中的事，讓她以後在京中的日子好過些。

懷善在信中說，那姑娘對他甚是用心，三番五次前去救他的命，為他孤身去敵國探敵情，她模樣長得甚是一般，但心地卻是極好的。張小碗信兒子所說的話，還未見面，便已對這姑娘喜歡上了。

只是，這姑娘只會說蠻語，官話並不會說；她要得一手好刀，但並不懂女紅。很多大鳳女子懂的事，她並不知道。

信中，這姑娘好的、差的，懷善都說得清楚，張小碗心中也有了應對之法，現下也真是但願那不遠萬里、即將嫁到他們家來的姑娘能適應得了這裡的生活。那姑娘是要陪她兒過一輩子的人，她希望她過得好，因為那便也是懷善的福氣。

她想得甚多，但這些話卻是不能與汪永昭這個男人細道的，平時也只得與幾個婆子說道幾句。說來她現在也真是明白了，當母親的真是有操不完的心，本來想著他成婚了她就能大鬆一口氣，可現下看來，她連他的妻子都要擔心上了，真真是要命。

家中婦人只管宅中之事，所幸，尚還記得與他添衣送茶。

她大兒成婚，她記掛著她那兒子的新衣、新鞋，還要挑揀給新婦的什物、打點那新房，每日為著這些，她能一天一個主意。汪永昭看著就心煩，要是在房中，看她忙得團團轉便閉上眼，待她過來叫他了，才抬眼看她一眼。

這日懷慕得了先生的假，汪永昭考過他，便允了他帶懷仁去玩。

懷仁趴在哥哥的肩上咬著哥哥的耳朵壞笑，笑了兩聲，便又鬆開嘴，極為哄人地道：「慕哥哥莫疼，懷仁給你吹吹。」

懷慕便笑了起來，與他道：「我不惱你，娘說了，你對我做的壞事，我記在心間，日後待你長大了說給你聽，羞得你滿地找洞兒鑽。」

汪永昭聽得兄弟倆的對話，眉眼便舒展了開來，對懷慕說：「去吧，讓通叔他們跟緊你們，別亂跑。」

「知了，爹爹。」懷慕又揹著懷仁過來站到了汪永昭的面前，那頭往後偏，教懷仁道：「還不快快與爹爹道別？」

懷仁便伸過頭去，親了汪永昭一口，笑著喊他道：「爹爹，懷仁去街街了……」

「嗯，聽哥哥的話。」汪永昭摸摸他的小臉，看著他跟他那婦人一樣的臉，嘴角不由得翹了起來，微笑著與二兒子和小兒道：「早點回來，莫讓你們娘尋你們。」

「知了。」懷慕這才揹得弟弟出了門，帶了一隊護衛上街去了。

孩子們出去後，汪永昭便叫了心腹進來議事。

善王要大婚，京中大動，那婦人又把婚事攬到了身上辦，這邊漠因此也得隨之大動，她與她那兒儘管挑了個好時間辦婚事，可哪怕京都與邊漠路途遙遠，婚事還定在了過年前的十二月二十五日，但朝中大臣也還是會有人過來賀禮的，到時來得多少人他哪能真全算得清？只能做好萬全之策，不讓他們在他的節鎮裡生事，讓皇帝抓把柄了。

便是那京中，他也得提前替她那大兒打點好，免得日後她那大兒的新婦上了京出了事，她又到他面前來哭哭啼啼，哭得他甚是心煩。

汪永昭在書房中把邊防的幾條線路再調整了一番，事畢等他們全退下後，江小山便送了參茶進來。

「夫人剛泡的，說讓您趁熱喝。還有這……」江小山說著就招著身後的小兵抬進了一盆花。

「哪來的？」

「翁老剛送進來的，夫人挑了盆開得最好的，讓我給您送過來。」

「嗯。」汪永昭接過參茶，喝了一口。

江小山讓小兵把那盆比他腰還粗的花移到了南門這小窗邊的石桌上，他在外面看了看，又進門看了看，看他家大人的書案正好對著這盆花，他覺得位置不錯，便叫退了小兵，走到了汪永昭的跟前。「夫人說了，這盆花耐寒得很，擺在離您遠點兒，但您又看得著的位置，讓您看幾日新鮮。您看這位置怎樣？」

「夫人在做什麼？」汪永昭的眼睛掠過那盆只開了幾朵淺色花的花盆，嘴裡問道。再耐寒，這花也只開得了幾天就要枯萎了，有啥好看的？

「剛看了花，吩咐了下人把花搬去屋子，現下怕是去了大公子的喜房裡貼囍字去了。」

江小山說得甚是仔細，說罷後，在汪永昭的耳邊又說起了夫人的好話來。「我還聽說，她說今兒個冷，怕您染了寒氣，便一大早就親自下廚去給您燉暖身的湯了，那湯現還在廚房燉著，您午膳便用得著了。」

「嗯。」汪永昭拿出一本冊子，看過後，提筆寫得幾字合上，鼻間輕應了一聲。

見他並不在意，江小山就退到了一邊，不再擾他了。

汪永昭把今日呈上來的冊子全看過一遍後，才抬頭叫人。「小山。」

「在。」站在一邊打瞌睡的江小山忙精神一振，立馬跑到了他的跟前聽候吩咐。

「叫汪齊他們幾個兄弟過來。」

「是。」

不得多時，汪齊他們五個便進了書房，汪永昭揮手免了他們的禮，這時他抬頭，伸出手揉了揉脖子，過了一會兒才道：「大公子大婚之日沒有幾天了。」

「是，屬下們知道。」汪齊先開了口。

「嗯……」汪永昭放下手，淡淡地輕應了一聲，接道：「夫人甚是忙碌，她向來不愛府中太多下人，可在這當口卻是要得一些人聽她吩咐辦事，你們心裡想一想，家中有誰是可以放心送去讓她差遣的，便差幾個人先去讓她用用。」

「是，屬下知情了。」汪齊幾人忙回道。

「不過，那些個姨娘們，再規矩聽話的，也莫差去驚了她的眼。」汪永昭眼神冷冷地朝他們掃過去。

幾人忙低頭，道：「您儘管放心。」

汪齊又多添了一句。「大人，您放心，我們心裡都有數。」

汪永昭這才翹起了嘴角笑了笑，說：「挑嘴巴乾淨的，不該讓她知道的，誰要是多說得一句……」

「不敢！屬下定會在家中教好了才派去。」作為銀虎營其中一個領頭的老大，汪齊再明白不過他們大人的心思了。

「如此便好。下去吧，這段時日就辛苦你們了。」汪永昭揮手讓他們退下，等人走後，又叫了江小山進來。

江小山小跑著進來，臉上全是笑，朝汪永昭道：「老爺，夫人往這邊來了，手中還提著食盒呢，也不知做了什麼好吃的來了。」說罷，又毛毛躁躁地跑到門邊探頭探腦。

汪永昭冷看了他一眼，都不屑於教訓他了。

「我可能進？」

沒得多時，汪永昭便聽到了那婦人不疾不徐的聲調中帶著點淡淡淺笑的聲音。

「能能能！您快進，快快請！老爺正閒著呢，沒辦事！」汪永昭還沒說話，他那毛躁的下人便替他答了話。

汪永昭拿著毛筆戳了下他後腦勺，看他抱著腦袋哇哇亂叫，急急忙忙出了門，關上門跑了。

再看那婦人好笑地看著他，他便張了口。「來做什麼？」

「今日天寒，拿著黃酒燉了道羊肉，剛出得鍋，想讓您趁熱吃上一點。」她笑道。

看她嘴角的笑甚是柔和，汪永昭便拉了她過來坐在他腿上，捉了她的手探了探，見有點涼，不由得問：「怎麼不帶著手爐？」

「剛從廚房出來，都給忘了。」

「婆子們都死了?!」汪永昭不快了。

「哎呀！」這婦人竟跺足，還跺在了他的腳上，臉上還惱怒了起來。「這都快要大過年的，懷善也就要成婚了，您怎地把那字掛在嘴間？那多不吉利！」

汪永昭不以為然，他打打殺殺這麼多年，就算如今，他手上也沒少得了人命，還怕嘴上說個死字？真是婦人之見！

不過她向來在意這個，每月都要抄得一本佛經供於案前的婦人，他也不跟她多費口舌，由她惱道兩句也就罷了。

「哎，也怪我，急急忙忙過來，都忘了讓人給我拿了。」婦人說得也甚是鬱悶，偏頭靠在他肩上說了兩句，這才起身掀盒，拿筷子出來，嘴間還碎碎道：「我這幾日忙昏了頭，老忘事，您說我這毛病是不是也得找老大夫瞧瞧？興許吃幾劑藥就好了。」

汪永昭哼了一聲，沒搭理她，接過手中挾過來的那燉得入口即化的羊肉，吃了幾口才與她道：「妳今日歇著，明日便好了。」

「哪裡能歇？」她嘆氣。「府中還有一些什物未採辦好。」

「交給聞叔他們。」

「呃……」

見她猶豫，他探過頭咬了一下她的嘴。「妳是當夫人的還是當奴才的？連他們的活兒妳也要搶著做？」

「您又嫌棄我了。」

見她笑了起來，汪永昭抱著懷中的人，心中也鬆弛了些，與她道：「午膳後妳就去睡一覺，等晚膳時再起來吧，府中的事全交給管家和婆子。都是妳一手帶出來的，沒什麼信不過他們的。」

「唉，也是。」她嘆了口氣，把筷子放到他的手裡。「您自個兒快用一些，莫涼了，味道便腥了，我先歇會兒。」說著就抱得他的腰，閉上了眼。

汪永昭緊了緊在她腰間的手，也不擾她，便把那一碗羊肉吃了下去，又拿著旁邊放置的那杯清茶漱了口，再喝了幾口，低頭看她時，她便睡了。

書房也燒了地龍，只是還是有些許冷，汪永昭便抽出了案下的寶劍，伸手一挑，把放在邊上屏風上的狐裘披風勾了過來，蓋在了她的身上。

見她在他懷中睡得甚是安寧，他便也沒想把她擱床榻上去，就抱了她睡，一邊伸出空著的手去看那些信件。

看得多時，他便垂了眼，吻了吻她的額頭，便又提筆，在那封密信上畫了一個圈。

京中之事太凶險，她那大兒還算識相，該瞞的都瞞了她，沒讓她擔了太多的心去。

但邊漠之事也不平靜，那瘋公主如非要搭上她，這也莫怪他心狠手辣了……

靖輝五年十二月初十這天大清早，一起床，張小碗就拉著汪永昭，抱著兩個兒子去了祠堂，給汪家供奉的菩薩和列祖列宗上了香。

她跪在牌位面前，嘴間絮絮叨叨。汪永昭在一旁一手抱著小兒，背上揹著二兒子，看著她嘴巴一張一合，眉頭輕皺了一下便鬆開，在一旁等著她完事。

張小碗把心裡的話都默唸了一次，這才起身，抱過小兒，對著汪永昭展顏一笑道：「懷善就要回來了，要娶新媳了，您過不得多時，可就有那孫兒抱了。」

汪永昭眼睛微縮，本想冷哼，但見張小碗笑意盈盈地看著他，便止住了那道哼聲，只是抱過背上還在瞇著眼睡的懷慕，讓他睡得舒服一點。

婦人算是貼心，雖是要他們一大早就全到這兒來跪拜，但兒子抱來了也不弄醒，行過禮後便讓他們接著睡，算來也是沒把那心全偏到了她那大兒身上。

「娘親，孩兒要穿那件青色的新裳接大哥……」懷慕在父親的懷裡揉了揉臉，抬起仍有睏意的小臉朝張小碗道。

張小碗忙笑著輕輕地低聲說：「一會兒娘便給你著那身青色的新裳，與老虎哥哥穿得一樣，可好？」

懷慕這才滿意地繼續安睡，嘴間還有著甜蜜的微笑，看得張小碗嘴角笑意更深，心中滿是安然，這幾日因思慮新媳未來的憂慮便也全退了下去。

這還是寅時，天也沒亮，張小碗又跟著汪永昭回了屋，把兩個兒子併放在他們的床上躺著，仔細地給他們蓋好被子後，她才回頭去給汪永昭泡參茶。

「妳先梳妝。」汪永昭看著只用髮帶束了長髮的張小碗道。

「不急。」張小碗搖頭，這便去了外屋。

七婆看見她行了禮，也輕輕聲地道：「您歇會兒吧，我這就把老爺的茶泡好。」

「我來。」張小碗搖頭，走了過去探了探炭火上的水，見還沒開，便把那青瓷的茶碗掀開，拿了幾小片參片放了進去，又把紅棗撕開放進了碗裡，恰好水已開，她端起鐵壺，把熱水注入，一剎那，參茶的香味便飄溢在了空氣中。

她端了茶碗進去，放到汪永昭的手邊，又低頭給他整理了一下微斜的衣襟，嘴間柔聲道：「還有些燙，您注意著些。我先去給您和孩子們把衣裳整理一番，就過來梳妝。」

「昨夜不是理好了？」

「再理一遍。」張小碗笑。

「多事！」汪永昭冷斥了一聲。

張小碗但笑不語，平時她就從不還他的嘴了，何況這大好的日子？汪永昭說什麼便是什麼。

她轉過身，便又清理了一下父子三人的裝束，見沒什麼問題，這才急急過來坐到鏡前梳妝打扮。等她換好衣裳、化好妝，這寅時便過了。

「老爺、夫人！」江小山已進來，一進外屋就給他們磕了頭，嘴間笑著道：「今天是大好的日子，小的先給老爺、夫人賀個喜、磕個頭。老爺、夫人吉祥，三位公子都個個才高八斗、玉樹臨風，以後肯定會永享那榮華富貴！」

張小碗聽得這賀詞失笑，忙叫了他起來。「起來吧。」

「是……」江小山笑著又磕了個頭，這才抬起頭道：「我領了我媳婦過來，想讓她也給您二位磕個頭，讓她也沾沾光，夫人，您看可行？」

「進來吧。」張小碗笑道。

隨即，江小山的媳婦聽了門邊婆子的令，進來給他們磕了頭。張小碗都給了他們賞賜，因著小山媳婦來，她又尋了一只鐲子給她。

江小山看著那只碧玉的鐲子，眼睛發亮，嘴裡更是不吝讚美之詞。「夫人真真是大方，人長得傾城傾國不算，那心腸也是頂頂好的！」

張小碗一大早就被他鬧得笑到嘴角都疼，等小山媳婦出去忙事後，才對江小山笑著道：「你也是咱們家的老人了，出去了可不許這般沒輕沒重的，等大少夫人他們來了，你做事可要給大公子長臉。」

「您放心，我知道的。」江小山這才不好意思地撓了撓頭，正了正臉色，拱手對一直坐在一旁的汪永昭道：「大人，嚴判官等二十餘位官員，及銀虎營大小十八位武將已在大門候著。」

「嗯，讓他們進來，去偏屋用早膳。」汪永昭淡淡地道。

「是。」

「我稍後過去。」

「是。」江小山領命而去。

張小碗見時辰不早，便匆匆進了內屋，去給兩兒換那新裳。

等把父子三人都穿戴好後，張小碗就算是日日見得他們，但此刻看著這神采不凡的父子們，也不由得看了又看。

萍婆子與八婆早早起來去差著人辦事了，不在房中，這時只有伺候張小碗的七婆在，她見著了汪家的這三個大小男人，不由得靠近張小碗身邊，情不自禁地嘆息道：「要是大公子也穿了您做的同一套衣裳，都不知是如何的光景，想來神仙人物也不過如此了吧？」

張小碗聞言不禁笑看了汪永昭一眼，對著七婆笑道：「懷善跟他父親長得甚是一樣，穿了新裳，模樣也是一樣的。」

汪永昭正彎腰攬著兩個小兒在鏡前照樣子，聽見她的話，抬頭看見她的笑臉，嘴角便微微地彎起了點笑。

她千方百計地話中有話，每句都提醒著善王是他的兒子，讓他給足她大兒的臉面，她這點小心眼平時要是常使，他肯定不快，但看在她是大兒娶媳的面上，他便再由得她一次罷了。

「好了，去用早膳。」汪永昭板起了臉，指揮著兩個兒子。「懷慕牽著弟弟走去堂屋。」

「是，爹爹。」一聽父親下令，汪懷慕便從鏡前回過身，朝汪永昭一揖。

「是，爹爹！」汪懷仁一見哥哥作揖，便有模有樣地學了起來，只是他回身得太快，身板又小，差一點跌倒，還是懷慕及時地扶了他一下，才讓他那個小揖作完整了。

「走吧，小心著點。」張小碗笑了，看著兩個小兒走在了前面，她就伸出了手，扶在了汪永昭朝她伸過來的手臂上。

邊漠的冬天，清晨天亮得晚，要到卯時末才能亮起來，但在寅時時分，都府就把燈全點亮了，燈火輝煌的節度使府這時氣派非凡。

走至堂屋的路中，已然清醒的汪懷慕眼睛裡帶著讚嘆，到處觀望，連平時走路嘰嘰喳喳個不停的汪懷仁也乖乖地讓哥哥牽著手，小腦袋四處轉個不停，好奇地打量著那些透著喜氣又亮得耀眼的紅燈籠。

在他們身後慢慢走著的張小碗這時也不催他們，見兄弟兩人不停地朝著他們平日玩耍的地方打量，她便微微笑了起來。

這是她的小兒，他們不像他們的哥哥那樣長大，那樣讓她心疼，但他們能幸福安康地成長，那她便已滿足。

她瞧著兩個小兒背影的眼睛裡滿是疼愛，汪永昭低頭看見她那滿是歡喜的臉，那神情也隨之溫柔了些許。

她對他們的兒子有多好，他都看在眼裡，就是如此，不僅僅是為她，就是為著兒子們，他也定會讓她順心如意，享盡榮華，不受世事煩擾。

那邊漠的太陽在天的那頭昇起，無際的藍天下是蒼茫的土地，木如珠坐在馬車內，從縫隙中探得外邊的景色一眼後，她便用自己的利牙咬著內側的嘴唇，兩手扭在了一塊兒。

「小金妹，別擔心，養育得了傲虎的母親，必是大地的女兒，她能容納得了一切，也會歡迎妳的到來。」盤腿坐在她身邊的和姥姥睜開眼睛，淡淡地道。

木如珠長長地吐了一口氣，她偏過頭，朝和姥姥道：「阿虎也說，他母親是最偉大的母親，她會像喜歡他一樣地喜歡我。」

「他是妳看中的金哥，妳要相信他。」

「我信。」

「那就無須擔心了。」和姥姥伸出手，拍了拍她的手。「妳是我們阿木族最美的土司女兒，她會知道，妳配得起她的兒子。」

木如珠聞言笑了起來，她更加挺直了背，目光堅定地看著前方的車簾。

她歷盡千難萬險，更是往那最高的雪山求過聖母才求來了這段姻緣，就算前方等著她的是厄運，她都不會放棄。

她絕不會像她的妹妹們嘲笑的那樣，會被大鳳人羞辱，趕出他們的中原。

這時，車隊的聲音不再像剛才那樣安靜，木如珠感覺到一股龐大的氣勢朝她們這邊襲來，剎那間，馬蹄聲響就如巨鼓響在了她的耳邊，壓得她喘不過氣來。

「恭迎善王——」

「恭迎善王——」

整齊的聲音長而有力地呼嘯，氣勢沖天。這一刻，木如珠瞪大了眼，轉過頭來看著和姥姥。「這是大鳳的軍隊！」

「是，」和姥姥平靜地說道：「這是他父親的地方。小金妹，從今天開始，妳要知道，妳不再是阿木族的小公主，而將是堂堂大鳳朝的善王妃。妳要明白，聖母給了妳多大的榮耀，妳便要擔起多大的責任。」

木如珠睜大著眼，良久無語。

「挺起胸！」和姥姥一掌猛地拍向了她這時躬起的背，見到她又把腰直直地挺起，她才在那響亮的軍嘯中嚴厲地道：「從現在開始，妳要記住，妳只能往前走，妳回不得頭，也回不了家。妳要記住妳對聖母發過的誓，不許懦弱，不許哭泣。」

木如珠緊緊地咬著牙，再深深地長吸了一口氣，下一刻，她抬起下巴，揚起燦爛的笑，道：「我知道了。姥姥放心，至死我都不會忘卻我在聖母面前發過的誓。」

他許她一生恩愛，她也必生死相隨，不怨不悔。

這時，有快馬過來，木如珠睜大了眼，耳朝車壁聽去，聽得她喜愛的人在外頭朝她沈聲地道——

「如珠，我們就要進我父親大人的節鎮了。一會兒，我母親就會派她的貼身婆子萍婆婆帶人來迎妳進外府，妳就在那兒待得幾天，等著我去迎娶妳。妳切要記得，除了萍婆婆，誰的話妳都不要聽。」

「大公子回來了！大公子回來了！」江小山的聲音遠遠地傳來，人未到，聲已到。

張小碗有些坐不住，但側臉看到汪永昭不動如山、冷靜漠然的樣子，她便輕移了下身勢，坐穩了下來。

汪懷幕已揹著汪懷仁跑去了門邊，嘴間急急地叮囑弟弟道：「可要記著喊老虎哥哥，可記著了？」

「老虎哥哥、老虎哥哥！」因張小碗在他耳邊時常唸著他的老虎哥哥，汪懷仁聽到這四個字便興奮地拍起小手，大叫了起來。

都府上下一片歡欣，人人臉上都笑容滿面，這讓本就活潑的汪懷仁更是比平時還要歡快，那靈動的黑眼就如寶珠一樣閃爍著明亮的光。

這時，門邊有人大步快走了過來，汪懷慕一眼就瞧見了他那如一道勁風飛過來一般的大哥，他看見他的披風在空中高高揚起，看著他那無比威風豪氣、如劍光那樣鋒利凜然的樣子，一時顧不得平時先生教他的君子之風，當著下人的面就大聲地叫了起來。「大哥！大哥，老虎哥哥——」

說著就揹著汪懷仁跑了過去，他這快跑的動作讓他背上的小傢伙更加興奮了起來，也跟著他一起大叫。

「老虎哥哥、老虎哥哥——」

兩道清脆的小孩叫聲在院中歡快地響起，聽得屋內的張小碗拿帕遮笑，就算如此，她滿是笑意的眼睛還是透露出了她內心的歡喜。

汪永昭微撇過頭，看著她眼中的光彩，又回過頭朝身邊的屬下輕語了幾聲。

屬下得令，悄聲地退了下去。

這廂屋外，汪懷善大步過來，瞧見汪懷慕還有他身上眨著亮晶晶的眼看著他的小孩，他眼睛一下子就亮了，一手抱起懷慕背後的小孩，一手把懷慕抱起，忙問道他們。「可是一早就候著我了？這可是我們家的小公子？」說著就朝汪懷仁看過去。

汪懷仁看著他的臉一呆，一會兒後，他就拍著小手，指著屋內大叫。「爹爹、爹爹！」叫罷，他迷惑不解地看著汪懷善，小心翼翼地又叫了一聲。「爹爹？」他說著話時，又拱著鼻子在汪懷善的胸前聞了聞，一下子後，他叫得更迷惑了。「爹……爹？」

汪懷善聽得當即大笑了起來，在他另一手中的懷慕也笑了起來，對懷仁說：「爹爹在屋子裡，這是咱們的大哥，老虎哥哥，在外面打仗幫我們汪家爭榮耀的大哥。」

在他說話之際，汪懷善抱著兩個弟弟就進了屋，一進門就朝座上的婦人大聲笑著道：「娘親，我們家的小公子認錯人了！」

汪懷仁這下子見到了主位上自己正經的爹爹，哇哇大叫了起來，那兩隻小手朝汪永昭伸去。「爹爹！爹爹抱抱……」

汪永昭本欲站起，但這時那婦人笑著瞥了他一眼，他便坐著未動。

「快去把懷仁交給你父親。」張小碗笑著站起，朝汪懷善走了過去。

「娘親，我還未給你們行禮，妳先去坐著！」汪懷善見他娘來給他解披風，忙道。

「不急。」張小碗走到他的身前，給他解了身上的披風，把他懷中的懷慕抱了下來，又把懷仁抱過，逗得兩句後，交給了站著的江小山抱著，這才坐回了主位，由汪懷善給他們行跪拜禮。

「孩兒懷善，給父親大人、娘親請安。」看她一坐穩，汪懷善便跪了下去，朝汪永昭與她磕了頭。

「起。」汪永昭開了口。

「起吧。」張小碗笑著出聲，這時七婆搬來了椅子，讓他坐在了她的身邊。

「懷慕見過大哥！」汪懷慕朝汪懷善走了過來，一揖到底。

「哈哈，你哪來的這麼多禮？」汪懷善一見，把他拉起坐到了自己腿上，眼睛又笑看過一旁被人抱著的汪懷仁，這才從懷裡掏出一個荷包，交與他道：「這是給你與懷仁的。碧藍的給你，碧綠的給懷仁。」

汪懷慕掏出來輕輕一看，看著那兩塊顏色不同的玉身上那白瑩瑩的光輝，不由得朝汪懷善微笑了起來。

這時，已被汪永昭抱入懷的汪懷仁見他的慕哥哥跟長得和他爹爹一樣的那個人在說話，他不由得好奇地看了他們一眼，然後，他從他爹爹的腿上掙扎了下來，邁開小短腿朝他們快快地走去，走至這人面前後，他就伸手攀住了汪懷善的另一隻膝蓋，欲要爬上去。

汪懷善一見，嘴角的笑意更深，長手一伸，便把他抱了起來。

「哥哥……」汪懷仁便笑了起來，那手朝汪懷慕伸去，想讓懷慕把手中好玩的東西也給他玩。

「喏，這是大哥給你的，你的是這塊碧綠的……」天真爛漫的懷慕把碧綠的交給了弟弟，再給他看自己的。「這一塊，是大哥給我的，先給你看看，回頭二哥就要收起來了。」

張小碗朝他們的方向微微傾過身體，用傾聽的姿勢笑看著他們說話。

這時汪懷善一抬頭，看著她滿眼的歡喜、臉上深深的笑意，只一眼，他便跟隨著她笑了起來。

這麼多年了，她看向他的眼睛，眼中的光彩從沒黯淡過，似乎他從沒有讓她失望過，只會帶給她無窮盡的歡喜一般。

她有多喜愛他，她從不用說，不管何時，他都能從她的眼睛裡清楚地看到。

懷善由江小山帶著前去沐浴後，張小碗跟著汪永昭進了前院的書房。

許師爺跟他們施過禮後，在汪永昭的示意下，坐在了他們的下側。

「說。」汪永昭簡單俐落地道出一字。

「是，大人、夫人。」許師爺朝他們又拱了拱手，這才不疾不徐地訴道：「善王爺的意思是，正月一過，他便會攜王妃上京覲見皇上，所以在下官抵達木府後，他便讓下官教這位木小姐官話。」

「你進木府教的人？」汪永昭淡淡地問。

「不是，這位小姐另有住處，本是隔了三道屏風，下官見後，又另隔了兩道，才開始授的業。便是在那路上，也是隔了甚多的人才教的話。」許師爺拱手道。

「有心了。」汪永昭頷首。

「多謝大人謬讚。」許師爺撫了撫長鬚，看了眼一臉沈靜的夫人，又接著道：「下官還曾從他處聽說，這位小姐似是……」說到此，他停了下來，朝張小碗拱了拱手。

「說吧。」張小碗朝他揚了揚手，臉色平靜。

「是。」許師爺這才又接著道：「請恕下官無禮。下官聽聞，這位小姐似是從她的一個妹妹手裡把善王搶過來的。」

「搶過來的？」張小碗笑了笑。「這話聽著倒是有趣得緊，許大人說說，這話何解？」

「您聽我慢慢說來。下官聽人說，善王在山中遇險，本是木府的另一位小姐要前去救援，但中途卻被這位小姐使計拖慢了一些，她先到了一步，便成了善王的救命恩人。」

張小碗聽到這兒，噗哧一聲笑了出來，笑罷後，對著許師爺輕描淡寫地道：「這救人之事，誰先救的人便是救命恩人，要是先說了句救人的話，人沒救到，卻要比救命之人恩情還大，這我倒未曾聽聞過，這世上應沒有這般的理吧？」

「夫人說得甚是。」許師爺聽她的口氣，似是不討厭那姑娘那番先行奪人的舉動，當下心裡便有了數。

汪永昭聽到此，朝她看了一眼。

「老爺……」張小碗朝汪永昭笑著看過去。「您說，妾身說的話可對？」

張小碗已知，她的這個媳婦，除了她的兒子願意之外，當今聖上不樂意，就連木府的那位土司，他也不願意，他想要嫁的，是他的另一個女兒。所以，這次來送親的人，只不過是這個可憐姑娘一個微不足道的堂叔罷了。

那土司，不願意替他這個女兒撐臉，連給的那嫁妝，聽說都微薄得緊，而今聽得許師爺這口氣，那邊的人似還要在她的面前狠狠地掃那個姑娘的臉。

可是，到了她這裡，就不是誰說了算了。

那姑娘的臉面，不是她那個遠在萬里之外的父親管得了的，在汪家的地界裡，她這個未來汪大少夫人、善王妃的臉面，由汪家的主子來給，也由她這個當主母的來給。

張小碗這時笑意盈盈，汪永昭便輕頷了下首，替她也給了那姑娘的臉面。

許師爺一見，便笑著道：「確是如此，要是嘴上說說就可有恩，這世上的人便於誰都有恩了。」

見他轉了話風，張小碗便微笑起來，不言不語。

看在許師爺眼裡，她這表情卻成了不可捉摸的高深莫測，同時也在心裡嘆道，他收來的那份木府的厚禮，看來是要託人還回去了。

萍婆子是夕間回的府，張小碗讓前來報事的聞管家退下，等門關上後，她才在張小碗的示意下，坐在了她面前的凳子上，輕聲地朝她說道：「那小姐的模樣，怕是在您眼裡，那也是一等一的好。」

「喔？」張小碗讓七婆拿參茶給她，等她喝了兩口，才微笑著問：「怎麼個好法？」

「明眸皓齒，舉止大方，進退得宜，眉間更是有那女子難得有的英氣。」萍婆子沈聲地道。

「嗯。」張小碗淡笑了一聲。

萍婆子見她不語，又輕聲地道：「是個心裡有主意的人。她身邊也有個婆子，聽她的叫法，應是她的什麼長輩，那老人家，應也是個心裡門兒清的人。」

「這就好。」張小碗笑了。「如若如此，那我就可以少操點心了。」

萍婆子輕應了聲「是」，又道：「那小姐的官話說得還有些許口音，但能說得大半，您也盡可放心。」

「看來是個聰慧的姑娘。」這時門邊有了聲響，說是大公子來了，張小碗便站起，朝她道：「這幾天，那邊就勞妳費心了。」

「娘親、娘親……」

她話剛落音，那廂汪懷善的聲音便風風火火地傳了過來。

七婆打開了門，張小碗看著高大的大兒大步走了進來，不由得搖頭道：「都這麼大的人了，就要成親了，怎地還這般急急躁躁？」

汪懷善大笑走到她身邊，把頭往她的額上輕輕地碰了兩下，才笑著道：「多大也是妳的兒。」

張小碗好笑，故意用著手指尖把他的額頭戳了戳，笑著問他道：「是不是以後有了兒子，也要跟娘這樣沒羞沒臊的？」

汪懷善故意朝她擠眼。「那可不一定。」

這時婆子們退下關了門，張小碗就拉了他到側邊的椅子上坐下，問他道：「剛從你父親那兒來？」

「是。過來跟妳說幾句話就要去兵營一趟，還有些許事要處置一下。」汪懷善看著他娘剝橘子，待她剝好，他接了過來，這時，他往門邊看了看。

「有話就說吧。」張小碗了解他的意思，微笑著與他道：「你父親的人都在門外，院子裡的人都是娘的婆子。」

汪懷善聽著冷哼了一聲，道：「娘妳可別小看了他，也別信他說的話，這天底下誰人也比不得他狡猾。」

張小碗笑著搖搖頭，沒有為汪永昭辯解什麼，只是溫和地再催促了一遍。「說吧。」

汪懷善點頭，沈吟了下，側身靠近她的椅子，把頭半靠在了她的椅背上，又把嘴裡的橘子吞下後才淡淡地道：「萍婆婆回來了？」

「嗯。」張小碗伸出手，抓攏了他身後的長髮，用手當梳順了順。

「她跟妳說什麼了？」

「說你的新娘子長得甚是漂亮。」張小碗微笑著道。

「喔。」汪懷善點了點頭，見她笑看著他，他便也笑了起來，道：「這個孩兒不會看，確也是覺得一般。」

張小碗輕拍了拍他的頭，笑嘆。「可不許這樣說自己的新娘子。」

「誰也比不得妳漂亮！」汪懷善不以為然。

張小碗重重地打了他的頭，語氣嚴厲了起來。「可不許這樣說！」

「我知，我跟誰都沒說過，就和妳說。」被她重打了一下，汪懷善便委屈了起來。

「你不是很歡喜她嗎？」

「歡喜啊，但又不是歡喜她長什麼樣……」汪懷善嘀咕。「她心地好得很，也不像那些個鬼鬼祟祟、表裡不一、心眼又多的姑娘家。我歡喜她這些，她比誰人都好。」

張小碗卻從裡頭聽出了不對勁。「你跟我說明白了，這婚事是怎麼成的？」

「就是跟妳信中所說的一樣唄。」汪懷善撇過頭，不看她道。

張小碗便不出聲，臉色冷了下來。

過得一會兒，汪懷善悄悄轉過頭，看得她的臉色，頓時臉就拉下來了。「我才回來，妳就生我的氣了？」

張小碗冷冷地看了他一眼，倒了一杯熱水，遞到了他的面前。

汪懷善接過喝了兩口，喟然長嘆了一聲，把茶杯放下，在她耳邊輕輕地說了起來。

張小碗聽罷後，知道他娶的那姑娘在她的家中過得不容易，也嘆了口氣。「是個好孩子，你要對她好。」

「孩兒知道，妳放心。」汪懷善眉目間一片沈穩。「我會護她周全的。」

張小碗便微笑了起來，看著大兒從容自若的臉，心裡微微地嘆了口氣。

他終是長大了，心裡也有了自己的主意，很多事，她已經插不上手了。

父子倆很多事都瞞著她，想來也是為她好，既不讓她知道，那她便不知吧。

沙河鎮德陽府，因其附近有一處水眼，節度使大人接管節鎮後，便修了這處宅院，命名

「德陽府」，先前賞與鎮中一戶官吏居住，十一月時，這戶人家悄悄搬出，都府派人過來重新打理了一番，當作了土司小姐的住處。

這廂德陽府內，都府裡的婆子剛走，那邊進了都府的送親隊伍裡，便有人偷偷過來送了話，木如珠聽後，滿臉煞白。

「姥姥……」坐在椅子上的木如珠緊緊抓住了和姥姥的手。「阿爹竟是這般的恨我？」

「別怕。」和姥姥憐惜地抱住了她的頭。「善王跟妳說過，讓妳什麼都別怕，妳有他。」

「可是，那是他最為尊敬的娘啊，她要是不喜我，我該如何是好？」

「只要做對了事，她就會喜歡妳……」和姥姥憐憫地看著她。「小金妹，妳看看妳的樣子，這才第一天，妳就從驕傲的金鳳變成了擔驚受怕的小雀。妳萬萬不要忘了，是妳的勇敢和堅強才折服了妳的傲虎，大鳳的善王。」

木如珠聽後，深吸了兩口氣，臉色漸漸恢復了平靜，隨後，她抱住了和姥姥的腰，偏過頭靠在她的腹前。「還好有您陪我過來，要是沒有您，我該怎麼辦啊？」

「沒有我，妳依然會做得很好。」和姥姥拍拍她的頭，滄桑的臉上一片波瀾不興。「妳遇上了他，喜歡上他，代表我們阿木族與他結合，這是妳的命運。我的孩子，姥姥隨妳來，也只是妳命運的一部分，雪山聖母會保佑妳的，妳不要怕。」

「我不怕……」木如珠閉上了眼，把堵在喉嚨裡的酸澀全部吞嚥了下去。

她確實不怕，她要是怕，也不會走到如今這步，也不會用膽氣折服了大鳳的善王，答應迎娶她，讓她成為他的王妃。她只不過是在傷心自己無論有多出色，終還是得不來她那位阿父大人的一點喜愛。

「姥姥……」一會兒過後，木如珠的手動了起來，緊緊抓住了和姥姥的腰。

「不，」和姥姥瞬間了解她的意思，那渾濁的目光剎那銳利了起來。「妳現在不能動手，妳的雙手不能在妳大婚前沾上污穢！」

「可是我的退讓不會讓他們罷手。」木如珠垂眼輕輕地道。

「現在不能，妳要忍。」和姥姥用著銳利的眼緊緊地盯住她。「在我們沒見過善王的父親和母親，不知他們是何人之前，在妳沒有大婚成為善王妃前，妳絕不能動手。妳不能自己先送上把柄，就算妳是為了捍衛自己，妳又如何能知這不是中了別人的圈套？」

木如珠一聽，想到自己要是動手被人察覺，這婚事怕是會……

一想，她背後就一陣發冷，連帶的，她的眼也慢慢地沈了下來，那點悲傷消失殆盡。

當夜，都府晚膳過後，汪懷善便跟著汪永昭又去了前院。張小碗陪著汪懷慕與汪懷仁玩耍了一陣後，便把他們交給了小山媳婦，讓她帶著懷慕、懷仁去側屋裡就寢。

這次木府送親的人是阿木族的一個小長老，名聲聽著好聽，但地位卻是最無足輕重的那一位。

汪永昭還是在前院主堂見了他和隨行的人，張小碗也把他們安置在了先前精心佈置給土司住的院子。

該給木府的臉面，汪府全做足了。

說來，這事也是掃了汪府的臉。汪府對親家做得再恭敬，但木府派出的人卻是對他們最大的不敬；這時，這精心準備的主院要是換了，誰也無話可說，可張小碗還是把院子安排給了那位長老。

她這實則不是給木府臉面，這臉面，她是給她的新媳的。

可這同時，卻是折了汪永昭的臉面，損了汪家的面子。

當夜汪永昭回來後，在熄滅油燈之前，張小碗在他的胸前躺了一會兒後，還是歉意地朝他開了口。「這次是我做得不對，損了您的面子。」

汪永昭低頭看她，嘴間淡道：「何損之有？妳無須擔心，來的人身分不足有不足的好處，也不全是壞事。」

「有好處？」張小碗不解。

見她追問，汪永昭有些不耐煩，但還是按捺住性子解釋了兩句。「地位不高，說明白了，就是說他上面還有高位可以讓他走。」

「啊？」張小碗發傻。

見她傻了，汪永昭嘴角微微翹起，他伸出手摸了摸她的臉，在她的嘴唇上吻了幾下，才在她的嘴邊輕語道：「這世上的很多種人裡，這種人恰恰是最好收買的。」

她那大兒要是真要在南疆拓展勢力，那麼，木府裡就必須有被他所用之人。

這人的地位沒那麼高？好辦，他們汪家把人捧上去就是。

有慾望的人，最容易被收買。

外面的事，汪永昭只與張小碗說上幾句，心情好的時候會多說幾句，不好時他就會一言不發。而汪懷善素來不會對張小碗撒謊，面對她本人時，他更是不擅長隱瞞，所以在家中的日子他根本不敢與張小碗多待，往往在她身邊待得一會兒馬上就走，一日來往好幾次，但每次都是來去匆匆。

原本忙碌的張小碗被他的來來去去弄得身邊更是熱鬧不已，可她也實在不忍心訓斥大兒的這番幼稚舉動，只好讓他想來就來，想走就走。

懷善只回來兩日，前方探子便來報，說汪家一家與張家一家在明日就可進鎮了。

這次，張阿福與劉三娘也一起來了。

汪家三兄弟也告了假，與張家一起上路，家中留下了四夫人汪余氏掌家，照顧汪觀琪，順帶替二老爺和三老爺看看府。

這次張家也帶了商隊來，張小碗聽說是小弟在後面管著商隊，小寶先行帶著一家子與汪家人一起過來。

聽懷善說完這情況後，她便對汪永昭說：「這天寒地凍的，路不好走，小弟還在後頭領著商隊，也不知到時過不過得來？」

「娘妳放心，」汪懷善聽後，在一旁笑著又接話說：「我叫義兄去接他一程，他也正打南面過來呢，這幾日就快要到大東了。我讓人傳信與他，讓他找著小舅舅，與小舅舅同路而來。」

「唉，那正好。」張小碗不知外面的事，心裡也沒個主意，只得他說什麼便是什麼。

汪懷善說完，又轉過笑眼看了他父親一眼，抬起手喝了口茶後，身子又半倚在鋪了厚鋪墊的椅子上，懶懶地朝他娘道：「妳就別操心舅舅的事了，他們常年走南闖北的，算時間是老手，定不會誤了我的大事。」

「可不是。」張小碗點頭，伸手探了探汪永昭的杯子，見還有著餘溫，便收回了手。

「您啊，也別老記掛著外祖父、外祖母在路上的身體，他們身子好著呢。」汪懷善又笑著說道。

「嗯。」張小碗點頭，拿出帕子拭了拭嘴角，又偏過頭朝汪永昭說：「也不知懷仁醒來了沒有？懷慕那邊，您看是不是差人去看兩眼？要是餓了，也好捎些點心過去填填肚。」

汪永昭看都沒看說話的她一眼，眼睛冷冷地盯著明顯話裡有話的汪懷善。

「我看您還是操心操心一下父親大人那兩個庶子的事吧，那才是妳應該替我們汪家操心的事。我可聽說他們在路上已經病上過好幾回了，因著他們還拖了不少路程呢，要不早就到了沙河鎮了。待他們到了，可得好好伺候著才行，要不然，都不知道外人會怎麼說道我們了。」汪懷善狀似不經意地把話說了出來。

張小碗就知道他們父子倆在她午休的時辰後，一起找上門來跟她說話沒有什麼好事！她先頭把話偏了又偏，想把他們的話帶過，但還是沒擋住懷善嘴裡的話，這時她不由得好笑又好氣地瞪了他一眼。

「娘，妳是要把他們安排在何處啊？可要安排得好一點、地龍燒得足一點的主房，要不然，外人還真道妳這嫡母虐待庶子呢！」汪懷善嘴角微微翹起道。

張小碗聽得頭疼，不禁伸出手揉了揉腦袋。

她知道她的小老虎是在為她打抱不平，因著一個姨娘沒帶來，庶子也交給了四夫人照顧，聽說京中傳她的話甚是難聽。

本來這些說她的話也是傳不到她的耳朵裡的，但昨天太子太師攜夫人來了沙河鎮，她迎了太師夫人，太師夫人就是在這處堂屋裡高聲把京中之人傳她虐待庶子、嫉恨姨娘的謠言全說了出來，末了還補了一句她定是不信的。

太師夫人是一品誥命夫人，張小碗只能陪笑，應和著她定是不信的話，讓太師夫人明著給她添堵。

昨天陪完笑，今天她兒子便要為她找他父親的不痛快了。

「要不，我把我的院子讓出來，給了他那兩個——」

「懷善！」見懷善不依不饒，張小碗惱了，大拍了一下桌子。

汪懷善見狀，立馬低下了頭，嘴角勾起了冷笑。

他這也是給他這父親大人提個醒，他們彼此心知肚明，京中關於他母親的話說得多難聽的都有，隨著前來賀喜的人越來越多，誰知到時那些個人會有什麼話傳到他娘的耳朵裡？

明明是他不帶庶子、姨娘過來的，這罪名卻要他娘為他擔！

「你太放肆了！」張小碗怒了，側過頭，看到汪永昭的薄唇抿得緊緊的，眼神冰冷，她不由得苦笑了起來。

汪懷善也知自己過分，見她笑得很苦，心裡便也苦了起來，頓時，他起身掀袍在汪永昭的面前跪下，道：「孩兒忤逆，還望您恕罪。」

汪永昭的厲眼狠狠地盯住他，好一會兒，他閉了閉眼，再睜開眼時，眼神恢復了冷靜，淡聲道：「看在你娘的分上，再饒你一回。」

說完，他起身大步離去。

張小碗忙跟著起來，跟了他幾步，又忍不住怒意，走回來狠狠地打了汪懷善的背兩下，嘴裡怒斥道：「你就是不讓我省心！壞小子，跟你小弟弟一樣壞！」

說罷，就急步出了門，尋汪永昭去了。

她背後，汪懷善跪在了堂屋裡，他伸手摸了摸被打得有一點發疼的背，滿臉無辜地問旁邊站著的萍婆子。「我跟懷仁一樣壞嗎？」

萍婆子也是好氣又好笑，上前去扶了他起來。「您啊，才跟老爺好了幾天，今天怎地又惹他來了？」

汪懷善沒說話，等坐回了原位，接過萍婆婆給他的杯子喝過兩口茶後，才淡淡地說：「我氣不過。」

那麼多的人說他娘，他卻無能為力。

誰人都不知，比之怨恨他這個父親，他其實更怨恨他自己。

是他無能，終究沒帶她離開這藩籬，反而讓她越陷越深。

他用了很多年才弄明白，為了他的前程與志向，她已把她徹底地賠了進去，從此再無脫身之日。

他比他的父親大人根本沒有好到哪裡去。

他也明明知道他的挑釁於事無補，甚至多次告誡過自己要忍，可事到臨頭了，才知就算忍了又忍，他還是忍不過。

不過，他確實是不再那麼恨他了，就如他娘說的，世事如此，人只能往前走，不能往後退。

第四十章

張小碗快步從他們後院通往前院的走廊走過，不得多時就進了前院。
護衛一見到她就彎腰躬身作揖，道：「見過夫人。」
「老爺可在書房？」張小碗微笑道。
「剛進。」護衛忙回道。
「那我進去了。」張小碗朝他們頷了下首，提步而入。
護衛忙應道：「是。」
等她進去後，門邊的四個護衛互相交換了個眼神，心裡猜測不知這次要多久，大人才會跟著夫人回去？
夫人極會哄人，上次還哄得了大人一人賞了他們兩身厚袍穿。
「老爺，我可進得？」張小碗到了書房前，伸手揮退了欲要來幫她敲門的護衛，朝裡面揚聲道。
「何事？」汪永昭在裡面開了口，聲音不冷不淡，聽不出什麼異常。
「想跟您說點事。」
「說吧。」
「外邊冷。」

門吱呀了一聲，立刻便開了。

張小碗一見到門口的男人，不由得拍了下腦袋，懊惱地道：「忙著來找您，又忘了帶著暖手爐。」

「還不趕緊進來！」見她搓了一下手，汪永昭立即伸手拉了她進門，把門關上後，又去了南面把窗與側門都關上了。

「披風都忘了穿……」張小碗邊等著他過來，邊嘆氣道。

汪永昭關好門窗過來，聞言淡淡地看了她一眼。

「老了，怕真是不中用了吧？」張小碗臉帶些疑惑地道。

「胡說八道！」明知她是戲謔，但汪永昭還是斥了她一句。

他走來坐在椅上後，張小碗便坐在了他的腿上，拉過他的手暖了暖自己的手，才淡淡地說道：「您別跟懷善介意，我懂得的。京中說我的那些話，是有人想這樣說才傳開的，就算我對姨娘寬厚，對庶子如親子般，他們還是會找旁的話來說您、說我。這世上的事，誰人都求不了全，我只要您真對我好，懷善、懷慕、懷仁都好好的，他們多說道我幾句又如何？我這日子也不會因著他們多說我一句，我就少一分好。您放心，我心裡誰也顧不了，只顧得了你們，他們說他們的便是，我不會惱。」

汪永昭抱著她的腰，把頭放在她肩膀上，良久無語，最終他什麼也沒說，疲倦地閉上了眼。

離汪懷善的大婚只剩十日了，先不說府中的瑣事，就是京中來的官員和邊疆武官的安置，每天都是大事。

外面的事，汪永昭已交給了聞管家去辦，但張小碗卻是不能不管事的。一到夕間，她便會什麼事都暫且擱下，叫來聞管家，接著他交的名冊，對上她從汪永昭那裡拿來的名冊，把上面重要的人都對出來，這些人如有安置不妥的，就換地方住，食物、蔬果、美酒，也全都再送上一些。

這且是明面上的，前來的京官也有，但暗中，她還是一一差人多備了些點心，東西甚少，但那情義想必他們也能體會。

另外她也要把人全摸清了，做上記號。就算離成婚那日還有一段時日，但這些日子她要把他們走時的回禮都寫好清單，什麼人按什麼身分送回禮，這是必須好好琢磨的事情。

但逢這種大批人前來恭賀的場合，說來這些人是前來賀喜的，但這也是他們正大光明前來見汪永昭的一個理由。

他們私下與汪永昭是怎樣的情形，張小碗不瞭解，汪永昭也從未跟她說過，但她作為他的夫人應該做的事，她知她定要不著痕跡地做到位，這才能與他錦上添花。

這些汪永昭私下養著的人，是汪永昭日後立於不敗之地的後盾，輕忽不得。

汪永昭這幾日也甚是忙碌，這日午後他隨張小碗回了後院，帶走了汪懷善，再次回來後已是子時，回來後，卻被告知夫人尚在庫房。

這讓跟在他身後的汪懷善喃喃自語道：「怎地還未睡？」

守門的護衛又輕聲地答道：「夫人說辦好事就回。」

他話未完，汪永昭已大步往庫房走去，江小山提著燈籠小跑步地跑在前方替他照明，汪懷善見狀，緊跟其後。

他們一到庫房，張小碗已把她想清好的東西清理好了，見到他們來，展顏一笑。「回來了？」

「娘，妳怎還不安寢？」汪懷善忙上前扶了她。

「一會兒就睡。你們來了也好，幫著我看一下，我訂的這些什物對不對？」張小碗沒有多言，指著長桌上擺著的已打開的大小盒子，一一道：「這把長劍是給雲州李將軍的，還有這兩塊玉；這把大弓是給雲州霍將軍的，還有兩串佛珠；這把短劍、兩支釵，是給滄州安武將軍的；這柄……」

她一一按著人把備好的禮物說了一遍，才轉回頭問他們倆。「可有不對之處？」

汪懷善鼻酸，他抽了抽鼻子，強笑道：「您改日再忙這事也不遲，明日外祖他們就來了，要是看著您沒精神的樣子，怕是會心疼。」

張小碗微笑道：「無事，這幾日娘精神好得很，等你大婚過了，我再歇得幾日也是一樣的，先忙過這陣再說。」

「娘……」汪懷善叫了她一聲。

「好了，別老叫我，叫得我頭疼。」張小碗拍了拍他的手臂，轉頭對拿著她寫下的詳細名冊仔細在看的汪永昭說：「您幫我看看，有哪些是我沒想周全的？」

汪永昭不語，翻過幾頁，瞧得一處，才啟了嘴，淡道：「這處改了。」說著就提起了旁邊擱置的毛筆，在張小碗的字旁寫上了別的字。

張小碗一看，見汪永昭把金佛改成了玉珮，便點了點頭。「我知道了。」

汪永昭沒吭聲，繼續往下翻，不得一時，整本冊子他全翻過，改了五處地方。

張小碗一直都靜站在他的身邊看他動著筆墨，等他完成，她接過他手中改過的冊子交與七婆收好後，才鬆了一口氣，道：「這事算是解決了大半，不用犯愁了。」

汪懷善一直在靜靜地看著他們處理事情，等他們走出庫房，看著庫房被她鎖好後，汪懷善在原地頓了兩步，等他的父親大人大步走在了前面，留下他娘等他後，他才提步上前，慢慢地陪著她走。

他的小心思張小碗哪看不出來？便慢了腳步與他走在汪永昭的身後。

七婆見得他們母子似是有話要說，便故意在後面走慢了幾步，離了他們一大段距離。

前後的人都隔著一段距離，走了十幾步路後，汪懷善低下頭，偏頭看著張小碗，低低地問：「妳與他平日就是這樣處事的？」

「什麼處事？」

「就似剛剛。」

張小碗笑了起來，扶上他的手臂，陪他走了幾步，才溫聲地問他道：「兒，你現下在想什麼呢？」

「他現下對妳很好，是嗎？」汪懷善終還是沒有把心中想的話說出來，只問了不痛不癢的這句。

張小碗眨了眨眼，替他理了一下身後的披風，淡淡地回他道：「兒，他把他的銀虎營全給了你，讓他養出來的兵替你賣命，而這沙河鎮裡，有這麼多人因他吃得上飯，就算他不是你的父親，就算他不對我好，他也應得上你幾分尊重，你可知？」

她的兒子，不該是心氣那麼小的人，他從小到大都不是，她不願意他的心胸因個人的私情變得狹窄。

心胸注定眼界，他還年輕，人生路只走了一小半，他既然已選擇了飛，那就要飛得更高更遠，才不枉他這麼多年的努力與忍耐。

「娘……」

「更何況，他確實是對我好。」張小碗說到這兒便笑了起來。「娘想跟你說的是，就算是不好，別人的是那就是是，當然不是也是不是，但你不能因一個人的不是而否定別人的是，那不是大丈夫應有的胸襟。」

汪懷善又被她訓，就像小時被她說時那般撓著頭道：「孩兒沒那麼小心眼。」

「是嗎？」張小碗好笑地瞥了他一眼。

下午還遷怒過他父親大人一回的汪懷善便低下了頭，不好意思地笑了。「孩兒一時沒忍住。」

「無事。」張小碗的聲音更柔了，裡面還有著濃濃的疼愛與包容。「在家裡，你可以犯錯，犯什麼錯都行，便是你父親，他也是會諒解你、包容你的。只是到了外頭，娘不在，你父親的手更是伸不了那麼長時，你便不能犯錯了。你心胸要大，才可帶好你的兵，才能從容站住腳，可知？」

「孩兒知道了。」汪懷善不由得點頭，又走了幾步，他忍不住道：「娘，為何我都這麼大了，妳還有這麼多道理說給我聽？」

張小碗笑道：「因為孟先生教給你的，你全忘到腦後了，只有嘮叨的娘，怕你不記心，見著你就想說你一次。」

汪懷善聽著笑了起來，想起孟先生，他也不禁有些懷念。「明日就能見到孟先生了，也不知他還會不會罰我抄史書？」

「呵，那你現下回去好好歇著，明日一早就去迎他，問問他可還會不會……」張小碗低低笑著道。

聽著背後婦人那輕柔的笑聲，汪永昭的步子就更慢了，停得兩步，就讓他們走到了他的身邊，聽著這母子倆的交談聲，慢慢朝主院走去。

邊漠此時皎潔的月在天空高高懸著，寒霜還在樹上掛著，被月光映照得很是晶瑩剔透，江小山抬眼看了看樹梢頭那亮眼的凍霜，又低頭看了眼手中溫暖的燭光，忍不住回過頭去，看得那三人並肩的樣子，情不自禁地傻笑了起來。

很多年前，第一眼見到大公子時，他就想，這樣像的兩個人，怎麼可能不是父子？

看看，果然是父子，這麼多年後，他們還是走在了一起。

第二日一早，汪懷善與汪永昭練了半個時辰的武，就進了他們的屋，給張小碗請了安，被她餵得兩碗熱粥、三盤饃饃，就快馬去了鎮外，去迎今天進鎮的外祖一家，還有汪家的三位叔父。

他走後，張小碗便給汪永昭整理了一下身上的衣裳，給他穿了厚貂皮的罩衫。這時汪永昭衣裳裡側的紫袍被上面繡著繁花的黑腰帶束著，腳上穿著張小碗特意處理過色的鹿皮靴，整個人顯得甚是英姿煥發，看得旁邊的兩個小兒都傻了眼，走過來抱著他的腿不放。

「你們兩個，今天去跟甄先生和老大夫玩。」張小碗忙一手拉了一個，對汪永昭道：「您快些去忙吧。」

「不要！不要娘，要爹爹……」汪懷慕還好，聽到她的話便依依不捨地鬆了他父親的大腿，但汪懷仁才不管他娘說什麼，抱著他爹的腿不放。

他甚小，張小碗哪敢扯他，生怕傷著他了，只得抬頭朝汪永昭求助地看去。

汪永昭猶豫了一下，伸出手，卻是抱上了懷仁，手裡牽著懷慕，對她淡淡地道：「我帶他們去見見人，早認識也好。」

張小碗哭笑不得。「您忙得很，怎有時間……」

「沒事，到時忙就讓他們在小屋裡玩。」汪永昭阻了她伸來的手，便抱一個、牽一個走了。

張小碗看著他的背影，怎麼看都覺得他甚是意氣風發，這才失笑地搖了搖頭。

七婆也在她耳邊笑著輕道：「您就讓大人帶著吧，兩個都是他的心肝寶貝，他哪捨得把他們送去陪甄先生他們。」

「哪是他們陪甄先生他們……」張小碗不由得回頭看著好會說話的七婆，笑道：「懷慕還好，又乖又聰慧，兩位先生都甚喜他。可懷仁……這壞小子比他大哥還不聽話，昨天就把老大夫的那顆假眼珠弄掉了，嚇得八婆腿都軟了。」

這時給張小碗搬布疋回來的八婆聽了，不禁笑道：「我可沒有嚇得腿軟，我是怕小公子自個兒嚇著自個兒了，哪想他硬是膽大，扯出來又塞了回去，可把老先生氣得差一點就要打他的小屁股了！」

張小碗聽得直搖頭，嘆道：「等懷善大婚一過，定要帶在身邊好好教養一番，要是這麼下去，以後都不知會成什麼樣。」

七婆、八婆聽著她這般地說，不由得相互一視，笑了起來。

夫人說是這樣說，到時大人要是看不慣了，回到後院大手一抄，便把受教訓的小公子抱到前院去，這不，不又是脫離苦海了？

夫人是想把小公子教得像二公子一般良善點，可這也得大人願意才行啊！

家中大小的男人們都走後，張小碗這才安心地忙了起來。

所幸，府中掌管事務的大仲已老練沈穩，不少事他都能處理得妥當，而府中這時也添了幾十個手腳麻利的下人，還有汪永昭屬下的家中夫人過來幫忙，暫且幫她當管事婆子，處理大小院落的瑣事。

除了調度大物件，如貴重花瓶之類的東西，一般哪個院子要多少水盆、要幾個茶杯等種種小事，張小碗便讓她們作主，去管家那兒領即可。

當日午時，前院就有下人來報，說大公子迎著二老爺他們回來了。

張小碗得了報，忙回了院子，見懷慕與懷仁已被送了回來，便一邊陪著他們，一邊候著他們兩家的人進她的主院。

這廂前院的大堂屋，汪家三兄弟帶著妻兒與汪永昭行過禮，那邊張家的張小寶帶了自家的人與胡家的人與汪永昭見過禮，汪永昭便朝張家父母掀袍行了跪禮。

嚇得張阿福抖著手去扶他，好半會兒才哆嗦著嘴，用著鄉土話說了句。「使不得。」

汪永昭行完禮後，眼睛往堂屋裡的人一掃，本竊竊私語的幾個下人便止住了話。

「那個穿青襖的、邊上這個丫鬟、左邊第二個，還有……」汪永昭冷冷地掃過那軟著腿在發抖的小孩。「右邊的第三個……」

他的衛兵把他們全都揪出來後，汪永昭淡淡地道：「沒規沒矩的，誰帶來的？」

「大哥恕罪，是我帶來的，是我的下人。」汪永安硬著頭皮走了出來。

「是嗎？」汪永昭看著他，冰冷地翹起嘴角。「你這幾年倒是領導有方，主子沒說話的地方，他們倒是先說了起來。」

「大哥。」汪永安立即就跪了下去。

「我這都府容不得你這些比主子還威風的下人，我就打發他們出去了，你走時記得帶著回去。」汪永昭揮揮手，叫護衛動手。

一個護衛拉人時，那個丫鬟就尖叫了起來，可她只叫道了一聲，不到一眨眼的工夫，就被護衛一腳踹了出去，那聲音頓時消失在了院外。

接下來的那幾個下人，便緊緊閉著嘴，面如死灰，安靜地被帶了出去。

堂屋內，鴉雀無聲。

汪永昭再掃了一遍所有的人，無視其中那幾個蒼白著臉的女眷和小孩，轉頭就和張小寶說：「扶老太爺和老夫人去後院。」

說罷，看向他的三弟汪永莊。「你和四弟帶著夫人和孩子去見你們大嫂。」

汪永莊多年前已吃過口拙妄言的虧，他後來娶了汪申氏，可家中的這幾個女人怎麼鬥來鬥去，因著他對他大嫂的不滿，他家的夫人從來都摸不到掌權的位置。

現在，儘管這家已分多年了，他也忍了這麼多年，但總算是有好事臨到他身上了！當下他就拱手朝得他大哥道：「三弟知道了。」說罷，朝二哥拱拱手，回頭就朝汪永重道：「四弟，走吧。」

「是。」汪永重朝他拱手，一行人便跟著朝他們彎腰躬身的聞管家相繼出了門。

等張家、胡家、他們汪家的人走後，二夫人汪杜氏蒼白著臉，看著兩個婆子進來把他們家的小孩，還有那兩個庶子帶出去後，她朝著汪永昭便跪了下來，痛哭道：「大哥，不是妾身要帶他們過來的，不是妾身啊！您就讓我帶著我的孩子去見大嫂吧，求您了！」

她沒做錯事，她一個婦道人家，哪管得了夫君非下決定的事？他要帶誰來，她就算死在他的面前，也改變不了他的決定，她又能有什麼辦法？

一想到她的三個孩子，汪杜氏更是悲從中來，淚流滿面。

「妳說的是什麼話！」見她把話捅破，汪永安氣得鬍子都抖了。「妳、妳……」他指著汪杜氏，手指抖著想指責她，但看著她愁苦的臉，他一時竟猶豫了，只得恨恨地甩了手，抬頭朝他大哥看去。

可一看到汪永昭那滿臉冰霜的臉，這段時日來在他心愛女人的懷中已磨光了所有謹慎戒懼的汪永安只一下就清醒了過來。

「大哥……」

「大哥？」汪永昭翹起嘴角，冷冷地笑。「你還記得我是你大哥？」

一個女人，就讓昔日對他言聽計從的大弟寧觸他的逆鱗，千里迢迢地帶著兩個庶子過來。

「大哥，您聽我說！」一聽他的口氣，汪永安心裡猛地一冷，嘴間急急地道：「他們也是您的孩子，也甚是想念您，我這才、這才……」

說到這兒，在汪永昭冷酷目光下的他汗如雨下，終是什麼也不能再說出口，頹然跪地。

汪杜氏看著他跪下後，止了眼中的淚，滿臉痲木地看著他，眼中沒有一點感情。

這麼多年的夫妻，他一點都不念及她，也不念及她為他生的三個嫡子，為了新歡，他什麼荒唐事都做得出，她杜氏不知是前世做錯了什麼事情，才嫁了這麼個男人。

「老爺……」這時門邊傳來了大仲的聲音。

「什麼事？」汪永昭往大門看去，一臉漠然。

「夫人說了，說要是您留二老爺和二夫人說完了話，就讓二夫人前去見見她，她說甚久未見二夫人了，想念她得緊。」

這時汪杜氏的眼睛突然亮了起來，欣喜若狂地緊緊盯住汪永昭。

汪永昭皺眉，頓了一下，道：「去吧。」

「多謝大哥！」汪杜氏當下顧不得擦臉上的眼淚，爬起後便往大門跑去，嘴間嗚咽著道：「兒子！兒子，我的兒子……」

她跑出去後，見到自己的三個孩子，完全漠視身邊那兩個還在發著抖的庶子，拉著他們就朝著管家大仲走了過去。

那個女人肚中的孩子，自有這汪家的二老爺為她謀劃，可她的這三個孩子，就只有她這個當娘的為他們打算了！

「你覺得你娶了相爺家的庶女當貴妾，我便奈何不得你了？」她走後，汪永昭的嘴角翹起，朝汪永安微笑著道：「聽說是個難得的美人，你跟我說說，是美到了何種地步，才讓你到現在都不跟我說，你是如何把相爺家的女兒娶到手的？」

他還以為，他一手帶著他們長大，給他們謀劃將來，他們再有那小心思，也斷不會背叛他、背叛汪家。

可世事難料，這個他最為看重的二弟，竟娶了政敵的女兒，竟要學著他們的娘一樣，把汪家拖下水。

「娶她時，我不知她的身分。」汪永安知道事情已經隱瞞不住了，他這大哥還是跟以前那樣，什麼人都猜不透、料不準他，誰也不知他到底知道多少事。「知道時，她肚子裡已有了我的孩子。」

「喔……」汪永昭笑著挑了挑眉。「那你再跟我說說，現如今，你打算怎麼辦？」

汪永安臉上這時已全然沒了血色，他儘管害怕，但還是抬起頭朝汪永昭說：「大哥，寒梅是我喜愛的女子，她肚子裡有我的孩子。我跟您不一樣，您再喜愛的女人，轉過頭就能棄之如敝屣，我沒您的心那般狠、那般硬。我喜愛她，不管她只是個姨娘，也不管她是何人的女兒，我也定會為她遮風擋雨的。」

汪永昭聞言，嘴角淡笑未退，點頭回道：「說來你確也是情深意重得很，那你便好好地遮、好好地擋吧……」說罷，他起身大步離去，一次都沒有回頭。

汪永安回過頭，看著他大哥那威風凜凜的背影，近四十歲的中年男人茫然地看著那空蕩蕩的大院，覺得腳下的石地異常的冰冷，冷得他的心都在打著哆嗦。

那廂，張小碗聽過汪申氏給她為汪杜氏說過的話後，便讓人叫了大仲過來，吩咐了他幾句。

不多時，汪杜氏就牽著她的三個兒子進來了。張小碗在門口迎了他們，見到汪杜氏拉著孩子就要給她跪下，她忙扶了她。

「地上涼，別跪了。」張小碗緊緊地拉著她，轉頭就對七婆道：「把三個公子抱到火炕上坐著，再給他們灌碗薑湯水，莫讓他們著涼了。」

「是。」七婆忙一手牽了一個，又叫丫鬟過來牽了一個，把人帶去了屋中。

這時張小碗拉了汪杜氏冰冷的手往內屋走，嘴間淡淡地道：「當日是我請媒人上的門與妳訂的親，後來妳成了汪家人了，也做了幾件讓我不喜的事，但無論如何，妳也是汪家人，妳的兒子是汪家正經的主子，這個，誰人也否認不了。老爺們的事老爺們自會處置，我們婦道人家，便當著我們的家，養著我們的兒就是。」

汪杜氏聽著抬起頭，讓她給自己擦了臉上的淚，勉強地笑笑道：「知道了。」

「莫哭了。」在大門前，張小碗停下給她擦乾了眼淚後，又替她整理了一下衣裳，臉色平靜地道：「多想想那些好的，少想那些壞的，日子便這麼過吧。」

說罷，張小碗拉了她的手進了大門，嘴角彎起了笑，朝裡面的人笑著道：「我算是把二弟媳迎來了，人也總算齊了！大夥兒別都站著了，坐著吧，等老爺回來，就可開膳了。」

汪永昭大步出了大門，行過走廊之際，他看著那兩個腿肚子發抖的小兒，眉間閃過一道厭惡，腳下更是一步未停。

他帶著護衛出了院門，看到了這時正在門邊鐵樹下的汪懷善。

剛揹了孟先生去他的院子與甄先生他們待在一起的汪懷善，見候著的人出現了，忙上前笑嘻嘻地一拱手。「父親大人。」

汪永昭冷冷地看他一眼，轉過臉對已候在那兒的聞管家冷酷地說：「庶子體弱，本應在京都養著身體，嫡長兄大婚，他們好好待在京都便是對兄長的敬意，一路從京都病到沙河鎮，不知道的人還以為他們是來給他們長兄找晦氣的！」

他這言一出，別說是汪懷善聽得沒了聲音，就是聞管家也聽得低下頭，為他話中的意思驚得腦袋一懵。

他這言下之意，已然是極其厭惡這兩個庶子了，語氣中無一絲感情。

汪懷善本是想過來看汪永昭是怎麼處置這兩個小兒的，他不想讓他娘為這兩個庶子擔上惡名，可現下見汪永昭出了手，他這才知道他娘以前跟他說的話是什麼意思。

他娘說，在他父親大人的眼裡，只有真正順他心的人才入得了他的眼，哪怕是他的親生兒子，如果他不喜，恐怕也得不來他幾許心軟。

她當年說，他不僅對他如此，恐怕對他喜愛的那些女子的兒子，也是如此。

順他者昌，逆他者亡。

他以前並不是很信，但現在看來，他這父親大人還真是冷酷寡情得很。

「父親……」汪懷善只閃神了一下就回過了神，翹起嘴角微笑道：「不論怎樣，兩位弟弟既然來了，那就還是讓下人好好伺候著吧，孩兒過得幾日就大婚，莫讓他們病了才好。」

「聞叔，」汪永昭未看他，對著聞管家冷冷地道：「帶去西門的小院子裡住著，身子弱那就好好養著，別出門了。」

「是。」聞管家忙微彎著腰道。

「汪齊。」汪永昭叫了心腹。

「在！」

「派人看著。」

「屬下遵令！」汪齊喝道了一聲。

汪永昭說罷，就提步往後院走去。

他步履匆匆，汪懷善緊跟其後，一路上居然一句話也沒能再跟他這父親說得上。

汪永昭把庶子軟禁之後，心中對這兩個庶子的未來也有了個成算。

他定是不能讓這兩個人出現在後院刺她的眼，更不會讓這兩個人去接觸他的兩個兒子。

懷慕心思太軟，懷仁還小，就算這兩個庶子被有心之人送來了，也休想在他的都府興風作浪！

「大姊。」張小妹見她大姊坐在他們爹的身邊逗著大哥、二哥的孩子，她便也抱了懷中兩歲的小兒走了過去。

「來，給我抱抱。」張小碗笑了，朝她伸出了手。

這時坐在張阿福身邊、被幾個表哥包圍著說話的汪懷仁一見，朝她伸出了小手，嘴裡叫道：「娘、娘……」

「你這個小搗蛋，讓慕哥哥抱你。」幾個表哥都圍著他玩，還是沒阻得了他的眼，張小碗不由得笑了。

汪懷慕聞言便笑了起來，朝著幾個表哥作揖，便走了過去抱起了懷仁。

張小碗看著兩兄弟親暱地抱著說話，微笑了一下，便抱過小妹的孩子。她抱著輕搖了兩下，就還回到了小妹手中，笑著道：「去坐著吧，一會兒我就過去。」

男人在主屋，內眷在側屋，張小碗溫聲讓她回側屋去。

她現在坐在主屋，也是因汪永昭還沒回，汪懷善不在，她這個主母要照顧客人，要不然，她也是回側屋去了。

這時，門外傳來了老爺回來的聲音，張小碗忙站了起來朝門邊走去，正好迎上了進門的汪永昭。

張小碗朝身邊招手，拿過了七婆送上來的溫帕，給他拭了幾下手，才抬頭朝他微笑著道：「就等您過來開膳了。」

「傳吧。」汪永昭輕頷了下首，臉上平靜無波，眼神也亦然。

張小碗朝他福了禮，對大仲道：「傳吧。」

說著又笑看了汪永昭一眼，走到汪懷善的身邊，替他理了理身上沾了寒霜的外裳，這才帶著婆子回了側屋。

她一進去，汪杜氏與汪申氏都站了起來，張小碗朝她們擺手，笑道：「都好好坐著，一家人哪來的這麼多禮？」

這時，她又吩咐了七婆道：「妳去門邊看著，要是懷仁調皮啊，就給我抱過來，可別擾了老爺他們用膳。」

七婆笑著應了聲「是」，回過頭就又回了主堂屋。

張小碗在劉三娘身邊坐下，用著梧桐村的話對她慢慢說道：「用過膳，您和爹就回院子裡歇息著，有什麼要的、缺的，就與院中的媳婦子說，不礙事，那是我派去照顧你們兩老的。」

「唔。」劉三娘點頭，把手中剝好後一直捂著，此時捂得熱了的橘子塞到她的手裡，這時，滿臉蒼老的老婦人慢慢地與她道：「好吃，妳吃。」

張小碗早已在張小寶的信中得知張阿福和劉三娘的反應沒以前那麼快了，說話做事都要比以前慢一拍，但所幸身體還好，沒什麼大毛病。這次也是他們一定要來看懷善，才這麼遠地趕過來的，其中多少心意，她是知道的，現又得了劉三娘捂得發熱的橘子，她心裡頓時一片酸疼。

饒是如此，她表面還是什麼變化都沒有。她朝著劉三娘微笑了一下，道：「知道了，娘，我這就吃。」

說罷，掰開橘子往嘴裡塞得兩瓣吞下，才轉身對汪家的二夫人和三夫人笑著道：「妳們也是，稍後回了院子，有什麼缺的、需要的，就跟丫鬟、婆子說，我這忙昏了頭，怕是也有準備不妥、照顧不周到的，妳們可莫跟大嫂計較。」

「您這說的是什麼話？」汪申氏輕聲地道。「我們這一大家子的來，什麼忙都沒幫上，就要先煩勞您了，您再客氣，都要羞煞我們了。」

汪杜氏已知汪申氏幫她說了話，是她幫她在張小碗面前求的情。她平日儘管跟汪申氏有過嫌隙，但這時已有過往恩怨皆成過眼雲煙之感，忙點頭應和了汪申氏的話。「是，三弟妹說得甚是，大嫂您莫要再跟我們客氣了，要不然，我們真真是羞得沒臉見人了。」

汪申氏聞言，見她應和自己的話，不由得朝她展顏一笑。

汪杜氏見狀也回了一抹笑，半垂下了頭。

三弟妹此舉，就算是為了在大嫂面前討好賣乖，但她到底是受了益，也還是承了情，說來，還是要感激她的。

她已經不再是過去那個掌家的汪二夫人了，為了孩子，她不得不接受這屈於人下的現狀。

「妳們也是，好生注意著點。」張小碗朝小寶媳婦和小弟媳婦看去。「這邊漠天兒冷，妳們看著爹娘、孩子，同時也莫忘了自己。早上起來穿厚些，莫碰冷水，哪裡不舒適了，趕緊往我這兒來說，可不許藏著、瞞著。」

「知道呢！」小寶媳婦抱著懷中乖巧的女兒笑道：「咱們家人身體的事，您放心，我頭上長著好幾雙眼睛都盯著他們，就是我還真想跟您多說說話，但您這幾日忙，我跟弟妹就想著待您忙過了咱們善王的大喜事，見過外甥媳婦後，我們就要賴在府中跟您多住幾日，跟您多說幾句話，到時您可別嫌我們煩，趕我們回家去！」

張小碗聽著好笑。「這嘴怎麼這麼多年了還嘰嘰喳喳的，跟當年的小姑娘一樣？」

「我就這脾氣，改不了，您多擔待些。」小寶媳婦抿著嘴一笑，還有點不好意思地把頭埋在了女兒的肩頭。

這時小弟媳婦忙去瞅她的臉，嘴裡輕聲地道：「我看看，嫂子妳臉紅了沒有？平時在家中不害臊就罷了，現下到了大姊面前還這樣，我要看看這臉皮到底是何物做的？」

「也是個性子嬌的，好日子過慣了，都不知道分寸了。」與小弟媳婦有親的胡娘子見了搖搖頭，朝張小碗道：「嫂子，回頭得空了得訓訓她們，一個個現在都沒規沒矩的！」

「唉，要訓。」張小碗笑著嘆道：「得狠下心腸才下得了手，免得到時我捨不得。」

她這話說得在座的幾人都笑了起來，這下小弟媳婦跟著小寶媳婦臉都紅了，怪不好意思地拿著帕子捂著嘴笑。

膳後，又是一番忙碌，張小碗坐在屋中聽下人傳回的報，也知他們暫且都歇好了，這才鬆了一口氣。

「您也歇會兒吧。」七婆端了茶水過來與她道。

張小碗朝她搖搖頭，累得無力說話的她拉著七婆坐在下首，喝了口茶緩了緩，才啞著聲音問她道：「腰可疼？」

「不疼、不疼！」七婆忙笑著道。

「妳現下去躺著，我剛叫華家媳婦給妳們煎了藥，都去喝了，歇半會兒。我去前院一趟。」張小碗說罷，就撐著椅臂起了身。

「您歇著吧！」七婆不由得急了。「這嗓子都說不出話來了，到時老爺聽著了，還不是得生氣？」

張小碗聽得頓了一下，又拿起茶碗喝了兩口熱茶，輕咳了兩聲清了清喉嚨，覺得好些許了，才道：「還好，妳們先歇著吧，莫讓我多說了，等會兒我回來還得著妳們去辦事。」

「夫人！」七婆叫了她一聲。

張小碗朝她揮了揮帕，往東門走去。

通往前院的廊道就在東門，待走過長廊就是汪永昭的書房大院，張小碗一進院門，守在門口的守衛就朝她拱手行禮。

張小碗頷首後，往前走了幾步，突然她想起一事，又回過頭走至他們面前，朝他們溫聲問道：「這幾日你們的媳婦都來府裡幫忙了，這家中的孩兒和老人誰在照顧？」

「老人腿腳還索利，都他們在照顧，不礙事，您且放心著。」其中一人忙回道，另三人也點頭應和。

「唉，天寒地凍的，老人家也不容易。」張小碗想了想，道：「說來，你們住處離都府也不遠，我讓人在後面開得幾桌，午膳、晚膳你們就叫了家人一起來，在後院湊合著吃點。」

「這怎使得？」領頭的忙道。

「吩咐下去吧，凡在府中幫忙的，家中老少就都過來府裡用膳，也省得你們媳婦在府裡忙著，還要擔心他們的肚子。一會兒我讓廚房多準備幾桌就行。」張小碗說罷，沒再停留，舉步向前。

這廂，江小山已聽到她的聲音，忙小步跑到她的面前小聲地道：「大人在房中與人議事，您稍候一會兒。」

張小碗遲疑了一下，才笑著說：「那我還是不打擾了，我回去歇息，一會兒老爺要是有問起我，就說我只是過來問問安的，沒什麼大事。」
「您還是少待一會兒吧……」江小山卻是苦了臉，朝她示意，待張小碗與他走到一邊，他才小聲地開口細說：「大人剛在屋中發了好大的脾氣，還砸了上次您給他拿過來的青瓷杯。」
「啊？誰惹著他生氣了？」張小碗訝異。
「小的不知……」江小山有些不安地挪了挪腳，道：「就是小的好久都沒見他這麼發過脾氣了，您知道的，他發脾氣，頂多就是訓我兩句話，還說道說道您幾句，砸東西的事情卻是許久都未發生了。」
「唉……」張小碗聽著搖頭。「我去小屋歇會兒，等事議完了，你就來叫我。」
說著，她就朝平日汪永昭會小歇的小屋走去。
小屋與書房只隔了一道牆，裡頭的地龍也是與書房連起來了，這時屋子裡也熱得很，床榻上的被子、枕頭也全是張小碗備好的，她坐了一會兒耐不住疲勞，就扯過被子蓋在了身上，倚著床頭打起了瞌睡。
等她醒過來，一睜開眼，就看見汪永昭在看著她。
她忙坐起了身，問道：「什麼時辰了？」
站著的汪永昭在她身邊坐下，把她推到了床頭讓她靠著枕頭，拉過她身上掉下的被子又蓋回她身上，淡淡地回道：「未時。」
「您累嗎？」張小碗拉過了他的手。

汪永昭未語，只是傾過身，聞了聞她身上的味道，又在她嘴邊親吻了幾下。

張小碗伸出手抱上了他的脖子，與他纏綿了一會兒，才拉上汪永昭與她並肩躺在了床上。

「我聽說您生氣了。」

「哼！」想也不用想就知是誰說的，汪永昭冷哼了一聲。

「府裡大喜的日子，這幾日您可別訓他了。」張小碗不由得笑了，伸過手去摸了摸他鬢邊的白髮，仔細看了看他的臉，又嘆道：「往日只看著您威風凜凜的樣子，老忘了您撐著這個府有多難。您要生氣就生氣吧，只是莫氣著了身體，改日我再送得幾個茶杯來與您砸，至於那些煩心事，您該忘的就忘了吧。」

「胡言亂語！」聽她後面又胡說，沒了規矩，汪永昭不快地斥喝。

「是，妾身又妄言了。」張小碗笑道，伸出手去輕觸他緊緊攏在一起的眉頭。「您別跟我生氣，下次我就改。」

汪永昭冷哼了一聲，閉上了眼。

張小碗笑笑，不再言語，伸出手，緩慢地揉著他的太陽穴，替他緩解情緒。

過了一會兒，汪永昭睜開了眼，偏頭看著她道：「永安的事，妳知道多少？」

「不多，只知他納了妾，聽說他甚是喜愛那個小妾。」

汪永昭見她臉色平靜，他這心又慢慢平靜了一些，淡道：「那個小妾是當朝新相爺堂兄的庶女。」

張小碗沒出聲，靜靜地看著他。

「相爺現在就在前來賀喜的途中，用不了幾天，就可以來跟我那二弟認親了。」汪永昭說到此，嘴角冰冷地翹了起來。「到時，這些京官們就可以跟在他的屁股後來看我的熱鬧了。」

「這話怎麼說？」張小碗有些不解。

要換作平日，汪永昭定不會與她說這些朝中事，但相爺夫人也要來，到時，她是免不了被相爺夫人敲邊鼓的，他只能先把事情跟她透個底。

「舊相已死，太尉、御史都換了人當，妳說三隻老狐狸在這兩年裡同時被處置了，皇上要收拾他們，他們豈會坐以待斃？」

「啊？」

「他們聯手弄走了一百萬兩銀子。」

張小碗眨了眨眼，又「啊」了一聲。

見她驚訝至極，汪永昭卻是笑了，抬起手來摸她的臉，一會兒後，他臉上的笑容消失，眼睛也滿是寒氣。「這幾隻老狐狸，都不是什麼好東西，弄走銀子就算了，把玉璽都給盜走了。」

張小碗眼睛瞪大，一時之間完全不知道要說何話才好了。

她還以為，像汪永昭這種逆臣，一個王朝有得一個就夠悲劇的了，哪想，這朝的老臣子們居然是一路貨色……

汪永昭說到這兒，看著她眼睛瞪得老大，又仔細地摸了摸她的臉，見她臉上血色不多，又捏了捏，等捏出了紅暈才滿意地鬆開手，嘴裡淡然道：「說來也怪不得他們，今上手太毒了，沒有給他們留一點後路。」

張小碗腦袋發懵，根本無暇顧及他掐她的臉，她緩了一會兒，才試探地問汪永昭。「皇上不會認為他們的事，其中也有您吧？」

所以，來了一個太師還不夠，又來一個新相？

「誰知道？」汪永昭冷冷地道：「不過，許是來讓我幫一把手的也說不定。」

「是這樣就好。」張小碗輕吐了一口氣，把話說完才回過神來，苦笑道：「怎麼好事都不想想您，壞事盡找您啊？」

「嗯，」汪永昭摸摸她的頭髮，把她頭髮上的釵子拔下，讓她躺在了他的肩膀上，才與她接著道：「這只是往好裡想，要是往壞裡想……」

張小碗聽到這兒搖了頭。「妾身剛剛是怕得厲害，才有那麼一說，現下想來卻是不至於如此。」

「喔？」

「懷善還在南邊為他打仗，夏朝聽說百姓往朝廷送糧送得甚是充足，這邊漠想來一時半刻的也缺不了您，皇上要是真要對您動手，這種時候，怕不是什麼好時候吧？」

「呵……」

「您笑什麼？」

「妳既然這麼想，想來，永安像妳這麼想，也是情有可原了。」

他臉上盡是嘲諷，張小碗靜了靜，才緩慢地道：「您是被傷了心吧？他們不知，全家人的安寧都是您的小心謹慎得來的，您幫了這手，就算找回了銀子，今上不會稱道您能耐，只會更忌憚您吧？而要是找不回……」

說到這兒，張小碗皺起了眉，偏過頭問道：「永安知道了這事？」

丟銀子之事可說，但丟玉璽之事，怎可鬧得誰人都知？

「不知，他只知皇上想要再『重用』我。」汪永昭漠然道。「在皇上殺了我七位心腹大將後，他還道皇上想要再『重用』我，我可真有個好弟弟……」

張小碗默然，輕嘆了一口氣。

要是找不回，皇帝的喜怒更是難測吧？

所以這事，最好是不沾手。

汪永安還真是給他大哥找來了個棘手的麻煩，難怪心思難測的人都忍不住動怒了。

這廂汪永昭得了新相秘密親來的情報，回頭就告知了恰好趕上的張小碗，張小碗心裡思量的也就更多了。她現在不知，要是從汪永安這裡打不開口子，皇帝會不會朝在過完年就回京的善王妃那裡動手？

說來，這日子看似比過去好得甚多了，但細究之下，也還是踩著尖刀行走，步步凶險。

張小碗回去後，正在操辦手上的事，這時萍婆子回來，在她耳邊把從德陽府裡剛得知的事告知了她，她頓時就驚瞪了萍婆子一眼。

「妳說，有人在她的茶中下砒霜？」

「是砒霜不假！」

張小碗抿緊了嘴。「叫聞管家和小山過來。」

「是。那侍女已關了起來，您看？」

「我看？我看是我對人太好了，一個個來了都當菩薩供著，這些人也就真把我當菩薩看了！」張小碗被氣得笑了起來。

——未完，待續，請看文創風212《娘子不給愛》5（完結篇）

文創風 196-198

在稼從夫

全套三冊

妙語輕巧，活潑悠然／于隱

現代剩女穿越到古代農村，
卻意外撿到好丈夫！

在雷雨天被逼出門相親已夠無奈，
竟然還發生意外穿越到古代農村，
一覺醒來稀裡糊塗地嫁為人妻。
幸好這新婚丈夫既有莊稼漢的老實，又有書生的溫文儒雅，
非但不遠庖廚，還懂得「尊重老婆」，簡直是新好男人一枚！
然而，要在這兒過好農村小日子可不容易啊，
平日不僅得處理田裡的農活生計、家宅內的婆媳妯娌問題，
也得應付朝廷徵兵、地痞惡吏及天災糧荒等事，
所幸來自現代的她能及時發揮機智來化解難關，
且懂得經營雜貨鋪子來幫襯夫家，讓一家子過得順順當當！
在丈夫一本初衷與她白頭相守之下，
共擎人生許多風雨，也共賞無數良辰美景，
兩人情牽一世猶嫌不足，
誰知，這老天爺許諾的「來生」竟來得如此之快……

為流浪貓狗加油

和貓寶貝 狗寶貝 廝守終生(一定要終生喔！)的幸福機會

對人來說，貓寶貝狗寶貝只是生活的一部分，
但妳（你）對牠們來說，卻是生活的全部，領養前請一定要考慮清楚——

黑黑

白白

▲ 黑黑白白的下站幸福

性　　別：男生
品　　種：米克斯
年　　紀：黑黑1～2歲、白白8～9歲
個　　性：黑黑調皮逗趣、白白穩重溫和
健康狀況：已結紮，注射過狂犬病疫苗，
　　　　　體內外皆已除蚤，吃防心絲蟲的藥。
目前住所：新北市三重區

本期資料來源：愛貓中途媽媽

第235期推薦寵物情人

『黑黑／白白』的故事：

一般的傳統菜市場裡，總會有流浪動物棲身，在某處有一黑一白的兩隻流浪貓，似乎特別親人、不怕生，牠們總是巴巴望著來買菜的歐巴桑、歐吉桑，像是想跟著他們的腳步回家，可是總被無情地揮趕到一旁，好幾次都不放棄，牠們落寞身影徘徊在菜市場內，等待著愛牠們的家人。

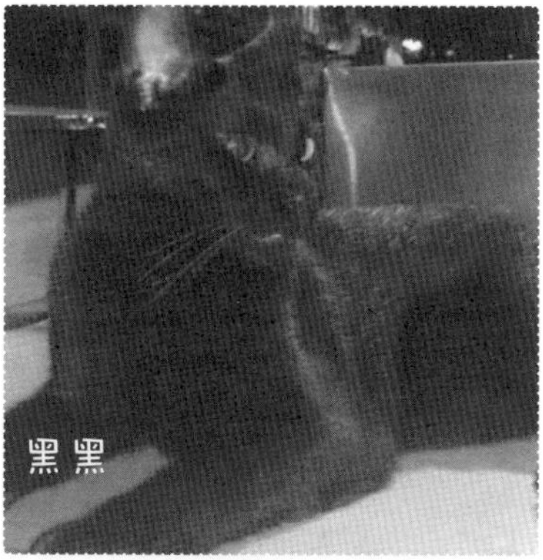

我就是在逛菜市場時，看到牠們在菜堆旁逗留，瘦弱的身軀卻互相照看著，彼此相依為命。擔心牠們這般流浪又無人照料會有危險，我先在菜市場內找到一處暫時可以安置的地方，買貓飼料餵食牠們，又帶牠們去給獸醫做初步的健康檢查，確定沒有大毛病後，才讓我懸著的心稍稍放了下來。

因為我本身住的地方，實在沒有多餘的空間可以安置牠們，只能趁空閒時候到菜市場去照看一下牠們。晚上黑黑、白白總是窩在一起，會相互舔拭著彼此，而白白就像穩重的大哥一樣，總是扮演著避風港的角色，會為黑黑顧前顧後，黑黑比較調皮，像是宮崎駿「魔女宅急便」裡的kiki一樣惹人憐愛，模樣逗趣。

牠們常和人撒嬌，與人親近，並且會自己找樂趣玩，所以照顧起牠們不會費力，很適合第一次養貓的人喔。但最近天氣炎熱，菜市場的環境很難給牠們良好的生活品質，所以真切地希望能有人去認養牠們。歡迎來信至a5454571@yahoo.com.tw，給牠們一個溫暖，真正永久的家。

認養資格：

1. 認養者須年滿20歲，有獨立經濟能力，並獲得家人與同住室友的同意。
2. 非學生情侶或單獨在外租屋的學生，須能提出絕不棄養的保證。
3. 須同意送養人日後之追蹤探訪。
4. 領養者需有自信對牠們不離不棄，愛護牠們一輩子。

來信請說明：

a. 個人基本資料：姓名、性別、年齡、家庭狀況、職業與經濟來源等。
b. 想認養「黑黑和白白」的理由。
c. 過去養寵物的經驗，及簡介一下您的飼養環境。
d. 若未來有當兵、結婚、懷孕、畢業、出國或搬家等計劃，將如何安置「黑黑和白白」？

文創風
211
娘子不給愛 4

國家圖書館出版品預行編目資料

娘子不給愛 / 溫柔刀著. --
初版. -- 臺北市 : 狗屋, 民103.08
冊 ; 公分. --（文創風）
ISBN 978-986-328-338-6（第4冊 : 平裝）. --

857.7 103013053

著作者	溫柔刀
編輯	黃淑珍
校對	沈毓萍　王冠之
發行所	狗屋出版社有限公司
地址	台北市104中山區龍江路71巷15號1樓
電話	02-2776-5889～0
發行字號	局版台業字845號
法律顧問	蕭雄淋律師
總經銷	知遠文化事業有限公司
電話	02-2664-8800
初版	103年8月
國際書碼	ISBN-13　978-986-328-338-6
原著書名	《穿越之种田贫家女》，由北京晉江原創網絡科技有限公司授權出版

定價250元
狗屋劃撥帳號：19001626
網址：love.doghouse.com.tw　E-mail：love@doghouse.com.tw